Hrsg. Anne Hassel, Ursula Schmid-Spreer
Nürnberg auf die kriminelle Tour

W0066212

Wellhöfer Verlag
Ulrich Wellhöfer
Weinbergstraße 26
68259 Mannheim
Tel. 0621/7188167
www.wellhoefer-verlag.de

Titelgestaltung: Uwe Schnieders, Fa. Pixelhall, Mühlhausen
Satz: Creative Design, Lukas Fieber, Mannheim

Die Erzählungen sind frei erfunden. Ähnlichkeiten mit wirklichen Personen oder tatsächlichen Ereignissen sind nicht beabsichtigt und somit rein zufällig.

ISBN 978-3-95428-104-6

Anne Hassel
Ursula Schmid-Spreer
(Hrsg.)

Nürnberg auf die kriminelle Tour

Inhalt

Stadtbefestigung, Türme
Der Mörder in Purpur   9
Ina May

Marthakirche
Nürnberger Überraschungsbukett   20
Fenna Williams

Klarakirche
Tödliche Stille   29
Kerstin Lange

Mauthalle
Ein Geschenk des Himmels   37
Anne Hassel

Lorenzkirche
Das Pfingstwunder   42
Jennifer B. Wind

Nassauer Haus
Klassentreffen   48
Ursula Schmid-Spreer

Heilig-Geist-Spital
Heute frisches Spanferkel   58
Inge Steinmüller

Schuldturm Katharinenruine
Schuldig   67
Alex Conrad

Hauptmarkt
Sie nannten ihn Kaspar   75
Anne Grießer

Schöner Brunnen
**Verpassen Sie nicht den Schönen Brunnen in
Nürnberg**   83
Inge Steinmüller

Rathaus
Der Lochhenker   94
Sabine Meyer

Fembohaus
Venus und Amor 101
Kai Riedemann

Tucherschloss
Unerträgliche Hitze 110
Anne Hassel

Kaiserburg
Lügen und Legenden 116
Leonhard F. Seidl

Handwerkerhäuschen
Hochstapeln und Schwarzmalen 124
Simone Jöst

Tiergärtnertorturm
Kunst 132
Petra Nacke

Johannisfriedhof
Ein perfekter Mord 138
Michael Kress

Albrecht-Dürer-Haus
Dürers Spuren 146
Ina May

Historischer Kunstbunker
Vergessen 156
Anne Hassel

Krämersgassen
Der Teddy mit dem Knopf im Ohr 161
Ursula Schmid-Spreer

Felsengänge
Blind Date 165
Sabina Naber

Sebalduskirche
Voller Einsatz 174
Sabine Meyer

Sebalder Pfarrhof
Romeo 181
Lilo Beil

Spielzeugmuseum
Das Puppenhaus 191
Lilo Beil

Weißgerbergasse
Rosige Zukunft 200
Kerstin Lange

Kettensteg
Ein Flirt zu viel 207
Bettina von Cossel

Weinstadel
Die Liebe zum Ballett 216
Claudia Schmid

Henkersteg
Ein außergewöhnliches Rendezvous 224
Simone Jöst

An den Fleischbänken
Der Zeitungsausträger 236
Ursula Schmid-Spreer

Der Mörder in Purpur
Ina May

Gibt es sie noch – Hexen?

Oder diejenigen, die man so nennt. Auf Besen reiten sieht man sie zumeist nicht. Sie hantieren mit Kräutern, sagen wahr, lesen aus Karten und vielleicht auch aus manchem Kaffeesatz.

Veronika Glück, die Nürnberger Hex, hat eine schwarze Katze auf ihrem Schoß sitzen. Jeder möchte etwas erfahren, und da frage ich sie am besten gleich, was ihre Dienste kosten. Einiges, denn sie zieht eine Liste zu Rate.

Entwickelt sich alles immer so, wie die Klienten sich das vorstellen?, möchte ich wissen.

Es käme viel auf den Einfluss des Mondes und die Konstellation der Planeten an, sagt sie mir. Aber wenn man sich daran hält und auch den Tag und die Stunde berücksichtigt, die für eine bestimmte magische Handlung förderlich seien, müsste es schon mit dem Teufel zugehen ...

Was, frage ich. Dass etwas misslingt? Oder ist es in Wahrheit der Teufel, der zum guten Gelingen beiträgt? Darauf bleibt mir die Hex eine Antwort schuldig und die schwarze Katze starrt mich aus glühenden Augen an; sei vorsichtig!

Wie begann das alles, frage ich mich – vor langer Zeit ...

Nürnberg stand den Hexenjagden ablehnend gegenüber. Man glaubte zwar an Teufel, Gespenster und Hexen, aber die Richter und Ratsherren waren mit Todesurteilen vorsichtig. Während im umliegenden Land die Scheiterhaufen nicht kalt wurden, waren Hexenprozesse in Nürnberg selten. Das änderte sich erst im 17. Jahrhundert. Angeklagt wurde 1659 Margareta Mauterin, ihr warf man vor, sie habe den Teufel angerufen und das Vieh mit einem Zauber belegt. Die Haare wurden ihr abrasiert, damit alle die Hexenzeichen sehen konnten.

Margareta Mauterin wurde verbrannt, nachdem der Henker sie zuvor am Pfahl erwürgt hatte.

Verbrannt wird heute niemand mehr, doch nach wie vor wird mit dem Aberglauben der Leute Geschäfte gemacht.

(Hexen – heute und vormals, von Marlena Hess)

Marlena klappte den Computer zu. Sie war mit ihrem Artikel zufrieden, auch wenn sie sich über ihre eigene Dummheit ärgerte.

Sie hatte es gerade beschrieben – die Geschäftemacherei mit dem Aberglauben. Und sie war darauf hereingefallen.

Veronika Glück war eine rothaarige Frau unbestimmbaren Alters mit Knollennase, die in der Altstadt von Nürnberg in einem windschiefen Häuschen lebte und von vielen nur die Hex genannt wurde. Die Leute kamen zu ihr, wenn wichtige Entscheidungen anstanden oder sie nicht weiterwussten. Privat, beruflich, in Liebesdingen und anderen, dunkleren Belangen. Dunkel wie die schwarze Katze, die Marlena den leuchtendroten Kratzer beibrachte, als sie versucht hatte, das Tier beiseite zu schieben. Die Katze war so flink gewesen, dass Marlena das Blut auf ihrem Handrücken erst bemerkte, als das Tier das Weite suchte. Sie mochte keine Katzen, schon gar keine, die eine finstere Seele zu besitzen schienen.

Neugier hatte sie in das Hexenhaus geführt und der Gedanke, sich den Mann ihrer Träume zu sichern. Marlena hatte sich eingebildet, man könnte ein wenig nachhelfen. Sie wollte Christians Liebe kaufen, aber hatte sie das auch so formuliert, als sie danach gefragt wurde? Marlena wusste es nicht mehr genau. Was sie aber sehr genau wusste war, dass sie für diesen Liebeszauber gutes Geld bezahlt hatte.

Ein listiges Stimmchen in Marlenas Kopf behauptete gerade: Gewirkt hat der Liebeszauber. Hat er nicht, lautete ihr gedanklicher Protest, denn Christian sollte sich in *sie* verlieben und nicht in ihre Freundin Britta. Marlena hätte sich ihr Geld zurückgeben lassen sollen. Der misslungene Liebeszauber ärgerte und kränkte sie gleichermaßen und darum kam *die Hex* in ihrem Artikel, der druckfrisch im Nürnberger Anzeiger erschien, auch nicht sonderlich gut weg.

Marlena war freie Journalistin und das bedeutete, sie konnte sich die Geschichten, über die sie schrieb, aussuchen. Noch während sie an Veronika Glück dachte, verkündete ihr Handy, sie habe eine Nachricht erhalten. Sie stammte von einem Freund, der sich kurz fasste, aber Marlenas Neugier ansprach. In der SMS stand, sie solle sich beeilen. Es beträfe eine Riesensache, die ganz Nürnberg erschüttern könne.

In der Maxtormauer hatte man etwas entdeckt. Handwerker waren bei Restaurierungsarbeiten auf ein mumifiziertes Skelett gestoßen. Sie würde hinfahren. Allerdings konnte das nicht alles sein, denn damit allein ließe sich Nürnberg nicht erschüttern.

Als Marlena an der Maxtormauer ankam, war bereits ein ganzes Archäologenteam zugange und Schaulustige beobachteten, wie Stück für Stück Ziegel und Putz abgetragen wurden. Es war Sommer und Urlaubszeit und die Leute unversehens mitten in ein Abenteuer geraten.

Sie hielt nach Martin Ausschau und zückte ihre kleine Kamera. Irgendwann hieß es einmal M & M – Marlena und Martin, aber das gab es schon lange nicht mehr. Sie sah immer noch den Jungen, der sie mit der Vespa abgeholt hatte, ein schelmisches *Was-stellen-wir-heute-an-Lächeln* im Gesicht.

Das Grinsen der halb skelettierten Mumie empfand sie als grauenerregend. Die leeren Augenhöhlen im Schädel, auf dem noch einige Haare klebten, starrten anklagend auf alle. Das Schlimmste war der weit aufgerissene Mund. Es sah aus, als würde er lachen oder schreien. Irgendetwas steckte in seinem Innern.

»Dem hat man das Maul gestopft«, meinte jemand neben ihr nicht gerade leise. Marlena hob die Kamera.

»Soviel zur Pietät«, sagte Martin. »Komm weg hier, ich hab was für dich.«

Marlenas Augenbrauen hoben sich fragend. Sie steckte ihre Kamera ein, ohne ein Foto gemacht zu haben.

Martin Schindlers Baufirma hatte den lukrativen Auftrag erhalten, die Stadtmauern und einige der Türme der Burg zu restaurieren oder wenn nötig, Teile davon zu rekonstruieren.

»Wie alt ist das Skelett? Handelt es sich überhaupt um einen Mann?«, wollte sie von ihrem früheren Freund wissen.

»Alter unbekannt, Mann ja, sagen die jedenfalls.«

Martin deutete auf die Gruppe der Archäologen.

»Hat man ihn lebendig eingemauert?«, fragte Marlena. »Es sieht aus, als hätte er geschrien und als hätte jemand das verhindern wollen. Das ist schrecklich.«

Marlena folgte Martin zu einem Behelfszelt. Ein massiger Kerl stand davor, damit niemand Unbefugtes sich einfach so dort einschleichen konnte.

»Darf ich vorstellen, die Expertin der Reliquienkommission, Frau Dr. Hess«, sagte Martin.

Das Archäologenteam hatte auf einem langen Tisch die Funde aufgelegt. Warum Reliquien? Das ließ Marlena stutzen. Womit hatten sie es hier zu tun?

»Aus alter Freundschaft lasse ich dich das sehen«, gab ihr Martin zu verstehen. »Dieser tote Mann war nicht irgendjemand.«

»Das sehe ich«, sagte Marlena. Auf ihren Armen bildete sich Gänsehaut. Dort auf dem Tisch lagen die Überreste eines Pergaments, ein aufwendig gearbeitetes Kreuz und Stücke von Stoff.

»Dieses Kreuz und ... der Stoff, das sieht aus wie Purpur.«

Marlena sog scharf die Luft ein. »Niemand durfte diese Farbe tragen. Nur ...«

Das könnte allerdings eine Entdeckung sein, die gut war Nürnberg zu erschüttern.

»Wer war er? Wissen die das schon?« Marlena besah sich das Pergament.

»Gestern am frühen Abend rief einer meiner Arbeiter an, der Tod sei in der Mauer.«

Martin schluckte. »Ich dachte mir, der Kerl hat getrunken, aber verdammt noch mal, wenn das nicht der Tod ist? Ich bin verpflichtet, so einen Fund zu melden. Daraufhin rückten die Archäologen an und das Erste, wofür sie sich interessierten, waren nicht die mumifizierten Überreste.« Er schüttelte ungläubig den Kopf.

»Es waren diese Aufzeichnungen. Er trug sie am Gürtel. Jemand muss sie dort hineingesteckt haben. Er war es nicht, denn seine Hände sind gefesselt.«

Martin beschrieb anschaulich die Auffindesituation.

»Gestern Abend schon?«, fragte Marlena. Sie war ein wenig enttäuscht, dass Martin sie nicht schon früher informiert hatte.

Vor dem Zelt wurde es mit einem Mal laut. Von draußen drang Geschrei zu ihnen herein: »*Die Hex* ist tot! Brannt' hat man sie. Veronika Glück ist nur noch Asche.«

»Was?«, fragte Marlena verblüfft. Martins Augen wurden groß.

Marlena streckte den Kopf aus dem Zelt. Die Konkurrenz, in Gestalt von Toni Lang, einem riesenhaften Kerl in einem bunten T-Shirt, verkündete das lautstark.

Toni arbeitete für einen kleinen Fernsehsender. Wie kam er nur in dieser Geschwindigkeit an die Nachricht?

Verbrannt, das konnte doch gar nicht sein!

Marlena rieb abwesend über den blutigen Kratzer auf ihrer Hand und dachte an die bösartigen Augen der Katze.

Auf Martins Gesicht erschien ein komischer Ausdruck. »Die Hex ist tot? Ich bin nicht abergläubisch, aber das ist beängstigend. Es wird heißen, der Hexenkommissar hat sie sich geholt.« Martin fuhr sich nervös durch das dichte, blonde Haar.

»Die Mumie ist ein Hexenkommissar?«

Himmel, musste sie denken. Darum Purpur. Weil seine hohe Stellung ihn dazu bemächtigte. Purpur war nur eine Farbe für Kaiser, Könige und Kardinäle.

»Au weia«, meinte Marlena. »Ein toter Inquisitor und eine tote Hexe. Dann taucht sicher schon bald jemand aus dem Vatikan in Nürnberg auf.«

Es sollte nicht ganz ernsthaft klingen. Trotzdem war die Vorstellung beängstigend. Und allmählich fragte sich Marlena, warum ihr alter Freund so mitteilsam war.

»Die Experten haben sich gestern die Nacht um die Ohren geschlagen«, erläuterte Martin.

Marlena wusste, sie hätte hiervon kein Stück zu sehen bekommen, wenn Martin sich an die Regeln gehalten hätte.

»Die Spezialisten wollten unbedingt vor Tagesanbruch ein Ergebnis und wissen, was auf dem Pergament steht. Es ist offenbar eine Art Geständnis – das seiner Mörder. Dabei war doch er der Mörder. Er hat doch die Hexen umbringen lassen.«

»Soll das heißen, jemand hat alles aufgeschrieben? Mit Namen?«

Marlena war überrascht. Sah so etwa Reue aus? Oder wollte man nachträglich sichergehen, dass nur diejenigen post mortem verurteilt wurden, die diese Tat auch begangen hatten?

»Es gibt niemanden mehr, den man dafür belangen kann und das ist das Gute. Der da«, Martin deutete hinter sich auf die Mauer, die sie augenblicklich nicht sehen konnten, »war ein Ungeheuer.«

»Der Mörder in Purpur. Ich glaube, ich habe meinen Titel«, sagte Marlena.

Fehlte nur noch die Geschichte.

Sie dankte ihrem alten Freund und verabschiedete sich. Warum hatte Martin ausgerechnet ihr davon erzählt? Weil sie sich kannten, wegen der alten Zeiten?

Zuerst aber wollte sie noch einmal zum Haus von Veronika Glück. Dass sie Flammen zum Opfer fiel, ließ ihr keine Ruhe.

»Jetzt warte, ich hab doch gesagt, ich hab was für dich.«

Martin fasste in die Brusttasche seines Hemdes und zog einen zusammengefalteten Zettel heraus. »Das Geständnis der Nürnberger Mörder. Ich dachte, es interessiert dich.«

»Die Nürnberger Mörder«, wiederholte Marlena. »Die Arbeit der Experten von gestern Nacht?«

Martin nickte. »Nicht der exakte Wortlaut, aber der Inhalt.«

Marlena strich den Zettel glatt, sie wollte sehen, wer die Mörder waren, wie Martin sie bezeichnete. Es war nicht kalt im Zelt, aber schon beim ersten Wort begann Marlena zu zittern.

Schuldig bekennen sich:

Stadtrat zu Nürnberg, Johann Conrad Gottfried

Richter, Friedrich von Seebach

Pfarrer, Ludwig Alexander Bertulis

Lebendigen Leibes eingemauert, Kardinal und Großinquisitor der römisch-katholischen Kirche, unterwegs in geheimer Mission, im Jahre 1660 – non fandus

»Non fandus?« Marlena überlegte. »Bedeutete das soviel wie namenlos?«

»Oder unaussprechlich«, bestätigte Martin. »Eine Strafe, die über den Tod hinausging. Sie hatten diesem Menschen seine Identität genommen.«

»Du musst zutiefst erschrocken gewesen sein, als du die Namen gelesen hast – als du seinen Namen gelesen hast.« Marlena ahnte, dass sie auf der richtigen Spur war.

Der Stadtrat zu Nürnberg. Martin hatte ihr einmal erzählt, dass einer seiner Vorfahren zu den mächtigsten Männern der Stadt gehört hatte. Er hatte gelacht.

»Ich weiß, du wirst in deinem Artikel niemanden verurteilen.« Jetzt klang seine Stimme bittend.

»Deshalb hast du *mich* informiert und deshalb wird dir niemand vorwerfen, du hättest die Rolle deines Ahnen bei einem grausamen Mord an einem Mann der Kirche unter Verschluss gehalten.«

Sie würde etwas über den Skelettfund schreiben, aber nichts über das Pergament und dessen Inhalt. Kein Wort.

Die Mörder, wie Martin sie bezeichnete, von denen einer im Stammbaum seiner Familie zu finden war, hatten in Marlenas Augen mutig gehandelt. Und manches Mal musste man etwas Schlimmes tun, um etwas noch Schlimmeres zu verhindern. In diesem Fall, dass unschuldige Menschen angeklagt und bestraft wurden.

Nachdenklich fuhr Marlena zum Häuschen von Veronika Glück.

Es sah nicht mehr so aus, wie sie es verlassen hatte. Das Feuer hatte dunkle Spuren am Holz hinterlassen. Es roch verbrannt. Selbst hier draußen. Die Süße, die sich mit dem Qualm mischte, würde Marlena noch lange in der Nase und im Gedächtnis behalten. Sie legte eine Hand an den Mund. *Die Hex* war verbrannt, wie zuvor im Mittelalter viele andere Frauen, die man zum Tode verurteilt hatte.

Doch wie hatte das geschehen können? Als sie das erste Mal bei Veronika Glück war, hatten sie zusammen am Tisch gesessen und Tee getrunken. Dann war die Hex in ein kleines Kabuff gegangen und da hatte Marlena Bekanntschaft mit diesem Buch gemacht. Veronika Glück zeigte es ihr. Stolz. Und als Marlena die Eintragungen las, überfiel sie ein Schauer. So viel Böses in einem kleinen Büchlein. Flüche, Schadenzauber und hinter allem die Auftraggeber.

Und Marlena hatte doch nur einen harmlosen Liebeszauber und ein Interview gewollt. Als sie in dem Büchlein gelesen hatte, war ihr klar gewesen, dass schon bald dort auch ihr Name stand. Wer konnte schon sagen, wem es Veronika Glück zeigen würde.

Sie musste diese Frau aufhalten. Etwas Schlimmes tun, um etwas noch Schlimmeres zu verhindern.

So war sie kurze Zeit später unter einem Vorwand noch einmal hingegangen. Veronika Glück fand das nicht einmal seltsam. Auch nicht Marlenas Bitte nach einer neuerlichen Unterhaltung und einer Tasse Tee.

Der Kater war der Einzige, der wahrscheinlich ihre Absicht ahnte, der sie beobachtete, wie sie das giftige Pulver in den Tee gab und umrührte. Die Spur seiner Krallen brannte noch immer, aber das Brennen des Feuers war um so vieles grausamer.

Die Kerzen müssen es gewesen sein, tratschte ein Nachbar genüsslich und ein Vorhang, den sie in Panik heruntergerissen hatte und der sich im Fallen um sie wickelte, wie Geschenkpapier. Der grässliche schwarze Kater wäre mit ihr verbrannt.

Der einzige Zeuge, musste Marlena denken. Sie nahm das kleine Buch aus ihrer Tasche und fuhr vorsichtig über den Einband, als könne sein Innenleben ihr gefährlich werden.

Sie hatte zuvor einen Artikel über die lebende Veronika Glück geschrieben. Nun wusste Marlena, dass alle etwas über *die tote Hex* lesen wollten. Und über das Skelett in der Mauer.

Holte sich der Hexenkommissar die Hex? ...

Martins Worte.

Nürnberger Überraschungsbukett
Fenna Williams

Johann kam seit dem letzten Sommer nach St. Martha, jeden Donnerstag, bei Wind und Wetter. Seine Lieblingsstelle lag direkt neben dem Baum, für den mitten im Pflaster ein wenig Platz gelassen worden war. Ein Zeichen erdiger Freiheit in der festen Ordnung der Steine.

Johann liebte St. Martha, schätzte ihr geschmackvolles Interieur und ihr beruhigendes Ambiente. Er fühlte sich der Kirche verbunden, weil sie sich bescheiden im Hintergrund hielt und das geschäftige Treiben der Stadt mit sympathischer Gelassenheit betrachtete.

Genau wie er selbst.

Von seinem Standplatz aus konnte Johann von Passanten der Königstraße gesehen werden, aber dennoch die Ruhe dieses besonderen Ortes spüren. Hierher kam, wer wirklich wollte – und wurde mit einer Atempause vom Strudel der Zeit belohnt.

Johann wollte, dass es hier geschah: An der Kirche, die *ihren* Namen trug, gleich neben dem Baum, an dem er den Lauf der Jahreszeiten ablas und die Tage zählte, die ihr noch blieben.

Johann trug immer einen Bauchladen und platzierte stets einen Korb neben sich, aus dem er sein Angebot im Falle reger Nachfrage auffüllen konnte. Zu Beginn verkaufte er englische Rosen, ihre mehrfachgefüllten festen Blüten mit kurzem Stiel zu Biedermeiersträußen gebunden. Diese Schönheiten waren das Ergebnis der Hege und Pflege seiner Frau. Lina züchtete die Prachtexemplare in dem kleinen Schrebergarten hinter dem Stadtpark, in dem sie sich beide mehr schlecht als recht eingerichtet hatten. Er selbst schnitt Abend für Abend die passenden Manschetten aus Krepp, Stoff oder Spitze und fügte die Sträuße mit langen Bändern aus Samt zusammen.

Jeder Strauß ein Kunstwerk.

Zu Beginn der letzten Herbstsaison war Johann von Rosen zu Heidekraut gewechselt, das er mit tiefgelbem Heiligenkraut kombinierte. Die ungewöhnliche Farbauswahl rief bei den Kunden allgemeine Bewunderung hervor.

Die Eröffnung des Weihnachtsmarktes brachte Mistelzweige, für die Johann sich trotz seines Alters in höchste Baumwipfel wagte. In die verzweigten grünen Büschel flocht Lina karmesinrote Christrosen aus ihrem Gewächshaus. Diese Kreation sorgte in ihrer schlichten Schönheit für Furore und wurde Johann aus den Händen gerissen. An jedem seiner Standplätze: vor der Frauenkirche, auf der Burg, am Bahnhof und samstags auf dem Hauptmarkt.

Überall. Nur nicht auf dem Vorplatz von St. Martha.

Nicht donnerstags, nicht wenn *sie* sich zum Seniorenkreis fahren ließ, in einer schwarzen Limousine, welche die gesamte Zufahrt einnahm und auf Johann größer wirkte als sein Schrebergarten.

Wenn *sie* vorfuhr, verdunkelte sich das Licht. Dann beobachtete er aufmerksam, wie der junge Chauffeur ausstieg und der alten Dame fürsorglich aus dem Wagen half.

Johann hatte vom ersten Tag an bemerkt, dass die Frau ihren Begleiter nie eines Blickes und erst recht keines Dankes würdigte und ahnte, wie der Fahrer unter seiner Chefin litt. Deshalb nutzte Johann ihre selbstherrliche Unaufmerksamkeit immer wieder für einen aufmunternden Augenkontakt mit dem jungen Mann, der diese Freundlichkeit jedes Mal mit einem dankbaren Lächeln quittierte.

Die Dame ließ sich von ihrem Chauffeur über den Vorplatz führen und gestikulierte dabei wild mit einem Gehstock, dessen Knauf golden blitzte und vor allem mit der Geschichte ihres Reichtums prahlte: Kapital, geboren aus riesigen Blumenfeldern vor den Toren Nürnbergs, und gespeist aus Gewächshäusern mit modernsten Solaranlagen. Das war Wohlstand, den Johann sich nicht vorstellen konnte – obwohl dieser früher auch ihm gehörte. Ihm, seiner Frau Lina und deren Schwester Martha: der Dame mit Hut, Chauffeur und einem ausgeprägten Sinn für Boshaftigkeit und Rache.

»Du bist kein Geschäftsmann. Du hast ein zu weiches Herz«, hatte Martha gesagt, als sie den beiden alles nahm. »Du hast selber schuld.«

»Aber für uns sind Blumen nun mal das Wichtigste«, versuchte er ihr damals zu erklären. »Die Freude, die sie bringen und der Trost, den sie spenden.«

Linas Schwester hatte ihn geringschätzig angesehen. »Genau den werdet ihr auch nötig haben – denn alles andere nehme ich.«

Das war lange her. Dazwischen lagen Jahrzehnte ohne jeden Kontakt. Dann waren sie einander wiederbegegnet, an einem Donnerstag vor St. Martha, durch seine Planung.

Und wie jeden Donnerstag wartete Johann jetzt auf einen Gruß, ein winziges Zeichen des Erkennens und Anerkennens – aber wie jeden Donnerstag ging Martha grußlos an ihm vorbei zum Seniorenkreis, den sie genau so sicher kurz vor Ende der Veranstaltung als Erste wieder verließ.

Heute rundete sich Johanns Jahr verzweifelter Hoffnungen mit Märzenbechern und Schneeglöckchen, die auf dunkelgrünem Krepp mit weißer Samtschleife wirkten wie ein unschuldiges Versprechen auf bessere Zeiten.

Johann starrte auf die Kirche, als ginge es um sein Leben.

Als sich eine der schweren Kirchentüren öffnete und Linas Schwester auf den Vorplatz trat, brach ihm vor Aufregung der Schweiß aus. Das energische Tack-Tack ihres Gehstocks auf dem Kopfsteinpflaster klang bedrohlich in seinen Ohren. Je näher sie kam, desto fester umklammerten seine Hände den Bauchladen, damit Martha das Zittern nicht bemerkte.

Johann kannte das Ritual, das dann begann: Martha nahm jedes Sträußchen einzeln in die Hand. Sie pulte an den Blüten und befühlte die Blätter. Sie rieb und roch und fingerte. Das war der Moment, den Johann mehr als alles andere fürchtete, denn jeder, der nach Martha die Kirche verließ, musste ihre abfälligen Kommentare mitbekommen. Das Spektakel, das sie anstimmte, wenn er es wagte seine Blumen zu verteidigen, war für niemanden zu überhören. Es bereitete ihr diebische Freude andere am Kaufen zu hindern und Johann ohne ordentlichen Verdienst nach Hause zu schicken.

Johann seufzte jedes Mal ergeben, wenn Martha bei ihm stehen blieb. Immer wieder zeigte sie mit dem Finger auf eines seiner Sträußchen und sagte mit einer Stimme, die Befehle gewohnt war: »Was soll das kosten?«

Dann wies Johann auf das Schild an der Stirnseite seines Bauchladens, auf dem sehr deutlich und sehr leserlich stand: *Jedes Bukett fünf Euro.*

Jede Woche zeigte er wieder auf die Preisauszeichnung und genau so oft fragte die alte Dame: »Was steht da?«

»Fünf Euro!«

»Pro Sträußchen?«

»Pro Sträußchen.«

Dann setzte das Gekeife ein: »So klein? Und so teuer?«

Ihre Stimme war schrill und durchdringend und trug ihre Empörung durch die Menge der anderen potenziellen Käufer, die aus der Kirche strömten.

Johann wusste, warum sie das tat: Martha war nicht interessiert am Seniorenkreis oder an St. Martha selbst – ihr ging es um die Symbolik des Tages. Sie rächte sich für einen einzigen Donnerstag in ihrem gemeinsamen Leben, an dem sie einmal nicht die erste Geige gespielt hatte. Sie rächte sich für den Donnerstag, an dem Johann Lina heiratete – und nicht sie.

Hier und heute, dachte Johann, kommt der letzte Versuch. Er zog sich Handschuhe über und tauschte die Blumen seines Bauchladens vorsichtig gegen eine Korbvariante aus. Martha erreichte ihn in dem Moment, als er die neuen Sträußchen sorgfältig arrangierte.

Ihr fiel nicht auf, dass er dafür Handschuhe trug. Und das, obwohl der Wetterbericht stündlich darauf hinwies, dass dies der erste Tag des Jahres war, dessen Temperatur das Prädikat »Sommer« verdiente.

Sie spürte nur, dass Johann auffällig ruhig wirkte, so als hätte er sich an das entwürdigende Schauspiel der Donnerstage gewöhnt und als mache es ihm nichts mehr aus, von ihr öffentlich vorgeführt zu werden.

Das durfte sie nicht zulassen.

Wütend kniff sie in die zarte Blüte eines Märzenbechers. Dann zerpflückte sie die Blume mit den Fingern.

»Nicht mehr frisch«, zischte Martha.

»Jetzt nicht mehr.« Johann sah traurig auf die Reste des Straußes, der nun achtlos auf dem Kopfsteinpflaster landete. Dann nickte er bedächtig. »Das Gleiche kann man auch von uns sagen.«

»Von dir vielleicht.« Marthas Stimme klang hart. »Ich hingegen habe Mittel und Wege frisch zu bleiben.« Sie fuhr erneut zwischen die Blüten und ließ dabei die Ringe an ihren Fingern in der Sonne blitzen.

Johann verschwendete keinen Blick an die Diamantenpracht, sondern suchte im Gesicht seines Gegenübers nach weichen Zügen.

»Du bist allein – wir sind allein«, sagte Johann leise, während die Leute an ihnen vorbeieilten. Einige blieben stehen, um zu sehen, um was es bei der Auseinandersetzung zwischen dem abgerissenen Blumenverkäufer und der eleganten Dame ging.

Aber Johanns Worte waren nicht für die Passanten bestimmt. Er flüsterte: »Wollen wir uns nicht endlich vertragen?«

Martha warf den Kopf zurück und lachte schallend. »Das kann ich mir vorstellen, dass euch das gefiele. Raus aus eurer elenden Baracke und zurück in die Stadtvilla mit Blick auf die Pegnitz.« Sie drehte die Hände nach außen und ließ dabei auch den

Strauß, an dem sie eben noch ausgiebig gerochen hatte, gleichgültig auf die Erde fallen. »Wieso sollte ich? Was wäre deiner Meinung nach für mich dabei drin?«

»Du hättest wieder eine Familie.«

Johann sah hinunter auf das Kopfsteinpflaster und zählte die sorgfältig verlegten Quadersteine, um sich zu beruhigen. Sein Herz klopfte. Von Marthas Antwort hing jetzt alles ab. Die Zeit wurde knapp – aber noch stand der Weg in ein anderes Leben offen. Für Lina und für ihn. Und besonders für Martha.

Johann wagte einen Blick auf die Uhr. In wenigen Minuten würde das Gift zu wirken beginnen: in den Schleimhäuten der Nase und an Marthas harten Händen. Johann dachte daran, wie wichtig fünf kurze Minuten im Leben – und Sterben – eines Menschen sein konnten.

Dann merkte er, wie sein Gegenüber hörbar nach Luft schnappte und sah, wie die Lippen von Linas Schwester zu einem bösen dünnen Strich wurden.

»Allein? Ich allein?«, keifte sie. »Dass ich nicht lache. Ich habe jede Menge Menschen um mich. Und ich kann sie nach Belieben auswählen.«

Johann nickte: »Aber wer wählt dich? Wer ist für dich da ohne gerufen, ohne von dir bezahlt zu werden?«

»Niemand trifft auf andere ohne Hintergedanken«, antwortete Martha leichthin. »Ganz gleich, ob mit oder ohne Bezahlung.«

Johann ließ sich das einen Moment durch den Kopf gehen: »Du magst recht haben – aber manchmal heißen die Gedanken, die dahinter liegen: Toleranz, Liebe, Vertrauen ...«

»Papperlapapp.« Martha roch noch einmal an einem Märzenbecher, verzog einen Moment irritiert das Gesicht, fing sich aber sofort wieder. »Jeder Mensch ist käuflich. Und du bietest dich zu einem völlig überholten Wert an. Ich habe keinen roten Heller für euch übrig. Da müsst ihr schon warten, bis ich tot bin.«

»So sei es.« Johann nickte ergeben, sagte dann aber mit erstaunlich fester Stimme: »Dein Wunsch ist uns Befehl.«

Er schob seinen Bauchladen näher an Martha heran. Sie griff abermals mitten hinein in die Sträußchen: witterte, schnüffelte und schnupperte. Grabschte, fummelte und quetschte.

Zum ersten Mal genoss Johann jede ihrer Bewegungen.

Er beobachtete sie interessiert: Als die Atemnot einsetzte und alle Farbe aus ihrem Gesicht wich, als sie verzweifelt um Haltung rang und ihr Leben immer schneller verrann. Einige Besucher des Seniorenkreises blieben stehen, wollten der eleganten Dame helfen. Einer rief nach dem Chauffeur, der besorgt herbeieilte und Martha ins Auto bugsierte, um sie so schnell wie möglich ins Krankenhaus zu fahren.

In diesem Tumult achtete niemand mehr auf Johann.

Der klappte in aller Ruhe seinen Bauchladen zusammen und ging langsam, aber beschwingt die Königstraße hinunter.

An diesem Abend gab es in einer Schrebergartenkolonie ein Freudenfeuer, in der unverkäufliche Frühlingsbuketts, Spitzen, Krepp und Samt verbrannt wurden.

Lina beobachtete, wie alles langsam zu Asche zerfiel, als der Chauffeur ihrer Schwester die Gartenpforte öffnete, auf sie zukam und sie umarmte: »Hallo Mama, hallo Papa ...«

Johann schürte das Feuer, damit es noch einmal aufloderte und die letzten Hinweise auf das flüssige Nikotin an Blumen, Blättern und Bändern vernichten konnte. Dann drehte er sich gelassen zu seinem Sohn um und fragte: »Alles gut gelaufen?«

Der junge Mann seufzte theatralisch: »Dieses dumme Auto ist viel zu groß, um es schnell durch den Feierabendverkehr zu manövrieren. Bis ich endlich in der Klinik war ...«

»Ihre letzten Worte?«

»Johann und Lina bekommen nichts als ihren Pflichtteil, Richard.

Ich habe stattdessen Sie zum Erben eingesetzt: meinen kleinen, pflichtbewussten, ergebenen Chauffeur. Die beiden werden sich totärgern.«

Lina zupfte ein paar braune Blätter von ihren kostbaren Rosen. »Sie hat also bis zum Schluss nichts gemerkt? Nicht gewusst, wer du wirklich bist?«

»Nein. Ich musste es ihr erklären.«

Die beiden lächelten sich verschwörerisch an.

»Seitdem weiß ich: Wir hätten kein Kontaktgift einsetzen müssen: Tante Martha wäre in dem Moment, in dem sie unseren Plan endlich kapierte, aus purer Wut gestorben.«

»Das dachte ich mir. Ich wollte trotzdem, dass die Blumen das letzte Wort behalten«, sagte Johann. »Denn wie heißt es so schön: Lasst Blumen sprechen!«

Klarakirche

Tödliche Stille
Kerstin Lange

Barbara öffnet die schwere Holzeingangstür der Klarakirche. Wie jeden Morgen. Seit Karls Pensionierung kauft sie morgens im Café Beck, schräg gegenüber dem Gotteshaus, vier Roggen-Vinschgerl und sucht danach die Kirche auf. St. Klara ist ein offenes Haus, ab sieben Uhr kann jeder diesen Ort der Stille besuchen.

Barbara bleibt einen Moment im Eingang stehen, holt tief Luft. Mit geschlossenen Augen nimmt sie die Atmosphäre in sich auf. Fünf Minuten reichen, um Kraft für den Tag zu erhalten. Es ist nicht weit von ihrem Häuschen in der Vorderen Sterngasse bis hierhin, doch sie ist noch nie auf die Idee gekommen, tagsüber in das Gotteshaus einzukehren. Sie möchte, dass es ihr Geheimnis bleibt. Niemand soll von den Besuchen wissen, schon gar nicht Karl. Sie nutzt die frühe Stunde.

Eingebettet im Zentrum der Altstadt, nur ein paar Meter entfernt vom Strom der Touristen, liegt dieser Ort der Ruhe und Besinnung. Er lässt Platz zum Träumen und Denken.

Barbara setzt sich auf die hinterste Bank, nah am Gang, platziert die Tüte mit den Brötchen neben sich und blickt in den Ost-Chorraum. Ein schlichter Altarblock aus Muschelkalk – mehr steht dort nicht. Als Schmuck reichen einfache Kerzenleuchter. Hohe, schmale Fenster, eingefasst in dunkles Metall und Rundbögen aus rötlichem Stein sind neben den Holzschnitzereien die einzigen Farbtupfer.

Ganz anders sieht es zur Zeit in Barbaras Haus aus. Sie denkt an die Nachbarinnen, die eine Woche lang jeden Nachmittag Papierrosen gedreht haben. Heimlich, Barbara hat es erst gestern Abend erfahren, als sie den Eingang ihres Häuschens damit schmückten.

Eine goldene *50* prangt jetzt inmitten der roten, weißen und grünen Blütenpracht.

Ab zehn Uhr werden sie heute alle kommen, um zur Goldhochzeit zu gratulieren: die Nachbarn, die Verwandten, Karls ehemalige Arbeitskollegen und Kegelbrüder. Die Kinder haben sich für den Nachmittag angekündigt.

Barbara seufzt und hängt weiter ihren Gedanken nach. Wie wäre ihr Leben wohl verlaufen, wenn sie zu einer anderen Zeit gelebt hätte? Wäre sie auch ins Kloster gegangen, wie ihre Namensvetterin Barbara Pirckheimer, die als Nonne ihren Vornamen in Caritas änderte? Eine Klarisse. Ein Leben in Klausur, Arbeit und Stille.

Barbara findet keine weiteren Parallelen zwischen sich und der Nonne, nur im Namen. Ihr Lebensinhalt ist der Glaube an die Familie. Schon als Sechzehnjährige hatte Barbara nur einen Wunsch: heiraten, Kinder kriegen und einen Mann versorgen.

Sie seufzt noch einmal, nimmt ihre Brötchen und steht auf. Ein letzter Blick auf die Trauerwand, in der sie auch ihren persönlichen Zettel hinterlegt hat. Jetzt fühlt sie sich stark für den Tag.

Neun Stunden später ist er überstanden. Barbara steht in der Küche und betrachtet die Berge von Abwasch.

Sie weiß nicht, wie viele Gratulanten heute durch den geschmückten Eingang getreten sind, Geschenke überreicht, Gedichte aufgesagt, Häppchen verspeist und jede Menge getrunken haben. Die kalten Platten reichten, nur wenige Würstchen, Frikadellen und belegte Brötchen sind übrig geblieben. Nur der Ochsenmaulsalat wurde komplett aufgegessen.

Philipp, Andreas und Michael sind die letzten Gäste und sitzen mit ihrem Vater im Esszimmer. Emma ist schon früher gegangen, wie immer muss sie für ihr Studium lernen. Die Gespräche der Männer drehen sich um Gartenarbeit und Brieftauben. Barbara nimmt den Abwasch in Angriff, statt sich dazuzusetzen und lässt den Tag Revue passieren.

Das Wetter hat mitgespielt, ein goldener Oktobertag, wie vor fünfzig Jahren. Ihr Blick fällt auf die Nürnberger Tageszeitung. Seltsam, denkt sie, dass Glückwünsche zu Geburtstagen, Jubiläen und Geburten neben Todesanzeigen abgedruckt werden. Freude und Trauer liegen ganz nah beieinander.

Auf dem Foto in der Zeitung blicken Barbara und Karl in entgegengesetzte Richtungen. Das ist nicht weiter verwunderlich, denn eigentlich sind es zwei einzelne Bilder, die Ilse – ihre Nachbarin von rechts – mühevoll zusammengestellt hat, um es wie einen Schnappschuss aussehen zu lassen. Natürlich hatte Ilse nach einem Hochzeitsfoto gefragt und ganz entsetzt geschaut, als ihr Barbara schulterzuckend mitteilte, es gäbe keines.

Die Erklärung war simpel, aber Barbara wollte ihrer Nachbarin nichts erklären. Die hätte nur ungläubig den Kopf geschüttelt. Barbara hatte es selbst nicht verstanden, wie jemand einen ganzen Tag Fotos schießen konnte, ohne zu merken, dass der Film nicht weitertransportiert wurde. Mit den heutigen Digitalkameras würde so etwas nicht passieren.

Doch es ist keine Wut in ihr, nur noch Resignation. Vielleicht hätte sie es als Zeichen deuten müssen, dass es kein einziges Hochzeitsfoto gab?

Karl hatte ihr versprochen, das nachzuholen. Irgendwann. Vielleicht in Las Vegas noch einmal heiraten? Damals lachten sie gemeinsam über die Vorstellung, wie sie in bunten glitzernden Kostümen in einer kitschigen Kapelle sich erneut das Ja-Wort geben würden. Kontrastprogramm zum weißen Brautkleid und schwarzen Anzug auf dem Gelände des ehemaligen Klarissenklosters.

Barbara schnauft, während sie einen schmutzigen Teller abwäscht. Sie sind nie in Amerika gewesen. Michael kam sechs Monate nach der Hochzeit, dann Philipp und kurz darauf Andreas. Mit den Jungs fuhren sie alle zwei Jahre auf einen Campingplatz an den Gardasee. Mehr war nicht drin.

Erst recht nicht, als sich Emma, das Nesthäkchen, ankündigte.

Barbara rutscht der Teller aus der Hand und fällt auf die Fliesen. Der Krach ist ohrenbetäubend. Einen Moment hält sie inne, lauscht, ob jemand ruft. Sich erkundigt, ob ihr etwas passiert ist.

Nichts. Nur Stille. Keiner ihrer Männer eilt herbei. Wie anders die Stille im Haus ist. In der Klarakirche genießt sie die Ruhe, fühlt sich wohl. Hier in den vollgestellten Räumen mit dunklen Holzdecken ist die Stille bedrückender, ist größer geworden, seit alle Kinder ausgezogen sind. Barbara hat weniger zu tun und sie hält sich akribisch an ihren Putzplan, um den Alltag zu überstehen. Niemand kann ihr vorwerfen, dass sie ihren Haushalt nicht im Griff hat!

»Mutter, wir sind dann auch weg. Ach, du bist ja schon fertig mit dem Abwasch! Wahnsinn, wie du das immer schaffst.« Michael lächelt sie an.

»Vater hat kein Ende bekommen. Musste noch die Tipps für den Garten loswerden. Du kennst ihn ja.«

Barbara nickt. Ja, wenn Karl einmal anfing zu reden, fand er kein Ende.

»Soll ich dir noch ein paar Reste einpacken?«

Die obligatorische Frage.

»Nee, lass stecken, ich platze sonst!«, antwortet Michael.

Auch Andreas und Philipp winken ab. Andreas, der Jüngste, nimmt sie in den Arm und fragt: »Geht es dir gut?«

Barbara nickt, tätschelt seinen Arm ungeschickt. Körperlichkeiten sind in der Familie fremd.

»Alles ist gut, mein Kleiner!«, antwortet sie und verzieht den Mund zu einem Lächeln.

Sie schaut den Jungs hinterher, geht dann ins Wohnzimmer. Karl sitzt bereits im Fernsehsessel. Der Wettermann berichtet von einem Hochdruckgebiet über Süddeutschland, das auch in den nächsten Tagen weiter anhalten soll. Wie schön, denkt Barbara, wenigstens die Sonne lacht.

Karl schnarcht.

Sie setzt sich, drückt einige Knöpfe des automatisch verstellbaren Fernsehsessels, bis die Fußablage in der richtigen Position ist. Endlich entspannen, denkt Barbara. Nur ihr Kopf will nicht abschalten.

Es war ein schönes Fest. Sie ist zufrieden mit sich. Alle haben sich wohlgefühlt: die Familie, die Nachbarn, die Kegelbrüder und Taubenzüchter.

Über den Bildschirm flimmern bunte Naturbilder.

Hat niemand etwas gemerkt? Sie schüttelt den Kopf. Nein, niemandem ist aufgefallen, dass Karl nicht ein Wort mit seiner Frau gewechselt hat. Weder den Nachbarn, noch den Kindern. Nicht heute oder an irgendeinem Tag in den letzten fünf Jahren.

Ein tiefes Grunzen schreckt Barbara aus ihren Gedanken. Karl liegt mit offenem Mund, den Kopf leicht zur Seite gedreht, in seinem Liegesessel. Aus seinem Mundwinkel rinnt Speichel. Jeder Abend verläuft gleich. Karl schläft während der Tagesthemen ein, sie schaut sich noch eine Talkshow an. Dann weckt sie ihn und begleitet ihn ins Bett. Er kann ihr nicht vorwerfen, dass sie sich nicht um ihn kümmert.

Und auch sonst ist sie sich keiner Schuld bewusst.

Nur – seit seiner Pensionierung redet er nicht mehr mit ihr.

Anfangs ist ihr das gar nicht aufgefallen. Karl hat nie viel gesprochen. Als sie bemerkte, dass er noch nicht einmal mehr zustimmend grummelte, fragte sie ihn beim Abendessen:

»Was ist los? Du bist so still.«

Karl schaute einen Moment auf, aß dann den Teller leer und verschwand im Garten.

Warum er nicht mit ihr spricht, weiß Barbara nicht. Irgendetwas hat sie irgendwann falsch gemacht. All die Versuche – egal ob sie seine Lieblingsspeisen gekocht, ihn angebettelt, angefleht hat – keine Reaktion! Nur sein Blick, mit dem er sie bedachte, veränderte sich. Überheblich, verachtend, missachtend.

Trost fand sie jeden Morgen in der Klarakirche.

Barbara beschloss, sein Schweigen zu ignorieren, gab sich besondere Mühe, alles schön zu machen. Die Phase würde vorbeigehen, die Minuten in der Kirche gaben ihr Kraft und Stärke dies durchzustehen. So wie heute. Sie hatte funktioniert, gut funktioniert. Die Gäste bewirtet, bedient.

Sie lässt die Gespräche Revue passieren.

»Wie geht es dir, Barbara?«, eine häufig gestellte Frage. Doch sobald sie antworten wollte, sprach derjenige bereits weiter.

»Ich habe etwas Unglaubliches erlebt! Kannst du dir vorstellen ...?«

Barbara lächelte, ging zum Nächsten, reichte Sektgläser, zapfte Bier. Das kannte sie, das war sie gewohnt.

Sie denkt an das Klosterleben. An die unterschiedlichen Arten von Stille. Die, die gut tut, und die andere, die Angst schürt und krank macht.

Nimmt eigentlich irgendjemand Notiz von mir? Barbara geht diese Frage nicht mehr aus dem Sinn. Und die Antwort liegt auf der Hand: Nein. Karl zeigt ihr auf, was jeder von ihr hält. Nämlich nichts. Niemand interessiert sich für sie. Sie ist unsichtbar. Zum hundertsten Mal fragt sie sich, was sie dagegen tun kann.

Karl dreht sich zur Seite, begleitet von einem lauten Schnarcher. Wird sich etwas ändern? Wann wird er erkennen, was er an ihr hat?

Und wenn das nie passiert?

Barbara erhebt sich, geht in die Küche. Sie steht einen Augenblick still, schaut stolz auf die polierte Arbeitsplatte.

Ihr Blick bleibt an dem Messerblock hängen.

Sie greift nach ihrem Lieblingsmesser.

Japanisch, ideal für Fisch und Fleisch. Ohne hinzuschauen lässt sie ihre Fingerkuppen über die scharfe

Schnittkante gleiten. Blut tropft, sie merkt es nicht. Sie dreht wieder um, kehrt zurück ins Wohnzimmer. Das Messer noch immer in der Hand haltend, beobachtet sie ihren Mann. Sie will doch nur, dass jemand Anteil an ihrem Leben nimmt. Sich für sie, Barbara, interessiert.

Das Messer findet den Weg von alleine. Es ist ganz leicht. Ein erneutes Grunzen, dann ist es wieder still. Eine angenehme Stille, ohne Angst.

Einen Moment hält sie inne, dann nimmt sie das Telefon in die Hand. Wählt 110. Barbara lächelt. Sie freut sich auf die Fragen der Polizisten. Endlich hört ihr jemand zu.

Ein Geschenk des Himmels
Anne Hassel

It´s raining men, hallelujah,
It´s raining men ...

Juliane stellte den Ton des Radios lauter, summte das
Lied mit und kreiste rhythmisch mit den breiten Hüften. Den Blick in den langen Wandspiegel vermied
sie, obwohl sie bei den heruntergelassenen Rollos
sowieso nicht viel erkannt hätte.
It´s raining men, hallelujah,
It´s raining men.
Sie seufzte. Es müssten gar nicht mehrere Männer
sein. Einer würde ihr schon genügen, einer, ganz für
sie alleine. Aber nicht einmal diesen bescheidenen
Wunsch hatte ihr das Schicksal bisher erfüllt.
Von draußen hörte sie die Stimmen der Handwerker, die sich auf dem Gerüst hin- und herbewegten
und das Fachwerkhaus mit einem neuen Außenan-
strich versahen.
Heute strichen sie das Mauerwerk vor ihrer Wohnung im zweiten Stock. Ahnungslos war Juliane
am Morgen im karierten Nachthemd, sie liebte rot-
weiß, aus ihrem Schlafzimmer geschlurft, hatte die
Rollos nach oben gezogen. Wollte wie immer schräg
gegenüber auf die Mauthalle blicken, ein Gebäude,
das einst 1498 bis 1502 von Hans Behaim d. Ä. als
Kornhaus erbaut wurde. Mit vierundachtzig Metern
Länge und zwanzig Metern Breite ein großes Haus,
das später das Zoll- und Waagamt und im 19. Jahr-

hundert als Hauptzollamt genutzt wurde. Der im Kriegsjahr 1945 völlig ausgebrannte und 1951 bis 1953 wieder aufgebaute Bau beherbergte nun in den Kellergewölben den *Barfüßer*, ein Restaurant mit eigener Hausbrauerei, in dem Juliane schon manchen Abend unfreiwillig bei Sauren Zipfeln und Schwarzbier alleine saß.

Doch stattdessen hatte sie nun in das Gesicht eines Kerls geblickt, der sie ungeniert anstarrte und dann grinste.

So schnell sie konnte, verdunkelte sie das Wohnzimmer, wagte nicht einmal Licht anzuschalten, nur das Radio lief.

Noch immer im Hemd, öffnete sie den Kühlschrank. Er war bis auf ein paar runzelige Karotten leer.

Auch das noch, dachte sie und der Gedanke, sich anziehen und nach draußen gehen zu müssen, behagte ihr wenig. Doch wenn sie nicht hungern wollte, war es unumgänglich.

Eine halbe Stunde später trug Juliane schwarz und weitgeschnitten: Pullover und Rock. Gab sich dem trügerischen Gefühl hin, darin nicht ganz so dick zu wirken, die Farbe schluckte einige Pfunde. Wie schon zuvor ignorierte sie abermals den Spiegel, ging durch den Flur und anschließend in das ruhige Treppenhaus.

Kalte Luft und die Geräusche der Straße kamen von draußen, als sie die Haustüre öffnete. Ein März mit Tagen, die noch an den Winter erinnerten.

Während Juliane überlegte, zu wem sie in der Einkaufspassage auf dem unterirdischen Weg zum Bahnhof zuerst gehen sollte, schaute sie nach oben.

Sah, wie der Mann einen Tritt neben das Gerüst machte, vergeblich versuchte, das Gleichgewicht zu halten. Mit den Armen ruderte. Schrie.

Juliane stürzte nach vorne. Streckte die Hände aus. Und da fiel er auf sie – versank in der Weichheit ihres fülligen Körpers. Ließ Juliane für Sekunden straucheln, kurz knickte sie ein, doch nur kurz, dann stand sie wieder aufrecht.

Es war ein junger Mann, sehr schlank, rosig die Gesichtshaut mit dunklem Dreitagebart. Mädchenwimpern bedeckten geschlossene Augen, die er auch nicht öffnete, als Juliane ihn nun fest an sich drückte. Sie schaute nach allen Seiten. Niemand schien etwas bemerkt zu haben, nicht einmal seine Arbeitskollegen.

So gut es ging drehte sie sich mit ihrer Last um, hielt ihn wie ein Baby in den Armen, schlüpfte durch die noch halb geöffnete Haustür und stieg behutsam wieder die Treppen hinauf bis zum zweiten Stock. Sie drückte den leichten Körper zärtlich an sich.

In ihrer Wohnung legte sie ihn vorsichtig auf das Bett. Noch immer hielt der Mann die Augen geschlossen, atmete leicht wie ein Schmetterling. Juliane betrachtete ihn liebevoll.

Ein Geschenk des Himmels.

Nur für sie alleine.

Aber ein dünnes, viel zu dünn. Sie würde gut für ihn sorgen, ihn pflegen müssen, damit er zu Kräften kam.

Er war noch immer nicht bei Bewusstsein, ein Zustand, der ihr die Arbeit erleichterte. Sie nahm seine Arme, bog sie nach oben, befestigte sie mit Stricken an den Holzpfosten des Bettes.

Als der Mann die Augen öffnete, erschrak sie. Blickte in ein noch nie gesehenes Wasserblau, ein Blau, das sie faszinierte.

»Wo bin ich? Was ist passiert?«, fragte er, bäumte sich leicht auf, zog an der Befestigung.

Juliane setzte sich auf die Bettkante.

»Du bist vom Gerüst gefallen und jetzt bei mir, in meiner Wohnung«, antwortete sie und streichelte leicht über das Gesicht des Mannes, der jedoch versuchte, ihren Berührungen zu entkommen.

Auf seine weiteren Fragen sagte sie immer nur, er sei direkt in ihre Arme gefallen und sie habe nicht vor, ihn wieder gehen zu lassen. Bei Geschenken sei es üblich, sie zu behalten. Und er wäre schließlich eines, vom Himmel geschickt, sozusagen. Es werde ihm gut gehen bei ihr, er solle sich mal keine Gedanken machen.

Dann stand sie auf, meinte: »Du hast bestimmt Hunger«, denn es war längst Zeit zum Mittagessen. Langsam ging sie aus dem Schlafzimmer, durch den Flur ins Treppenhaus um einzukaufen.

Plötzlich fiel ihr das Märchen von Hänsel und Gretel ein und ein wenig fühlte sie sich wie die Hexe, die den Jungen mästen wollte. Doch dann verscheuchte sie schnell diesen Gedanken. Schließlich war ihr Jüngling vom Himmel gefallen und nicht von seinen Eltern ausgesetzt worden. Was für ein unsinniger Vergleich!

Das, was sie anschließend holte, leise, fast schüchtern der Verkäuferin sagte, besorgte sie sonst selten für sich. Fettes Schweinefleisch, Leberwurst und viele Dinge, von denen sie annahm, dass sie dem Fremden schmecken könnten. Lauter köstliche, nahrhafte Sachen.

Auf dem Nachhauseweg summte sie leise, als sie durch die Bahnhofspassage nach oben ging, um die Königstraße zu überqueren. Ein Blick zur Mauthalle, sie würde nie mehr alleine im *Barfüßer* speisen.

Auf den Lieferwagen, der sich schnell näherte, achtete sie nicht.

Wollte nur zu dem zarten Gesicht, dem schmalen Körper oben in ihrem Bett. Sah sich in ihrer Fantasie den Jungen füttern, ihn liebkosen, wie er sich in ihr verlor.

Zu spät hörte sie das Quietschen der Bremsen, spürte den Aufprall und während Menschen nach einem Krankenwagen riefen, dachte sie: Es gibt doch nichts Vollkommenes. Da regnet es einmal ein Geschenk vom Himmel und dann passiert irgendetwas, das alles wieder verdirbt.

Lorenzkirche

Das Pfingstwunder
Jennifer B. Wind

Nürnberg, Donnerstag 7. Juni 1466

Seine Neigung zu übertriebener Pünktlichkeit hat ihm schon des Öfteren Häme eingebracht. Auch diesmal glückt es Hartmann Schedel, nicht zu trödeln oder sich vom Geschrei der Marktfrauen von seinem Weg abzulenken. Einzig ein Bettelweib fesselt für wenige Sekunden seine Aufmerksamkeit. Mit zwei an ihre Beine gebundenen Brettern drückt sie sich tief in den Schatten der Lorenzkirche. Er erkennt ein schiefes Grinsen, regelmäßige Zähne. Unwillkürlich denkt er an seine Base Sara, die ebenfalls gelähmt ist. Gottlob wird sie von seinem Vetter versorgt und muss nicht betteln. Im Vorbeigehen lässt er einen Blaffert[1] in die Schüssel fallen, die im Morast steht. Schamhaft schlägt das Mädchen die Augen nieder und murmelt Worte der Dankbarkeit, die sofort im bedrohlichen Hufschlag einer vorbeifahrenden Kutsche untergehen. Hartmann schaudert. Der Wind reißt an seiner Heuke[2]. Verärgert zupft er diese gerade und befestigt sie mit der maroden Mantelspange erneut. Er muss sich unbedingt eine neue Spange kaufen, damit er den Umhang nicht in Bälde verliert. Vielleicht schafft er es, seine Trippen[3] einzutauschen. Immerhin nennt er neuerdings ein Paar Patten aus Metall sein eigen. Diese Überschuhe, die er sich zum Schutz über seine wendegenähten Schnabelschuhe aus feinstem Leder gezogen hat, halten viel länger und lassen sich besser reinigen. Hölzerne Trippen, wie er sie vorher verwendet hat, werden den Gestank aus den Straßen nach einer Weile nicht mehr los. Urin und Kot fressen sich in das Holz und hinterlassen eine übelriechende Patina. Ohne Überschuhe verlässt er niemals das Haus. Schließlich hat er lange genug studiert, um zu wissen, wie schnell man krank wird. Vor einem halben Jahr hat Hartmann Schedel an der Universität Padua in Medizin, Anatomie und Chirurgie promoviert. Seit fünf Monaten weilt er nun wieder in seiner Heimatstadt Nürnberg und begleitet seinen Vetter, der ebenfalls ein Medikus ist, bei seiner Arbeit. In den nächsten Jahren möchte er genug Praxiserfahrung sammeln. Der hiesige Feldscherer Alois, der sich in der Armeezeit umfassendes Wissen zur Wundheilung angeeignet hat, ist dabei von unschätzbarem Wert. Alois hat bereits Gliedmaßen von zahlreichen verwundeten Soldaten amputiert, etwas, das Hartmann selbst nur aus Büchern und von Vorträgen kennt.

Den Umhang fest im Griff läuft Hartmann zum Eingangsportal der Basilika. Wie erwartet, ist Anna noch nicht hier. Am Deocarusfest, das seit 1437 jeden Mittwoch nach Pfingsten gefeiert wird, hat er sich ihr genähert, mit ihr getanzt und geredet. Gestern ist sie so fröhlich wie ein neugeborenes Baby gewesen und im Grunde genommen ist sie das auch. Der Heilige Deocarus hat ihr das Augenlicht wieder geschenkt. Angeblich geschah es genau am Pfingstsonntag nach der Messe, also vor vier Tagen. Hartmann, der nicht an Wunderheilungen glaubt, ist deshalb zum Fest erschienen. Mit seinen eigenen Augen wollte er sehen, ob diese Geschichte wirklich stimmt und von Anna persönlich hören, wie es sich zugetragen hat. Ihre Wangen röteten sich, als er ihre Hände in die seinen nahm. Ihr Lächeln erreichte die Augen und ließ sie erstrahlen, Kerzenflammen spiegelten sich darin. Unter dem Vorwand eines romantischen Stelldicheins hat er sich heute mit ihr verabredet.

Ein Blitz reißt ihn aus seinen Erinnerungen. Zwanzig Minuten wartet er bereits. Durchschaute Anna, dass sein Interesse an ihr rein medizinischer Natur ist?

Das Bettelmädchen rutscht auf seinen Brettern unter einen verlassenen Marktstand. Eine Minute später fallen erste Tropfen. Im selben Moment kommt Pastor Josef im Regen auf die Kirche zugelaufen. »Kommen Sie herein, Herr Doctor Schedel.«

Er schließt das Tor auf und lässt Hartmann, der vorsorglich seine Patten abstreift und neben das Tor stellt, eintreten. Seine Augen gewöhnen sich schnell an die Dunkelheit. Noch einmal wirft Hartmann einen Blick zum Eingang. Vermutlich ist Anna vom Gewitter überrascht worden und hat in einer Gaststätte Unterschlupf gesucht. Ehrfürchtig geht er durch den imposanten Hallenchor. Auch wenn teilweise noch Glasfenster fehlen, ist Konrad Heinzelmanns Arbeit schon weit fortgeschritten und lässt späteren Prunk erahnen.

»Beim heiligen Petrus, zu Hilfe!«, schallt auf einmal die Stimme des Pastors durch die Lorenzkirche. Eilig hastet Hartmann durch das Kirchenschiff. Der Pastor kniet, die Hände vor der Brust gefaltet, vor einem Altar.

»Eher beim heiligen Deocarus«, antwortet der Medikus mit Blick auf die leblose Frau, die vor dem Deocarus-Altar liegt und nimmt die Kerze entgegen, die ihm der Pastor reicht. Im kühlen Lichterschein erkennt Hartmann Annas Kleid, das bis zur Hüfte hochgeschoben ist und den Blick auf ihre hüllenlose Scham freigibt. Ungläubig kniet Hartmann nieder, leuchtet in Annas blutverschmiertes Gesicht und untersucht den Körper, während der Pastor neben ihm betet.

»So helfen Sie ihr, Doctor Schedel!« Verzweifelt hebt der Pastor die Arme.

»Hier endet meine Kunst, Vater.« Betroffen schüttelt Hartmann den Kopf. »Anna ist seit Stunden tot. Sie trägt immer noch dasselbe Kleid wie gestern Abend. Vermutlich wurde sie nach dem Fest ermordet.«

Ob der Mörder sie bewusst hierher gelegt hat? Auf dem Predellenflügel des Altars ist das Bild einer Blindenheilung zu sehen. Darauf entdeckt man einen Knaben mit heraushängenden Augäpfeln, während der Vater goldene Votiv-Augäpfel hält. Das ist wahrscheinlich kein Zufall!

Der Mörder hat sich außerdem an ihr vergangen. Wer tut so etwas Abscheuliches und warum? Bestimmt gibt es eine Menge Leute, die neidisch auf Annas neugewonnenes Augenlicht sind. Denn seit Nürnberg im Jahre 1370 die erste Bettelordnung erlassen hat, wimmelt es in Nürnberg von sogenannten würdigen Armen. Viele hoffen, vom heiligen Deocarus geheilt zu werden. Ein Teil seiner Gebeine liegen seit 1316 in einem Silbersarg in St. Lorenz. Kurz danach hatten wundersame Heilungen begonnen.

»Ich eile nach dem Büttel[4]«, flüstert der Pastor und bekreuzigt sich.

»Bringen Sie den Feldscherer[5] Alois mit, auch er soll die Leiche beschauen«, bittet Hartmann.

Alois und der Büttel sind schnell vor Ort und untersuchen die Tote.

»Der Verlobungsring fehlt«, fällt Alois auf.

Eine Schweißperle läuft Hartmann über die Stirn und bleibt an seiner Nasenspitze hängen. »Sie war jemandem versprochen?«

Der Pastor nickt. »Der Hochzeitstermin mit dem Heller Jacob stand bereits fest.«

»Dem Knecht der Kulmbacher Bauersleut?«

Anna hatte ihren Bräutigam nicht erwähnt. Wäre Hartmann das bewusst gewesen, hätte er ihr doch keine schönen Augen gemacht! Ist am Ende alles seine Schuld? Woher sollte er denn wissen, dass sie trotz ihrer Behinderung einen Mann gefunden hat, wo ihm zudem ein Marktweib erzählte, Anna verdiene sich ihr Geld in der Badestube. Deshalb ist Hartmann auch verärgert gewesen, dass der heilige Deocarus sie auserwählt hat und nicht seine unschuldige Base Sara.

Der Büttel stößt einen Seufzer aus, holt ein vertrocknetes Sträußchen aus Annas Kleidertasche und streckt es Hartmann strahlend entgegen. »Mönchspfeffer und Johanniskraut. Die Kulmbacherin, die Frau vom Bauer, ist Hebamme. Sie hat diese Kräuter in ihrem Garten.«

Hartmann zuckt mit den Schultern. »Der Bader sicher auch.«

»Johanniskraut blüht erst Ende Juni, außer im Garten der Kulmbacherin, wie durch Zauberei.«

Eine Stunde später kommt der Büttel mit dem bereits gefesselten Knecht wieder. »Es war ein Unfall!«, schreit Jacob und spuckt Hartmann ins Gesicht. »Ich wollte ihr nur die Kräuter bringen. Warum den

Knecht heiraten, wenn ich den Medikus haben kann, hat sie mir auf einmal ins Gesicht gelacht! Da hab ich ihr gezeigt, was für ein ganzer Kerl ich bin. Dabei ist ihr Kopf aufgeschlagen. Überall war Blut. Also hab ich sie hierher gebracht. Zu Deocarus! Alles seine Schuld! Wär sie bloß blind geblieben.«

Nachdem der Knecht abgeführt und die Leiche weggebracht worden ist, geht Hartmann müde und nachdenklich nach Hause. Für seine neidischen Gedanken schämt er sich jetzt. Warum hat Deocarus Anna geheilt und ließ sie kurz darauf sterben? War ihre Heilung ein Versehen?

Müde öffnet er die Türe zu seiner Kammer. Im Schein der Dochtleuchte erkennt er seine Base, die ihn mit leuchtenden Augen erwartet. Kaum hat er den Mantel abgelegt, steht sie auf. Unsicher setzt Sara ein Bein vor das andere. Das kann nicht sein! Mit zitternden Händen reibt sich Hartmann über die Augen, um das scheinbare Trugbild wegzuwischen. Als er die Augen wieder öffnet, erkennt er, dass ihm sein Gehirn keinen Streich gespielt hat. Er sieht Sara noch lächelnd weiter auf ihn zugehen, bevor er weinend auf die Knie sinkt.

---

1 Blaffert: Hohlmünze, als Groschenmünze des Spätmittelalters insbesondere im süddeutschen Raum verbreitet.

2 Heuke (auch Hoike oder Hoyke): Viereckmantel oder ärmelloser Umhang

3 Trippe: Holzüberschuhe

4 Büttel: Polizist und/oder Gerichtsdiener

5 (Feld)scherer: Wundarzt, Handwerksarzt beim Heer, Chirurgischer Operateur

Klassentreffen

Ursula Schmid-Spreer

Petra hielt den Brief unschlüssig in den Händen. Eine steile klare Schrift, kein Absender. Sie zögerte, doch dann riss sie den Umschlag mit einem Ruck auf.

Klassentreffen stand als Überschrift. Zeit und Ort, darunter ein Foto aus dem Jahr 1970. Minirock, Lackstiefel, Mittelscheitel die Mädchen; die Jungs in Schlaghosen. Petras erster Impuls: Da gehe ich nicht hin. Dann las sie den handgeschriebenen Satz: »Wir erwarten dich!«

In dieser Nacht träumte sie wild, wahrscheinlich hatte sie geschrien, denn sie hörte ihren Mann beruhigend sagen: »Es ist nur ein Traum.«

In den nächsten zwei Wochen bis zum Treffen tauchte immer wieder das gleiche Bild vor ihr auf. Das Bild, das sie gerne vergessen hätte. Im Laufe der vielen Jahre war es verblasst, um sich jetzt wieder lebendiger in ihre Gedanken einzuschleichen.

*

»Eh, Petra, altes Haus! Gut siehst du aus, nur ein paar Fältchen. Aber in unserem Alter bleibt das ja wohl nicht aus.«

»Renate, du hast dich wirklich nicht verändert. Vom Wesen her, meine ich. Schon damals hast du mir immer auf die Schulter gehauen, wenn du einen Satz unterstreichen wolltest.« Renate grinste.

»Servus Mädels, na, wie geht es euch? Seid ihr auch auf der Zielgeraden in Richtung Rente?«

Dorle, Igelfrisur, burschikos, immer noch so lebhaft wie früher, stand vor den beiden. »Sind wirklich erst 40 Jahre vergangen?« Dorles Augen glitzerten. »Wer hat eigentlich dieses Klassentreffen organisiert? Da drüben ist Robert. Mann, der hat ja eine Glatze, aber er sieht sich noch ähnlich!«

»Die ist wirklich noch wie früher«, meinte Petra.

Die quirlige Dorothea, von allen nur Dorle genannt, war immer noch der Wirbelwind wie einst.

Nach und nach kamen immer mehr ehemalige Mitschüler in das Nassauer Haus. »Herr Dr. Elsbruch! Das ist aber eine Überraschung! Sind Sie die steile Treppe hier zum Nassauer Keller heruntergekommen? Wahrscheinlich haben Sie sich mit dem Holzhammer abgestützt?«

Siegi klatschte begeistert in die Hände. Der ehemalige Lehrer lachte breit. Sein Lieblingsausspruch war nämlich immer gewesen: »Muss ich es euch mit der Holzhammermethode einbläuen?«

»Und schau mal, da ist die *Marchared*«. Die muss doch auch schon Mitte achtzig sein.«

»Mein Mathealbtraum«, seufzte Petra. »Ich glaube, sie war ganz froh, als sie mich loshatte. Soviel Matheunverständnis hat sie nie begriffen.«

»Was du nur hast! Mathe war doch hochspannend.« Dorle sah über den Rand ihrer Brille hinweg. »Frau Hofer brachte Mathe doch richtig gut rüber.«

Dorle sah nach links und schickte einen schmachtenden Stoßseufzer hinüber.

Der Gesprächsstoff ging nicht aus. Schließlich konnte jeder etwas zum längst vergangenen Schulalltag beitragen. Petras anfängliches Unbehagen verflüchtigte sich langsam.

Ein Grüppchen stand um Herrn Elsbruch, der mit seinen 83 Jahren erstaunlich fit wirkte. Den Zeigefinger hielt er in die Höhe und mit fester Stimme dozierte er: »Schön, dass Sie das Nassauer Haus als Treffpunkt gewählt haben. Es ist eines der besterhaltendsten Beispiele mittelalterlicher Turmhäuser.«

»Das Haus sieht aus wie ein Wehrturm«, warf Siegi ein.

»Stimmt, es hat aber nur symbolischen und schmückenden Wert«, antwortete Dr. Elsbruch. »Es gibt keine Verbindung zu dem Haus Nassau, zumindest gibt es keinen urkundlichen Beleg. Dieses Gebäude war im Besitz der patrizischen Familie Schlüsselfelder, die leider ausgestorben ist. Deshalb wurde es zum Stiftungshaus bestimmt.«

»Sie können es nicht lassen, Doktorchen. Einmal Lehrer, immer Lehrer!«, warf Dorle ein. »Lasst uns anstoßen. Immerhin haben wir uns alle schon ein paar Jährchen nicht gesehen.«

Dr. Elsbruch hob sein Glas und meinte schelmisch: »Und was wissen wir noch vom Nassauerhaus? Siegi!«

Dieser erstarrte ertappt. Er hatte Renate eben tief in den üppigen Ausschnitt gesehen.

»Setzen, Sechs!«, schnarrte Elsbruch. Dann lachte er lauthals.

»Schön zu wissen, dass man noch immer Autorität besitzt, nicht wahr, Herr Kollege.«

Die ehemalige Lehrerin Margarete Hofer zwickte ihren Kollegen in den Oberarm. Elsbruch tätschelte ihre Hand und meinte zu den ehemaligen Schülern gewandt: »Ihr wisst, auf Jahreszahlen habe ich nie besonderen Wert gelegt. Diese allerdings kann man sich merken. Eine eins vorne und hinten und in der Mitte vier und drei.«

»Und was war 1431?«, warf Dorle ein.

»Da hat König Sigismund dem Besitzer Ortlieb seine Krone als Pfand hinterlegt, um einen Kredit zu bekommen. Immerhin 1500 Gulden. Daraufhin ließ Ortlieb die Steinbalustrade mit dem Wappen des Kaisers, des Papstes und der sieben Kurfürsten der Reichsstadt Nürnberg schmücken.«

»Und jetzt weiß ich auch noch was«, rief Siegi. »Die Obergeschosse sind mit Kapellenchörlein und abschließendem Zinnengeschoß mit vier achtseitigen Ecktürmen aufgemauert.«

»Gut aufgepasst, Siegi, die Sechs wird gestrichen!«

»Jetzt hat er aber gepunktet, der alte Schwerenöter«, flüsterte Dorle, »kein Wunder, er hat nachgelesen und die Beschreibung vom Nassauerhaus hinter dem Rücken versteckt.«

Dorle saß neben Frau Hofer und flüsterte ihr etwas aufgeregt ins Ohr. Dabei wechselte ihre Gesichtsfarbe von rot zu blass. Die Unterhaltung war in vollem Gang, als sich die Tür zum Restaurant öffnete. Ein Mann in Uniform hielt sie einer Dame auf. Effektvoll blieb diese stehen. Mit einem Schlag verstummten alle. Nur Dorles überlautes Lachen war noch zu hören.

Die Dame lief zwei Schritte in den Raum, ließ wirkungsvoll ihren Nerz von den Schultern gleiten. Ihr Blick schweifte über die Anwesenden, verweilte kurz bei den Lehrern und blieb dann auf Petra, Renate und Dorle ruhen.

Ihr Gesicht war glatt. Das Kleid sah teuer aus, schmiegte sich an die makellose Figur. Eine dreireihige

Perlenkette zierte den faltenlosen Hals. Die Dame strahlte Würde aus und noch etwas: Stolz.

»Guten Abend«, sagte sie.

»Das ist *Walze*, diese rauchige Stimme kenne ich unter Hunderten raus«, flüsterte Dorle. Das jetzt einsetzende Stimmengewirr verstummte rasch, denn die Frau hatte nur die Hand leicht erhoben. Eine Augenbraue war nach oben gezogen.

Dorle stand so abrupt auf, dass ihr Stuhl nach hinten kippte.

»Wal... äh, ich meine natürlich Christine! Du schaust aber toll aus!«

Die Angesprochene nickte. Robert bat Christine Platz zu nehmen. Erneutes Stimmengewirr setzte ein. Es war unschwer zu erkennen, dass die ehemalige Mitschülerin Christine, genannt *Walze*, nach kurzer Zeit das Gespräch an sich riss.

»Von *Walze* keine Spur mehr. Die hat sich ganz schön gemausert. Teuer angezogen, das sieht man. Und so schlank!« Renate seufzte und strich sich dabei über die Hüften, die nach drei Kindern etwas ausladender geworden waren.

Dorle, Petra und Renate sahen sich schweigend an. Jede wusste, was die andere dachte. Christine war der Mittelpunkt des Abends. Obwohl sie viel redete, gab sie wenig von sich preis. Der Lärmpegel wurde mit zunehmendem Alkoholkonsum lauter, vor allem nachdem sich die beiden Lehrer verabschiedet hatten.

Gegen 23 Uhr drang ein lauter Schrei durch den Raum.

»Dorle! Sie liegt am Treppenabsatz und blutet ganz schrecklich«, schrie Renate.

*

Hauptkommissarin Bertaluise Nürnberger sah sich in der Runde um.

»Aha, Klassentreffen. Bitte geben Sie Ihre Personalien meinem Kollegen und halten Sie sich für eine Befragung bereit.«

»Jetzt kommt alles raus!«, jammerte Renate.

»Gib Ruhe. Es ist ewig her. Und was hat Dorles Tod mit damals zu tun?«

Petra strich sich nervös die Haare aus dem Gesicht. Dann ging sie festen Schrittes zur Kommissarin.

»Kannten Sie Dorothea Rösner näher?«

»Wir waren Schulfreundinnen, haben uns aber danach aus den Augen verloren. Jede lebte ihr eigenes Leben.«

So etwas Ähnliches führte auch Renate aus. Auch die anderen Schulkameraden konnten nicht viel über Dorle sagen. Nach der Schulzeit war man getrennte Wege gegangen.

»Wer hat eigentlich zu diesem Klassentreffen eingeladen?«, ließ sich die laute Stimme der Hauptkommissarin Nürnberger vernehmen.

»Ich!«

Alle blickten zu Walze.

»Du?«

Damit hatte keiner gerechnet.

»Warum nach so langer Zeit?«

»Sie sagen es, Frau Kommissarin, gerade deswegen. Nach so langer Zeit wollte ich meine lieben Klassenkameraden einmal wiedersehen. Ich lebe schon sehr lange im Ausland.«

Bertaluise Nürnberger saß nachdenklich an ihrem Schreibtisch.

»Irgendwas stimmt hier nicht. Nach 40 Jahren hätte ich keine Sehnsucht mehr danach, meine alten Schulkameraden wiederzusehen. Außer, tja außer ich habe eine alte Rechnung offen.«

Ihr Kollege Klaus-Peter-Mathias, von allen nur KPM genannt, seufzte: »Ist dir aufgefallen, dass alle stöhnten, als sich Christine von Seliger als Initiatorin offenbarte. Und ich habe das Wort Walze verstanden.«

»Das schauen wir uns mal genauer an.«

Die beiden Kommissare statteten Christine in aller Frühe in deren Hotel einen Besuch ab. Bertaluise staunte. Die Dame sah bereits aus, wie aus dem Ei gepellt. Sehr gepflegt. Es umhüllte sie nicht nur ein edles Parfüm, sondern auch der Hauch der großen Welt.

»Warum haben Sie wirklich das Klassentreffen organisiert?«

»Ich wollte es diesen spießigen Leuten einfach mal zeigen, Frau Kommissarin. Sie haben sicher gehört, dass ich Walze genannt wurde?«

Als Bertaluise nickte, fuhr Christine fort. »Als Teenager war ich dick, unförmig, pickelig.«

»Das sind viele in dem Alter«, warf die Kommissarin ein.

»Aber auf mich hatten sie sich eingeschossen. Ich trug auch noch eine Brille, so dick wie ein Flaschenhals. Und ich hatte genau hier«, – sie zeigte auf ihre Oberlippe – »eine dicke Warze.«

Christine von Seliger ging zum Schminktisch und griff nach einem Foto. Ein unförmiges Mädchen war auf dem Bild zu sehen. Eine Bierflasche in der Hand, ein Auge geschlossen, eines halb geöffnet. Auf der Stirn stand groß *Walze*. Um die Warze am Mund war eine Blume gemalt. Ein Schwabbelbäuchlein stach unter dem viel zu engen Pullover hervor.

»Dieses Bild hing am Schwarzen Brett. Alle haben es gesehen, alle! Wissen Sie, wer das getan hat? Das Kleeblatt, die Schönen von der Schule. Und wie sehen die jetzt aus? Dick, biedere Hausfrauen, grau geworden im Alltagstrott. Ich habe es genossen, diese Mauerblümchen so zu sehen. Ich habe das geahnt, gehofft und deshalb dieses Klassentreffen initiiert.«

Christine von Seliger sprach ohne Emotion. Nur das Kneten ihrer Hände verriet, dass sie aufgeregt war. »Ich habe ewig gebraucht, bis ich den Edding von der Stirn abbekam. Die Haut schrubbte ich mir blutig, damit die schwarze Tinte abging.«

»Das Kleeblatt, wer war das?« Bertaluise sprach sanft.

»Petra, Renate und Dorle. Die hingen immer zusammen und sie dominierten den Schulalltag. Ich hätte alles dafür gegeben, um von ihnen akzeptiert zu werden. Sie waren nur nett zu mir, wenn ich ihnen bei den Hausaufgaben helfen sollte oder wenn sie von mir abschreiben wollten.«

»Sie lieferten uns soeben ein astreines Mordmotiv, gnädige Frau«, meinte KPM.

»Mir war klar, dass Sie das sagen würden. Aber glauben Sie mir, wenn ich eine der Damen hätte umbringen wollen, für all das, was sie mir angetan haben, dann hätte ich nicht 40 Jahre lang gewartet, ich hätte sie schon längst früher beseitigen lassen.«

»Da haben Sie auch wieder recht!«

»Es muss was anderes sein. Ein anderes Motiv.« Bertaluise Nürnberger lutschte an einem Gummibärchen.

»Meinst du, es ist außerhalb der Schulzeit zu suchen?« KPM strich sich über die Augenbrauen. Ein Achselzucken war die Antwort.

Petra Arnold schlich die Stufen zum Zimmer der Kommissarin hoch. Jetzt würde sie die Vergangenheit einholen.

»Wart' auf mich!« Renate schnaufte hinter ihr her.

»Es war damals ein dummer Jugendstreich. Wer kann damit rechnen, dass sich Walze nach 40 Jahren rächt.« Petra blieb mitten auf der Treppe stehen, kalkweiß im Gesicht.

»Dorle ist tot, sind wir die Nächsten?«

Renate japste nach Luft.

»Quatsch, Petra, du siehst Gespenster.«

Sie klopfte an die Türe zum Büro der Kommissarin.

»Frau Arnold, Frau Berg, was ist damals passiert? Und reden Sie sich jetzt bitte nicht raus. Heute würde man sagen, dass Sie Ihre Klassenkameradin Christine gemobbt haben.« Ohne Umschweife kam die Kommissarin zur Sache. »Sechzehn und so verdammt arrogant«, seufzte Petra.

Bertaluise Nürnberger sah die beiden Damen scharf an.

»Dorle war, äh, ist ... Wir schrieben das Jahr 1970!«, fuhr Petra fort.

»Was denn?" KPM, der bisher unauffällig in einer Ecke gestanden hatte, ließ die Finger knacken und baute sich vor Petra und Renate auf.

»Dorle hatte sich in Frau Hofer verliebt. In unsere Lehrerin«, flüsterte nun Renate. »Und die war nicht abgeneigt.«

»Woher wollen Sie das wissen?«, fragte die Kommissarin.

»Wir erwischten die beiden damals in flagranti. Mir fiel auf«, meinte Petra, »dass Dorle nach der Mathestunde immer so trödelte. Deshalb sind wir mal zurückgegangen und sahen, wie die beiden sich küssten.«

»Wusste das Frau von Seliger?«

»Nein, wir erzählten das niemandem. Über so etwas sprach man doch damals nicht.« Renate schniefte und kramte nach einem Taschentuch.

Als Bertaluise Nürnberger, begleitet von zwei Polizeibeamten, zum Haus der ehemaligen Mathematiklehrerin Margarete Hofer kam, stand diese schon an der Tür.

»Es war ein Unfall. Bitte glauben Sie mir, ein blöder Unfall. Ich habe Dorle all die Jahre nicht vergessen. Heute wäre eine gleichgeschlechtliche Liebe, selbst die Liebe zu einem Lehrer nichts Unmögliches mehr. Aber damals? Dieses blöde Klassentreffen. Wir waren kurz mal oben, um eine Zigarette zu rauchen. Beim Hinuntergehen – die steilen Stufen zum Nassauer Keller – ist sie gestolpert und ich konnte sie nicht halten.«

Heute frisches Spanferkel
Inge Steinmüller

Verschlafen stieg Hans Letzelter die steinerne Treppe zum Rücheneingang des Restaurants im Innenhof des Heilig-Geist-Spitals hoch. Was für ein Abend gestern mit seiner neuen Freundin! War sie das schon, seine Freundin? Hoffentlich. Immerhin war er Chefkoch und Frauen liebten seine deftigen, fränkischen Spezialitäten. Zumindest die Frauen, die er bevorzugte. Keine Hungerhaken, ständig auf Diät, die in jedem Menschen mit Gewissen den Wunsch erweckten sie zu füttern, bevor sie vor Entkräftung starben.

Früh am Morgen, die Läden in den Kolonnaden vor dem Lokal würden noch zwei Stunden geschlossen sein. Hans sperrte auf. Hoffentlich hatten die neuen Azubis seine Mahnung, *alles* und damit meinte er *alles*, jeden Abend gründlich zu reinigen, diesmal verstanden. Er machte Licht, sah sich um und erstarrte wie eine seiner berühmten Eisskulpturen, die er für Feste im Rathaus anfertigte.

Auf seinem schönen Edelstahltisch zum Anrichten der Hauptgänge lag ein nackter Mann, auf Beinen und Armen kauernd, den Kopf auf der Tischplatte, angerichtet wie ein Spanferkel mit einem Apfel im Mund und rundherum drapiertem Gemüse.

Als Kommissar Ashbury Frank eintraf, traute er seinen Augen nicht. So ein Arrangement war ihm noch nie untergekommen. Auf Frank wirkte die Szene, als sollte der Kerl wenigstens nach seinem Tod zu etwas Nutze sein. Ashbury ging zu dem immer noch fassungslosen Koch und stellte sich vor.

»Äschbö?« Hans krächzte.

»Äschbörie. Wie der Stadtteil Ashbury Haight in San Fransisco. Meine Mutter war mal dort.«

»Der lag so da. Einfach so. In meiner Küche. Was für eine Sauerei.«

»Im wahrsten Sinne des Wortes«, kommentierte Florian Gruber, Franks Assistent, der soeben dazugekommen war.

»Haben Sie den Mann schon mal gesehen?« Frank hoffte auf eine schnelle Identifikation.

»Nein, jedenfalls ist er kein Stammgast, denn ich kann mich nicht an ihn erinnern. Aber fragen Sie später mal Karin und Evi, unsere Bedienungen, die haben mehr mit den Gästen zu tun.«

»Ash, komm mal rüber, wir haben hier so etwas wie einen Ausweis.«

Anna Köhn, die beste Chemikerin Bayerns und Franks Lichtblick in einem Mordfall, hielt einen Zettel in die Höhe.

Ein Schwein kann kein Mensch werden, aber ein Mensch ein großes Schwein. Das ist Sigi Anstötz der größte Lügner und Betrüger Deutschlands.

Die einzelnen Buchstaben waren aus Illustrierten ausgeschnitten und fein säuberlich mit Akribie aufgeklebt worden.

»Gibt es sonst verwertbare Spuren, Dotty?« Frank nannte Anna immer Dotty, nach der Chemie-Nobelpreisträgerin.

»Unersättlich schon am frühen Morgen. Dabei habe ich dir doch gerade mindestens zwei Tage Arbeit erspart.« Anna lachte. »Auf dem Körper kann ich

59

bis jetzt nur die Bratensoße entdecken, mit der er eingepinselt wurde, aber du bekommst meinen vollständigen Bericht spätestens heute Abend.«

Siegmund Anstötz hatte mit seiner Firma *Capital Investment* diverse Ergebnisse bei Google. Er hatte keine Seite ausgelassen, auf die er sein Foto und den Link zum Verkaufsvideo seiner Kapitalanlageprodukte gratis stellen konnte.

Simon, ein Kollege aus dem Wirtschaftsdezernat, bedauerte Frank.

»Du tust mir leid, Ash. Der Typ hat so viele Feinde wie ein Straßenköter Flöhe. Er hat jede Menge Anleger um ihr Geld gebracht, etliche Gerichtsverfahren laufen bereits. Er hat alle gegen sich aufgebracht: Seine Geschäftspartner über den Tisch gezogen, wo er nur konnte. Mitarbeiter gemobbt, schikaniert und übervorteilt und seine beiden Ex-Frauen zu Eheverträgen gezwungen, die sie nach der Scheidung zu Sozialfällen werden ließen. Dabei ist der Mann mehrfacher Millionär, aber geizig bis zum Exzess und immer bereit, einem blinden Bettler das Geld aus dem Hut zu klauen. Wir haben oft gegen ihn ermittelt, er war glitschiger als ein Stück Seife in der Wanne.

Sein letzter Coup waren Schrottimmobilien, die er als sichere, inflationsgeschützte Kapitalanlage unter die Leute brachte. Ingesamt werdet ihr rund 5 000 Leute überprüfen müssen.«

Am Nachmittag standen Frank und Gruber in Anstötz' Büro.

»Wurde bestimmt als stylisch angepriesen, weil betonierte Beliebigkeit kein gängiger Designbegriff ist«, dachte Frank angesichts des Griffs in diverse Stilkisten. »Ein bisschen Bauhaus, etwas Japan oder zumindest was sich einer, der noch nie dort war, darunter vorstellte. Ein Schuss Esoterik-Kitsch abgerundet durch Möbelhaus-Deko und bunt zusammengewürfelte Poster, die auf die dominante Wandfarbe abgestimmt waren. Darf es noch ein bisschen Geschmacklosigkeit mehr sein?«

Die aktuelle Lebensabschnittsgefährtin des Toten stellte sich vor: »Grüß Gott, ich bin Sophie Maier mit ai. Sie könnnen mich alles fragen was Sie wollen. Ich hab Sigi zum letzten Mal gestern Abend um sechs am Telefon gesprochen, weil ich dann Weiberabend hatte. Heute hatten wir vor, ganz schick essen zu gehen. Ich bin mir sicher, er wollte sich mit mir verloben und ich sollte bei ihm einziehen. Ich will, dass Sie den Abschaum, der meinen Sigi umgebracht hat, so schnell wie möglich finden und dann am besten ... könnten Sie ihn nicht auf der Flucht erschießen? Das wäre doch für den Steuerzahler billiger!«

»Ich bin Kommissar und nicht Auftragskiller«, knurrte Frank, während er die stämmige, kleine Frau mit Abscheu musterte.

»Wir haben hier einen Durchsuchungsbeschluss und müssen alle Namen und Daten der Geschäftspartner Ihres Freundes durchforsten.«

Sophie, die bei der Zurechtweisung leicht rosa angelaufen war, brachte Gruber und Frank zum Prokuristen der Firma, Detlef Frings, der Gruber mit dem Adress- und Korrespondenzprogramm des Computers vertraut machte. Frings, der aussah, als ginge er mit einem Medizinball schwanger, der gleich das Licht der Welt erblicken möchte, war deutlich anzumerken, dass er Polizisten für nicht besonders helle hielt. Speziell im Umgang mit EDV. Gruber ließ ihn in dem Glauben, umso leichter würde es sein, an wichtige Daten zu kommen.

Frank saß derweil im Archiv und besah sich die Akten, die auf rund 200 Metern Regalfläche standen. Doch zuerst rief er in der Gerichtsmedizin an.

»Dr. Schweiger.«

»Ashbury Frank. Haben Sie schon was für mich?«

»Dachte, Sie würden schon früher nerven. Langsam scheinen Sie zu verstehen, dass wir zumindest etwas Zeit brauchen. Morgen früh erhalten Sie den schriftlichen Bericht, aber soviel vorab: Der Tod trat gestern Abend zwischen 19 Uhr 30 und 20 Uhr ein, verursacht durch einen Schlag auf den Hinterkopf mit einem stumpfen Gegenstand. Der Tote hat das letzte Mal mittags Nahrung zu sich genommen. Asiatisch. Es gibt keine verwertbaren DNA-Spuren, da der Leichnam von Kopf bis Fuß mit dicker Bratensoße zugekleistert wurde.«

Franks nächste telefonische Anlaufstelle war Dotty bei der Spurensicherung.

»Ash? Du, ich glaube, ich habe da was Interessantes für dich. Die Buchstaben auf diesem Zettel, der bei dem Toten war, stammen alle aus Frauenzeitschriften, aber nicht aus den Hochglanz-Modemagazinen, sondern eher der Typ *Frau im Nebel*. Du weißt schon mit Berichten über Königs, Rezepten, Schicksalskram und Rätseln. Es scheint ein Produkt eines ortsansässigen Verlages zu sein, der verschiedene Nürnberger Seniorenheime und Krankenhäuser mit Gratisheften beliefert, aber das klären wir gerade noch ab.«

»Dotty, du bist das Sahnehäubchen auf meinem Schokoeis. Wenn das stimmt, hast du mir gerade zum zweiten Mal in diesem Fall jede Menge Arbeit erspart. Ich muss dann nicht Verdächtige in ganz Deutschland überprüfen. Das Essigbrätlein ist das Mindeste, was ich dann springen lasse.«

»Mit dir? Und das soll eine Belohnung sein?« Sie lachte. »Ich denke drüber nach.«

Trotzdem holte Frank die Polizeibeamten mit den Kisten und ließ sie das gesamte Archiv für den Umzug ins Präsidium einpacken. »Na, Flo, irgendwelche virtuellen Juwelen gefunden?«

Frank wusste, dass Gruber Informatik aus Leidenschaft studiert hatte und es locker mit jedem Hacker aufnehmen konnte. Er hängte sein Können nie an die große Glocke, sondern beschaffte stets still und effizient die Informationen, die Frank für die Verhöre brauchte. Zusammen waren sie ein unschlagbares Team. Auf dem Weg ins Präsidium würde er Flo Dottys Erkenntnisse mitteilen.

»Ach, vermutlich brauche ich noch einmal die Unterstützung von Herrn Frings in den nächsten Tagen.« Gruber nickte dem grienenden Prokuristen zu.

Im Auto klopfte er auf seine Jackentasche. »Chef, hier ist alles drin. E-Mails, Briefe, Adressen, Projekte, Gerichtsverfahren. Der schwangere Prokurist hat nicht mal gemerkt, dass ich sogar seine private Festplatte kopiert habe – nur zum Spaß, weil er mich so offensichtlich für völlig unterbelichtet hielt. Da sind so viele geklaute Filme und Musik drauf, dass es mich nicht wundern würde, wenn er Ärger bekäme. Der Trottel hat sogar auf eine der russischen Erpresser-Mails reagiert und Geld überwiesen.«

Im Büro angekommen, durchforstete Gruber die kopierten Daten des Bürocomputers nach Anlegern, ehemaligen Geschäftspartnern und Prozessgegnern des Toten und bildete logische Gruppen.

»Chef, es ist schon spät, lass uns essen gehen. Am besten im Heilig-Geist-Spital oder magst du kein Schweinefleisch mehr? Solltest Schmerzensgeld von dem Mörder verlangen, wenn du durch den Schock Vegetarier wirst.«

Beim Schnitzel mit Kartoffelsalat schob Gruber eine Liste über den Tisch. Frank las, verschluckte sich fast und rief nach der Rechnung. »Mensch Flo, du Dösbaddel, wieso zeigst du mir das jetzt erst?«

»Weil ein leerer Sack nicht steht und heute Abend irgend so ein Volksmusikheuler im Fernsehen andere Lederhosenkracher präsentiert. Das heißt: Alle sind da.«

Sie mussten nur ein paar Schritte gehen. Direkt nach nebenan ins Seniorenwohnheim Heilig-Geist-Spital. Vier hochbetagte Seniorinnen hatten bei der Firma des Toten einen *Geschlossenen Fonds* gezeichnet und feststellen müssen, dass ihr Geld nun für mindestens zwanzig Jahre festgelegt war und die laufenden Zinserträge durch Missmanagement ausblieben.

Kleinlaut saßen Johanna Graf, Maria Schmidt, Iris Fischer und Klara Lang im Büro der Heimleitung.

»Meine Damen, darf ich mich vorstellen? Ich bin Ashbury Frank, Kommissar des Morddezernats und das ist mein Assistent Florian Gruber. Mein Kollege hat herausgefunden, dass Sie bei dem gestern Abend unter mysteriösen Umständen ums Leben gekommenen Siegmund Anstötz Kapitalanlagen gezeichnet hatten. Ist das so weit richtig?«

Verlegenes Nicken.

»Herr Anstötz wurde heute am Morgen als Spanferkel drapiert nebenan im Restaurant gefunden. Können Sie uns irgendetwas dazu sagen?«

Verlegenes Kopfschütteln.

»Aber Sie kennen Herrn Anstötz?«

Ja, das taten sie. Jede steuerte ein paar Sätze bei, die sich zu folgendem Bild formten: Die *Capital Investment* hatte im Seniorenwohnheim einen Info-Nachmittag mit Kaffee und Kuchen veranstaltet. Sigi Anstötz machte da den Leuten mächtig Angst, dass entweder Inflation oder eine kurz bevorstehende Währungsreform ihre Notgroschen vernichten würde. Wenn sie jedoch ihr Geld in seinem Fonds anlegten, dann bekämen sie im Jahr mindestens vierzehn Prozent Zinsen. Auf jede Frage wusste er eine überzeugende Antwort.

Aber dann kam alles ganz anders. Sie wurden dauernd vertröstet und dann wurde ihnen klar, dass Anstötz nun ihre Notgroschen besaß und ihnen nichts mehr blieb. Vielleicht würde wieder was aus der Kapitalanlage herausspringen, wenn die Finanzkrise vorbei wäre, aber ob sie das noch erlebten?

»Herr Kommissar, Sie wissen nicht wie das ist, wenn das Geld, das man in einer Woche erarbeitet hat, plötzlich nicht mal mehr für ein Brot reicht. Wir haben das alle noch miterlebt.« Klara ergriff das Wort. »Wir haben Herrn Anstötz gestern Abend herbestellt, um ihm die Leviten zu lesen und wir waren auch furchtbar wütend, aber Mörderinnen sind wir nicht.«

»Stimmt«, sekundierte Maria, »als er uns kalt lächelnd gesagt hat, dass wir ja schließlich als Anlegerinnen Unternehmerinnen seien, die natürlich auch ein gewisses unternehmerisches Risiko trügen, waren wir noch vergleichsweise ruhig. Aber als er dann sagte, dass eventuell in zwanzig Jahren, wenn die Wirtschaft sich erholt hätte, unsere Erben bestimmt froh darüber wären, dass wir keine Gelegenheit hatten, das Geld jetzt auf den Kopf zu hauen, da ist bei uns eine Sicherung durchgebrannt.«

»Wir haben ihn rausgeworfen und, wie man es mit Dieben macht, mit unseren Handtaschen auf ihn eingeschlagen«, mischte sich jetzt Johanna ein. »Dass er dabei auf der Treppe ausrutscht und mit dem Hinterkopf voll auf die steinerne Stufe kracht, war nun wirklich keine Absicht.«

»Und wer hatte die grandiose Idee, ihn als Spanferkel aufzubahren und den Zettel zu kleben?«, wollte Frank wissen.

Iris rundete das Geständnis ab: »Unsere Mitbewohner Michel und Franz. Der eine war Metzger und der andere Koch. Die wollten uns helfen. Sie sind nämlich leidenschaftliche Krimiseher im Fernsehen. Sie meinten, dass uns diesen Unfall keiner glauben würde und so sagten sie, dass wir die Spur auf einen irren Täter lenken sollten.«

»Komm Flo, mach mit mir einen Einkehrschwung.«

Frank und Gruber standen immer noch fassungslos vor dem Seniorenheim.

»Ich brauche jetzt dringend einen Whisky in einem irischen Pub.«

Schuldig
Alex Conrad

»Also was ist nun? Bekomme ich die Wohnung oder nicht?« Julianas Lippen bildeten einen Schmollmund.

»Aber ja doch Liebes. Nur noch ein paar Tage Geduld.« Markus griff über den Tisch nach der Hand seiner Begleiterin.

»Bis auf fünfzigtausend habe ich das Geld beisammen.«

»Du weißt, was passiert, wenn es nicht klappt ...« Mit einer eleganten Handbewegung entzog sie sich ihm und nahm ihr Weinglas. »Dann gehe ich zu Bernhard zurück.« Sie trank den letzten Schluck Rotwein.

Markus biss sich auf die Unterlippe. Egal was sie forderte, er konnte ihr einfach nichts abschlagen. Erst mit ihr an seiner Seite fand er sein Leben lebenswert. Nie dürfte sie ihn verlassen.

»Haben Sie noch einen Wunsch?« Der Kellner war lautlos an ihren Tisch getreten.

»Was meinst du?« Juliana lächelte ihn an und ihre Ohrringe, die ihn ein Vermögen gekostet hatten, funkelten im Kerzenschein. »Noch einen Champagner zum Abschluss?«

Kurz überschlug Markus, wie viel sein Konto noch hergab. Nickend sagte er: »Zwei Gläser bitte.«

Er lockerte seine Krawatte. Morgen Abend würde er seinen alten Schulfreund Clemens treffen, dann wäre sein Problem gelöst. Nachdem der Kellner die Getränke gebracht hatte, rang Markus sich ein Lächeln ab und prostete Juliana zu. »Auf uns!«

»Auf die Wohnung!«

Ihm stockte kurz der Atem, als er die Rechnung sah. Dass sie aber auch immer in die besten Lokale wollte. Für sie war es schon fast ein Pflichttermin, mindestens zweimal im Monat im *Essigbrätlein* zu speisen. Doch sie war es wert. Draußen schlug ihnen die feuchte Wärme der Sommernacht entgegen, als sie auf den Weinmarkt hinaustraten.

Am nächsten Tag betrat Markus pünktlich das Restaurant am Schuldturm und setzte sich an einen der vorderen Tische an der Pegnitz. Das Sonnenlicht, das sich im Wasser spiegelte, blendete ihn und er drehte dem Fluss den Rücken zu. Markus holte die Unterlagen hervor und ging seinen Plan noch einmal durch. An den Grundbuchunterlagen hefteten Fotos der Finca im Südosten von Mallorca. Als Bankmitarbeiter hatte er vor einiger Zeit einen Kunden beraten, der seine Immobilie auf der Insel mit einer Hypothek belasten wollte. Sein Vorgesetzter lehnte ab, aber Markus hatte die Unterlagen behalten und das leere Konto des Kunden vorsorglich nicht geschlossen. Und jetzt würde all das sein Problem lösen. Als er den Kaufvertrag mit der gefälschten Unterschrift des Eigentümers unter die Mappe legte, kam Clemens auf ihn zu.

»Mensch, das ist ja eine coole Location«, begrüßte er ihn.

»Ich dachte dem Anlass angemessen. Immerhin weht hier spanisches Flair.« Markus grinste. »Zumindest auf der Speisekarte.«

Clemens ließ sich in den Stuhl fallen. »Ich liebe Tapas«, sagte er. »Bringen Sie uns bitte die gemischte Platte und zwei Bier ... ist dir doch recht, oder?«

Markus nickte. »Und du bist also immer noch als Investmentbanker in der ganzen Welt unterwegs?« Er steckte sich eine Zigarette an.

»Ja, es ist schon stressig und deshalb will ich in zwei Jahren ein wenig kürzertreten.«

Clemens trank einen Schluck. »Und die Sonne Mallorcas genießen. Dein Anruf kam echt genau richtig.«

Der Kellner brachte die Tapas und stellte sie in die Tischmitte.

Clemens schnappte sich eine Dattel im Speckmantel. »Sag mal ...«, fragte er kauend. »Was ist das eigentlich für ein Turm hier?«

»Das ist der Schuldturm.«

»Zwei Banker essen im Schuldturm«, prustete Clemens los.

»Es gab ursprünglich sogar zwei davon. Einen für Frauen und einen für Männer.«

»Wie langweilig, wenn schon eingesperrt, dann lieber zusammen mit Frauen.«

»Damals, als sie gebaut wurden, so um 1323 war das bereits so. Man nannte sie auch Männer- und Weibereisen, weil die Innenräume mit Eisenstäben wie Käfige aussahen.«

»Frauen in Käfigen kenne ich nur aus der Disco.«

»Hast du eigentlich nur das Eine im Kopf?« Markus schmunzelte. »Jedenfalls wurde das Weibereisen Anfang des neunzehnten Jahrhunderts abgerissen.«

Clemens feixte. »Und dann wurden sie wohl doch zusammen eingesperrt?«

»Keine Ahnung.« Markus schüttelte den Kopf und langte bei den kleinen gegrillten Paprikaschoten zu. »Ich weiß nur, wer damals verschuldet war, wurde eben eingesperrt. Aber es gab auch andere Insassen, wie Hans Stromer aus der Patrizierfamilie Stromer von Reichenbach, den man wegen Geheimnisverrats zu lebenslanger Haft verurteilte. Als Patrizier hatte er aber einen Wunsch frei; er wollte auf Kosten der Stadt jeden Tag zwei Bratwürste. Angeblich hat er die auch dreiunddreißig Jahre lang bekommen, bis er sich 1592 umbrachte.«

»Ein Wunder, dass hier keine Würstchenbude steht«, gackerte Clemens. »Da lobe ich mir doch Abwechslung«, setzte er nach und langte nach dem Pulpo Gallega auf dem Teller. »Magst du keinen Tintenfisch?«

»Doch, doch.« Markus nickte und griff ebenfalls zu.

Nachdem der Kellner die Teller abgeräumt und zwei Tassen Kaffee gebracht hatte, beugte sich Clemens vor. »Dann zeig mal das Schnäppchen.«

Markus öffnete die Mappe und schob ihm die Fotos und den Grundbuchauszug hin.

»Na, das nenne ich mal standesgemäß.« Clemens zog die Augenbrauen hoch. »Tolle Fotos. Aber das Einzige, was ich verstehen kann, ist der Name des Eigentümers. Und wie hoch, hast du gesagt, wird das Anwesen geschätzt?«

Markus griff rasch nach seinen Zigaretten. »Eineinhalb Millionen.«

»Und der will das Schmuckstück echt für Fünfhunderttausend loswerden?« Clemens nippte an seinem Kaffee.

»Ja, deshalb habe ich an dich gedacht.«

»Und wie geht das jetzt weiter?«

»Ganz einfach.« Markus holte den Kaufvertrag aus der Mappe. Der Eigentümer hat schon unterschrieben und das ist seine Bankverbindung. Du unterschreibst ebenfalls, überweist zehn Prozent der Kaufsumme als Anzahlung auf sein Konto und in zwei Wochen ist der Termin in Palma bei dem Notar, der hier im Vertrag steht. Da bezahlst du dann auch den Rest mit Bankscheck.« Markus lehnte sich zurück und blies Rauchkringel in die Luft.

Clemens überflog das Schriftstück, in das Markus seine Daten bereits eingetragen hatte.

»Ich habe deine Hamburger Adresse genommen. Ist doch okay, oder?«

»Ja, prima.« Clemens lächelte. »Wie soll ich dir nur danken?«

»Du kannst mich ja mal einladen.«

Clemens strahlte, zückte seinen Kugelschreiber und unterschrieb. »Na, das ist ja wohl das Mindeste.«

Markus steckte den Kaufvertrag zurück in die Mappe. »Den Grundbuchauszug und die Fotos kannst du schon mitnehmen und hier habe ich die Bankverbindung für die Anzahlung der fünfzigtausend. Den Vertrag kopiere ich nachher und gebe ihn dir später.«

»Ich überweise gleich anschließend.« Clemens winkte dem Kellner und orderte die Rechnung. »Ich bin übermorgen wieder geschäftlich in Nürnberg, da soll ein Jazzkonzert in dieser Katharinenruine sein.«

Markus schluckte. »Ja, das ist dort drüben auf der anderen Uferseite.« Er deutete über den Fluss.

»Mensch, dann lass uns doch zusammen hingehen, da kannst du mir dann gleich die Kopie mitbringen. Wie früher. Das wird ein Spaß.«

Nachdem sie sich verabschiedet hatten, eilte Markus in sein Büro. Einen Teufel würde er tun und den Vertrag kopieren. Sobald die Fünfzigtausend auf dem Konto wären, könnte er sie über mehrere Schein-konten transferieren. Morgen Abend wäre die Immo-bilie dann Julianas Eigentum und ihrer Zweisamkeit stand nichts mehr im Wege. Zufrieden starrte er auf den Bildschirm, sah den Geldeingang und steckte das Schriftstück in den Schredder.

Die zwei Tage bis zum Konzert vergingen wie im Flug und Juliana schmollte schon wieder, als er sich verabschiedete, weil er kein Geld für eine neue Desi-gnerküche ausgeben wollte. Clemens wartete bereits am Eingang der Katharinenruine auf ihn.

»Da bist du ja.« Er klopfte ihm auf die Schulter. »Hast du die Vertragskopie dabei?«

»Mensch, die habe ich vergessen! Ich schicke sie dir morgen eingescannt per Email«, log Markus.

»Okay. Ist ja nur der Ordnung halber.« Clemens lä-chelte. »Sag mal, was hat es eigentlich mit dieser Rui-ne auf sich. War das mal eine Kirche?«

»Du willst das doch nicht ernsthaft wissen, oder?«

»Doch, und diesmal höre ich auch aufmerksam zu, geht ja nicht um ein Frauengefängnis.« Clemens schubste Markus lachend in die Seite.

»Ich habe im Heimatkundeunterricht gut auf-gepasst. Deshalb kann ich dir erzählen, dass es im Mittelalter ein Dominikanerkloster war. 1945 brann-te die Kirche nieder und wurde nicht wieder auf-gebaut. Das Einzige, was man gemacht hat, war, da vorne ein Dach zu bauen. Komm mit rein, dann siehst du es.«

Sie waren zu früh und auf der Bühne herrschte re-ges Treiben der Techniker.

»Lass uns draußen noch ein Bier trinken«, schlug Clemens vor.

Markus ging voraus, kam mit zwei Flaschen zurück und sie schlenderten Richtung Pegnitz, die im Dämmerlicht glänzte.

»Lass uns zum Wasser hinunter gehen«, schlug Markus vor und bückte sich unter der Schranke durch.

Clemens' Handy klingelte.

»Ja. Hmm. Danke.« Er starrte Markus an. »Das war mein Anwalt.«

Hastig trank Markus einen Schluck.

»Mein Anwalt aus Madrid«, setzte Clemens nach.

Markus unterdrückte ein Husten. »Ich wusste gar nicht, dass du einen Anwalt in Spanien hast.« Er kramte nach seinen Zigaretten.

»Ich dachte, du wolltest mir einen Gefallen tun! Von wegen günstige Schnäppchenfinca!« Clemens schubste ihn so kräftig, dass das Bier aus der Flasche schwappte.

»Was ... was ist denn passiert?«

»Hast du geglaubt, du kannst mich verarschen?«, zischte Clemens. »Mein Anwalt hat sich einen aktuellen Grundbuchauszug geholt; deiner war ja veraltet. Die Finca gehört seit Monaten der Bank und ist vollkommen überschuldet.«

Die Adern traten auf Clemens' Stirn hervor. »Ich will sofort mein Geld wieder.« Er packte Markus am Kragen.

»Aber Clemens, wir sind doch Freunde!«, röchelte Markus. Während der Druck auf seinen Hals zunahm, hob er die Bierflasche, zögerte kurz, bis er sie mit Wucht auf Clemens' Schädel krachen ließ.

Er taumelte, fiel gegen die Mauer und rutschte wie leblos daran herunter. Panik ergriff Markus. Wohin mit Clemens? Die Pegnitz wäre eine saubere Lösung, dachte er. Er packte ihn unter den Achseln, schaute sich prüfend um. Alles war ruhig. In diesem Augenblick riss Clemens die Augen auf. Markus erschrak, verlor das Gleichgewicht. Beide Männer fielen auf das Kopfsteinpflaster. Markus' Kopf dröhnte. Das Letzte, was ihm in den Sinn kam, war die romantische Finca auf Mallorca. Dann umfing ihn nur noch Dunkelheit. Die Wellen der Pegnitz schaukelten sanft, als sie ihn mitnahmen.

Sie nannten ihn Kaspar
Anne Grießer

Am Freitag, den 13., fanden sie ihn am Hauptmarkt. Er lag mit weit ausgebreiteten Armen auf dem Rücken, genau vor der Frauenkirche, die Augen starr in den Himmel gerichtet. Er lächelte.

Es bildete sich sofort eine Menschentraube um ihn. War er ein Verrückter? Ein selbsternannter Messias? Hatte er sich mit einem Sprung vom Kirchturm das Leben nehmen wollen und auf wundersame Weise überlebt?

Sein Atem ging ganz ruhig. Sie bestürmten den Mann mit Fragen über seine Herkunft, sein Befinden, seinen Namen. Er lächelte wieder, ein wenig blöde, meinten die einen, ganz verzückt und selig, fanden die anderen. Er sprach kein Wort.

Ein älterer Herr hielt es für wichtig, ihn zu identifizieren. Er durchsuchte seine Taschen, fand aber keinerlei Papiere, auch keine anderen Gegenstände. Ein Student rief endlich einen Krankenwagen. Eine Frau alarmierte die Polizei und irgendjemand benachrichtigte die Presse. Ein Reporter von Radio *Charivari* hielt ihm ein Mikrophon mit zotteligem Überzug unter die Nase. Ein Fotograf der *Abendzeitung* lichtete ihn von allen Seiten ab und eine Journalistin der *Nürnberger Zeitung* stellte weitere Fragen. Er schwieg lächelnd.

Die Sanitäter bahnten sich einen Weg durch das Gedränge. Der Patient indes wirkte nicht sonderlich hilfsbedürftig. Er saß mittlerweile an die Fassade der Frauenkirche gelehnt und zitterte nicht einmal. Seine Augen funkelten, aber immer noch sagte er kein Wort.

Blutdruck und Puls waren normal. Schließlich fand ein Rettungsdienstler am Hinterkopf eine frische Blessur und verfrachtete den Verunglückten unverzüglich in den Krankenwagen, um ihn mit Blaulicht in die Notaufnahme des Klinikums Nord zu überführen. Die Polizei sicherte die Unfallstelle, vertrieb die Meute und suchte nach Spuren.

Er gab den Ärzten Rätsel auf.

Die Wunde am Hinterkopf stellte sich als harmlos heraus, man reinigte sie und legte einen leichten Verband an. Er reagierte nicht auf ihre Fragen und sie vermuteten, dass er unter Gedächtnisverlust litt. Vorsichtshalber behielten sie ihn zur Beobachtung eine Nacht in der Klinik. Sobald er im Bett lag, ringelte er sich wie ein Embryo ein und wiegte seinen Körper sanft hin und her. Meistens lächelte er.

Bereits am nächsten Tag war er das Thema Nummer eins in allen Medien. Er beflügelte die Fantasie von Lesern und Reportern gleichermaßen. Alle anderen Meldungen traten in den Hintergrund: Ein Überfall auf die Sparkasse am Obstmarkt schaffte es nicht einmal auf die Titelseite und das vier zu null Debakel des Clubs vor heimischem Publikum blieb dem Sportteil vorbehalten.

Die Polizei biss bei ihren Befragungen auf Granit. Besonders rätselhaft verlief die Untersuchung seiner Kleidung. Aus all seinen Sachen waren sorgfältig die Etiketten herausgetrennt worden. Auf diesbezügliche Fragen antwortete er ebenso wenig wie auf alle anderen.

Schließlich wurde eine Sonderkommission einberufen und man gab ihr den Namen Kaspar.

Dr. Amelie Ludwig war die diensthabende Chef-psychologin der Klinik für Psychiatrie und Psychotherapie, in die man ihn verlegte. Für ihre erste Sitzung mit ihm nahm sie sich viel Zeit. Fast eine Stunde lang musterte sie ihn nur.

Dann legte sie ein leeres Blatt Papier und einen Bleistift vor ihn auf den Tisch. Er griff augenblicklich danach und begann mit hektischen Bewegungen zu malen. Das fertige Werk drückte er der Ärztin in die Hand. Überrascht erkannte sie ein Klavier. Es war keine sonderlich geübte Zeichnung, aber es bestand kein Zweifel daran, dass sie einen Konzertflügel darstellte.

Nun lächelte auch sie. Ihr Erfolg war größer, als sie zu hoffen gewagt hatte. Zum ersten Mal äußerte er sich. Feierlich nickte sie und bedeutete ihm, mitzukommen. Er erhob sich von seinem Stuhl und folgte ihr in einen kleinen Aufenthaltsraum, der um diese Zeit menschenleer war. An der linken Wand stand ein Piano.

Dr. Amelie Ludwig öffnete den Deckel und winkte den jungen Mann einladend heran. Dann nahm sie auf der anderen Seite des Raumes auf einem Sessel Platz.

Er begann zu spielen.

Die Medien überschlugen sich. Ein Genie. Er musste ein berühmter Konzertpianist sein. Wie konnte es angehen, dass niemand ihn vermisste?

Sein Klavierspiel bewegte Dr. Amelie Ludwig mehr, als sie sich eingestehen wollte. Gemeinsam mit der Polizei arbeitete sie Strategien aus. Sie lud eine verlesene Handvoll Klaviervirtuosen ein, die sein Spiel beurteilen sollten. Er setzte sich auf den Hocker und ließ die Finger über die Tasten tanzen.

Hinterher waren sich die Zuhörer einig: keine musikalische Ausbildung, die über das Übliche hinausging. Seine Fingerfertigkeit war gut, aber keineswegs überdurchschnittlich. Seine Begabung lag nicht in der Technik, sondern allein im Gefühl. In der Fähigkeit, die Seelen seiner Zuhörer in die Lüfte zu heben. Er war ein Genie, aber keines, das sie kannten.

Dr. Amelie Ludwig beschloss, ihn der Öffentlichkeit nicht länger vorzuenthalten. Auf dem Hauptmarkt sollte er auftreten, dort, wo sie ihn gefunden hatten und dann würde sich vielleicht einer melden, der ihn kannte.

An einem belebten Samstag bauten sie eine Bühne auf und schafften sein Klavier herbei. Er ließ sich nieder, streichelte die Tasten, schloss die Augen und spielte.

Der Klang seiner Musik fing sich in der filigranen Spitze des Schönen Brunnens, umtanzte die Frauenkirche, waberte durch die Räume des Rathauses bis hinab in die finsteren Lochgefängnisse. Er vermischte sich mit den Geräuschen des Hauptmarktes. Wer genau hinhörte, konnte die Gebete der Juden hören, die hier bis zum 14. Jahrhundert gesprochen wurden. Konnte die Schreie der Ermordeten vernehmen, die ihr Leben lassen mussten, als das jüdische Ghetto und die Synagoge abgerissen wurden. Konnte dem Bau der Frauenkirche lauschen, dem Lärm der Turniere, den Festlichkeiten der Patrizier. Konnte hören, wie der Krieg wütete, wie Bomben fielen, wie die schönen Kaufmannshäuser einstürzten. Konnte freilich auch das Lachen und das bunte Markttreiben belauschen, die Glocken, die Stimmen der Menschen, das Lachen der Kinder auf dem Christkindlesmarkt.

Die Stimmung am Hauptmarkt war seltsam friedlich. Nichts war zu spüren von der üblichen Hektik, dem Gedränge. Viele Zuhörer verharrten stundenlang mit feuchten Augen und vergaßen alles um sich herum.

Der Mann kam gegen Mittag vom Obstmarkt her. Er war müde und wollte sich schon an der enormen Menschenmenge vorbeidrücken, als ein Lied sein Ohr erreichte. Es war eine einfache Melodie, ein unbekanntes Stück, vielleicht vom Pianospieler selbst komponiert. Der Mann stutzte und bahnte sich vorsichtig einen Weg durch das Gedränge, bis er ins Zentrum des Geschehens gelangte und einen Blick auf den Klavierspieler werfen konnte. Nachdenklich legte er den Finger an die Nase und lauschte, bis das Lied zu Ende war. Dann begann das nächste Stück und der Mann vergaß fürs Erste seine trüben Gedanken. Erst drei Tage später entschloss er sich, Dr. Amelie Ludwig anzurufen.

Am Abend bat die Psychologin ihren Patienten, für sie zu spielen. Er wirkte glücklich und gelöst. Doch während Dr. Amelie Ludwig ihn betrachtete, bohrten sich brennende Zweifel in ihr Herz.

In den folgenden Tagen stellte sie Untersuchungen an. Sie traf sich mit dem Anrufer und überprüfte dessen Angaben. Sie ließ sich das Video aus der Überwachungskamera zeigen. Ja, er konnte es sein. Das Bild war jedoch unscharf und er wurde zum Teil von zwei anderen Männern verdeckt.

Sie unterhielt sich lange mit dem Anrufer. Gemeinsam wogen sie das Für und Wider gegeneinander ab. Sie waren sich einig, die Polizei außen vor zu lassen, solange es keine Gewissheit gab.

Schließlich beschloss Dr. Amelie Ludwig, ihren Patienten damit zu konfrontieren. Sie tat es, indem sie zwei Worte aussprach, mitten in sein tägliches Spiel hinein: »Sparkasse, Obstmarkt«.

Sein Lächeln gefror.

»Der Kassierer der Bank hat mich angerufen.«

Dr. Ludwig spürte, dass sie dem jungen Mann eine Erklärung schuldig war. »Als er die Musik auf dem Hauptmarkt hörte, konnte er sich plötzlich daran erinnern, dass einer der Bankräuber ein Lied vor sich hinpfiff. Er hat es wiedererkannt, als Sie es auf dem Klavier spielten.«

Besorgt erwartete sie seine Reaktion.

Er lächelte nicht.

Dr. Ludwig verstand das Geständnis. Sie wurde blass. Fahrig durchwühlte sie ihr Haar. Ihr Atem ging unregelmäßig. »Warum?«, fragte sie schließlich. »Warum?«

Er zuckte mit den Schultern. Seine Augen blickten verständnislos drein.

»Wozu das ganze Theater?«

Er wusste von keinem Theater. Er wollte zurück ans Klavier.

In ihren Augen stand Panik. »Himmel, so reden Sie doch! Was ist denn geschehen, an jenem Tag?«

Er versuchte sich zu erinnern. Er strengte sich an. Alles war meilenweit entfernt. Nur die Musik war ihm nahe.

»Bitte reden Sie mit mir.«

Er presste Luft in die Lungen, sein Kehlkopf tanzte. Es ging nicht. Schließlich ergriff Dr. Amelie Ludwig das Wort: »Ihr wart zu dritt, nicht wahr? Ihr seid zu Fuß geflohen. Die anderen beiden schlugen dir auf den Hinterkopf, klauten die Beute und ließen dich liegen. Stimmt das?«

Kaum merklich nickte er.

»Mein Gott! Deine Kumpane haben Angst, dass du sie verpfeifst, nicht wahr?«

Sie dachte lange nach, schwieg.

»Aber du redest ja nicht«, sagte sie endlich.

Er begann erneut zu spielen und die Musik erreichte jede Faser ihres Körpers. Als er von den Pflegern zum Abendbrot begleitet wurde, blieb sie sitzen. Lange starrte sie auf den leeren Hocker vor dem Klavier.

Erst zu Hause, in ihrer einsamen großen Wohnung, entspannten sich ihre Gesichtszüge. Plötzlich, ganz unvermittelt, wusste sie, was sie zu tun hatte. Wer auch immer er vor jenem Schlag auf den Hinterkopf gewesen war – jetzt war er ein anderer. Die Welt brauchte keine überführten Bankräuber. Und sie, Dr. Amelie Ludwig, brauchte erst recht keine.

Sie sah sich in ihrer Wohnung um, nahm den leeren Platz in der großen Stube wahr, überlegte, dass sich ein Klavier gut dort machen würde. Dann fiel ihr Blick auf die Tür zum Gästezimmer, das sie nie benutzte.

Was sie brauchte, war ein Mensch, der sich in ihr Herz spielen konnte. Ihr Plan war betörend einfach und sie beschloss, ihn noch in derselben Nacht in die Tat umzusetzen.

Am nächsten Morgen fanden sie sein Bett leer. Die Schwester von der Nachtschicht bestätigte, dass es nicht unmöglich war, die Klinik ungesehen zu verlassen. Die Polizei zuckte die Schultern und begann umgehend mit der Spurensuche.

Die Presse war nicht mehr zu bremsen. Von einem Verbrechen oder einem menschlichen Drama war die Rede.

Sein Verschwinden war so unerklärlich wie sein Auftauchen. Wochenlang rätselten die Nürnberger über Herkunft und Schicksal des Mannes, den sie Kaspar genannt hatten.

Als sich die Wogen ein wenig glätteten, kaufte Dr. Amelie Ludwig einen teuren Konzertflügel, der sich in ihrer großen Wohnung wunderbar machte. Sie lächelte jetzt öfter als früher.

Verpassen Sie nicht den Schönen Brunnen in Nürnberg
Inge Steinmüller

»Leise, leise.«

Lisa hatte die High Heels ausgezogen und lief barfuß über das Kopfsteinpflaster des Nürnberger Hauptmarktes. »Wir dürfen uns nicht erwischen lassen, es ist verboten, Liebesschlösser an den Schönen Brunnen zu hängen.«

Es war Sonntag, zwei Uhr morgens und der Kick des Illegalen gab Rico die Motivation, den ganzen Mädchen-Romantik-Liebesschwur-Quatsch überhaupt mitzumachen. Lisa wollte unbedingt ein Vorhängeschloss mit ihren eingravierten Namen an das Gitter des Schönen Brunnens hängen und den Schlüssel dazu in die Pegnitz werfen – für eine ewig währende Liebe. Ewig, ihn grauste. Er war 16, sie 14. Wie eine Klette hängte sie sich an ihn. Obwohl er sich nur mit ihr traf, wenn er gar nichts anderes vorhatte, stand sie immer auf Abruf parat. Ihr einziger Pluspunkt: Sie wollte ständig Sex, weil sie das für cool und erwachsen hielt. Mit seiner gleichaltrigen Ex-Freundin war das nie möglich gewesen und so nahm er in Kauf, dass ihn seine Freunde immer mit seinem *kleinen Kniebeißer* aufzogen. In die Disko durfte sie sowieso noch nicht und so konnte er seine Abende mit den Kumpels ausreichend genießen.

Aber jetzt musste er durch diesen Liebesschloss-Kitsch. Lisa wollte das Ding genau neben dem berühmten drehbaren Messingring anbringen, den,

einer Legende nach, 1587 ein unbekannter Schlosser-
lehrling, ohne sichtbare Verarbeitungsnähte in das
Gitter des Schönen Brunnens geschmiedet hatte. Es
war dessen subtile Rache dafür, dass der Meister ihm,
dem mittellosen Lehrling, die Tochter nicht zur Frau
geben wollte und ihn mit Schimpf und Schande da-
vongejagt hatte. Der Meister, der sich nicht erklären
konnte, wie der Junge dieses Kunststück zustande
gebracht hatte, bereute seine Entscheidung, doch der
Lehrling war und blieb verschwunden.

Lisa erkannte mittlerweile, dass die Süd-Westseite
des Schönen Brunnens mit dem Messingring von
einem Hotel und von Wohnungen aus beobachtet
werden konnte. Entschlossen wich sie auf die nord-
westliche Seite aus, an der, als Pendant, ein drehbarer
schwarzer Eisenring in das Gitter eingefügt war. Viele Nürnberger dachten ohnehin, dass dies der echte
Wunschring sei und außerdem hatte er den Vorteil,
dass nur die Fenster von Amtstuben und Büros darauf gerichtet waren, aus denen um diese Uhrzeit sicher niemand schauen würde. Rico sah Lisa um den
Brunnen laufen und dann hörte er ein Geräusch, als
ob eine Maus quiekte und ein Sack umfiel. Alarmiert
rannte er um den Brunnen. Da lag Lisa regungslos
auf dem Pflaster und gleich daneben, auf den Stufen
des Brunnens, ein vollkommen nackter Mann, eine
Hand mit einer Handschelle an das Gitter gekettet,
die Augen weit offen und offensichtlich tot.

Kommissar Ashbury Frank fühlte mit den schlot-
ternden, kreidebleichen Teenies. Nicht nur, dass sie
ihren Eltern erklären mussten, wie sie nachts um
zwei auf den Hauptmarkt kamen, wo doch alle dachten, dass sie friedlich schlafend in ihren Betten lägen.

Angesichts des Toten hatten sie vermutlich zusätzlich einen derartigen Schock erlitten, dass ihnen für einige Zeit der Schneid zu verbotenen Abenteuern abgekauft war.

Mittlerweile Mitte vierzig, dachte er, Frank, an seine eigene Pubertät und daran, dass ihm seine Hippie-Mutter alles erlaubt hatte, da sie hauptsächlich mit ihren Freunden und Kiffen beschäftigt war. Er hätte sich über Eltern gefreut, die ihm, aus Sorge, Grenzen setzten. Seine Mutter kannte nicht einmal den Namen seines Vaters. Nur dass er 1967 im Summer of Love in San Francisco im Stadtteil Haight Ashbury gezeugt worden war – daher sein seltsamer Vorname. Er hasste diesen Namen, für ihn bedeutete er nur Desinteresse an seiner Person. Seine Mutter dagegen hasste ihren Sohn, weil er zu ihren natürlichen Feinden, den *Schweinebullen* übergelaufen war. Sie hatte ihm seine Berufswahl nie verziehen und deshalb herrschte seit Jahren Funkstille zwischen ihnen. Er war in Hamburg aufgewachsen. Als junger Kommissar ließ er sich nach Nürnberg versetzen, um noch mehr sprachliche und kulturelle Barrieren zwischen sich und seiner Mutter zu errichten. Bis jetzt hatte das Bollwerk seinen Zweck erfüllt.

»Hast du die Leiche schon gesehen?«

Die blonde Anna Köhn von der Spurensicherung, die beste Chemikerin, die Frank jemals bei der Kripo erlebt hatte, klang ratlos.

»Was ist daran außergewöhnlich?«

»Woher weißt du das?«

»Deine Augen, Dotty, sind groß und rund, wie bei einem Kind, das zum ersten Mal ein Buddelschiff gesehen hat.«

Anna schüttelte unwirsch den Kopf: »Hör auf damit, mich Dotty zu nennen, auch wenn Dorothy Hodgkin die dritte Frau war, die den Nobelpreis für Chemie erhalten hat.«

»Mach ich, Dotty, wenn du alt und tatterig und keine geniale Chemikerin mehr bist.« Unwillkürlich grinste Anna: »Im Ernst, der Tote weist keine offensichtlichen Verletzungen auf und ist klinisch sauber. Er wurde mit Sagrotan gewaschen, auch unter seinen Fingernägeln ist auf den ersten Blick nichts zu finden. Ich denke, wir müssen sehen, was die Pathologie dazu zu sagen hat.«

»Dürfen wir die Leiche vorher noch untersuchen oder verlangt ihr jetzt schon Hellseherei? Dann bringe ich demnächst gerne Kaffeesatz und eine Kristallkugel mit.«

Dr. Peter Schweiger, der elegante, durchtrainierte Gerichtsmediziner, war wie aufs Stichwort hinter Anna aufgetaucht.

»Schon gut.« Frank, der sich neben Schweiger immer etwas farblos vorkam, ging hinüber zu dem Toten. »Ich komme heute Vormittag vorbei. Tschüß, Dotty.«

Der Tote, ein kleiner, gepflegter, dicker Mann mit akkurat geschnittenen kurzen braunen Haaren, lag nackt auf dem Rücken auf den Stufen des Brunnens. Seine Hand hing in einer Handschelle, die mit rosa Plüsch ummantelt war. Wie Dotty gesagt hatte, Verletzungen oder eine Todesursache konnte man nicht erkennen. Er war tatsächlich gründlich gewaschen und geschrubbt worden und zwar an Ort und Stelle, wie die Pfützen unter und neben ihm mit ihrem unverkennbaren Geruch nach Desinfektionsmittel verrieten. Der oder die Täter hatten sich angestrengt.

»Gibt es schon einen Anhaltspunkt zur Identität und hat jemand Gruber gesehen?«, fragte Frank die umstehenden Polizisten, obwohl er sich fast sicher war, zwei negative Antworten zu bekommen. Im Umkreis der Leiche lagen keine persönlichen Gegenstände und Florian Gruber, sein Assistent, hing vermutlich in einer der zahlreichen Kneipen der Stadt ab.

»Schon zur Stelle Massa, Boss, großer Häuptling. Konnte bei dem Lärm in der Rockfabrik mein Handy nicht gleich hören. Was haben wir denn da Hübsches? Nichts gegen ein bisschen Sado-Maso, aber mitten auf dem Hauptmarkt? Wusste gar nicht, dass da jetzt eine Domina ihr Etablissement aufgemacht hat. Motto: Frischluft in Ketten kann deinen Tag retten.«

»Großer Gott, Flo, hast wohl Sabbelwasser getrunken?«

Frank unterbrach den Redeschwall seines Assistenten. »Wir haben noch keinen Anhaltspunkt für irgendeine Theorie. Die Leiche kann zur Gerichtsmedizin, wenn die Spusi fertig ist und wir treffen uns um zwölf im Büro – du bringst das Essen mit.«

»Boss, es ist Sonntag! Der Tag des Herrn! Auch ein heidnisches Nordlicht wie du weiß doch, dass man am siebten Tage ruhen soll und außerdem habe ich dienstfrei.«

»Jetzt nicht mehr. Bis dann, mein Lieber.« Zufrieden ging Frank von dannen, insgeheim freute er sich auf einen Sonntag, den er nicht öde zu Hause vor der Glotze verbringen würde.

Als Frank um zwölf Uhr ins Büro kam, war Gruber schon damit beschäftigt, zwei herrlich duftende Schäuferle mit krosser Kruste und dampfenden Klößen auf zwei Tellern anzurichten. »Guten Appetit, Boss, wir wissen, wer der Tote ist.«

»So schnell? Wie das?«

»Wir haben eine Anfrage von der Polizei Lauf bekommen. Dort ist heute früh eine aufgelöste Frau erschienen, deren Mann gestern Abend nicht nach Hause gekommen ist. Obwohl die vorgeschriebene Wartezeit noch nicht vorbei war, haben sich die Kollegen erweichen lassen und uns ein Foto per Fax geschickt. Sieh selbst, es ist unsere Leiche.«

Gruber hatte recht. Nikolaus Hundt, Geschäftsführer, Größe: 162 cm, Gewicht: 91 kg, Augen braun, Haare dunkelbraun. Die Beschreibung auf dem Foto passte.

»Ich war schon bei Schweiger.« Frank hatte dem Gerichtsmediziner erste Erkenntnisse abgerungen. »Der Mann ist bereits seit über 24 Stunden tot. Er ist gestern Vormittag zwischen acht und zehn Uhr gestorben. Die Todesursache ist Atemstillstand. Er hatte zu diesem Zeitpunkt rund 2,6 Promille Alkohol im Blut. Schweiger geht von einer Alkoholvergiftung aus, untersucht aber auf weitere Drogen. Andere verwertbare Spuren an der Leiche gibt es nicht.«

»2,6 Promille am Vormittag. Mein lieber Scholli, muss entweder ein ganz schöner Schluckspecht gewesen sein oder die Juhu-Wochenende-Party ist völlig aus dem Ruder gelaufen.« Gruber grübelte. »Warum hat ihn seine Frau dann erst gestern Abend vermisst?«

Stillschweigend setzten sich Frank und Gruber an den Tisch zu ihren Tellern. Die Kollegen benachrichtigen, mit der Ehefrau sprechen – das alles würde kein

Zuckerschlecken werden. Stärkung tat Not. Ohne weitere Unterbrechung oder störende Gespräche ließen sich beide das deftige Schweinefleisch schmecken.

Stumm nickte die bereits stark verheulte Frau bei der Identifikation der Leiche in der Gerichtsmedizin.

»Ja, das ist mein Mann.«

Wie ferngesteuert fuhr sie mit Frank und Gruber anschließend in deren Büro, um ihre Aussage zu machen. »Nicki wollte gestern Abend um sieben Uhr zum Essen zu Hause sein und dann mit unseren drei Söhnen an der Hundehütte weiterbauen. Wir haben gerade einen Hund gekauft. Um acht Uhr wusste ich, dass etwas Schlimmes passiert sein muss. Nicki ist – war – immer pünktlich, müssen Sie wissen, schon bei einer Verspätung von zehn Minuten rief er an und sagte Bescheid.«

»Wann haben Sie ihn das letzte Mal gesehen?«

»Freitag früh um zehn. Er ist wie immer ins Büro gefahren. Mein Mann war in der Finanzbranche. Am Nachmittag wollte er einen Kunden in Helmbrechts besuchen, dann nach Würzburg fahren, dort übernachten und am Samstag ein Bauprojekt seiner Firma besichtigen. Am Abend um sieben wollte er dann daheim sein«. Frau Hundt schluchzte.

»Hat er Sie von unterwegs angerufen?«, fragte Frank.

»Nein, aber das ist öfter vorgekommen, das Funknetz hat noch riesige Löcher«, sagte die Frau.

»Vor allem in Würzburg«, dachte Frank. Laut fragte er: »Kennen Sie den Namen des Kunden? Wissen Sie, in welchem Hotel Ihr Mann übernachten wollte?

Haben Sie in letzter Zeit etwas Ungewöhnliches an Ihrem Mann bemerkt, war etwas anders als sonst?«

Frank dachte an die rosa Handschelle.

»Nein, ganz und gar nicht!« Plötzlich war die Frau hellwach. Ihr heftiger Ton ließ ahnen, dass die letzte Zeit in der Ehe der Hundts alles andere als normal gewesen war.

»Mehr kann ich Ihnen auch nicht sagen, rufen Sie seinen Kompagnon an!«

Der Kompagnon Rolf Förtsch, ein drahtiger, kleiner Mann mit Frettchengesicht und einem seidenglänzenden Anzug, der schon seit den Achtzigern nicht mehr modern war, sah Frank wichtigtuerisch und arrogant in die Augen.

Nein, er habe keine Ahnung was passiert sei.

Ja, er kenne den Namen des Kunden.

Nein, er wisse nichts von den geplanten Besuchen, weder in Helmbrechts noch in Würzburg.

Ja, er und seine Frau mutmaßten schon lange, dass der Nick eine Geliebte habe, und ja, seine Frau habe das Frau Hundt auch gesteckt.

Nein, er glaube eigentlich nicht, dass sie mit Nicks Tod etwas zu tun habe, aber andererseits, man wisse ja nie so genau, wozu eifersüchtige Frauen fähig seien.

»Der Angeber hat sicher nicht damit gerechnet, dass wir am Sonntag einen Durchsuchungsbeschluss für die Büroräume bekommen.« Gruber feixte.

Während Frank den zeternden Förtsch beschwichtigte, setzte sich Gruber an den Computer des Toten, zog ein paar Schreibtischschubladen auf und fand sofort was er suchte: Eine komplette Liste aller Passwörter, abgelegt unter *Vordrucke*. Ja, ging es denn noch einfacher? Manchmal machte ihm sein Beruf keinen Spaß. Wo blieb denn da bitte die detektivische Herausforderung? DNA-Abgleich, Passwörter auf dem Präsentiertisch. Im Fernsehen war alles viel spannender. Nun aber mal ran an die Daten.

Frank dachte, Gruber hätte einen hysterischen Anfall, als er ihn in Hundts Büro wiehern hörte. »Das musst du dir anschauen. Besser geht's nicht. Sachen gibt's«.

Auf dem Monitor sah Frank den Auftakt zu Hundts letzten Stunden. Die Größe der Datei verriet, dass alles dokumentiert war mit einer winzigen Kamera, die ein offensichtlich misstrauischer Hundt unauffällig in einen Stoffteddy integriert hatte. Ein Geschenk seiner Kinder, das als Beweis für die Nähe zu seiner Familie im Büroregal stand.

»Herr Förtsch, müssen wir uns erst stundenlang das Video ansehen oder können wir gleich zur Sache kommen?«

Frank starrte angewidert auf den Kompagnon, der sich mittlerweile aufführte wie Rumpelstilzchen und alle TV-gängigen Sprüche von *Aussage verweigern* bis *ich will sofort meinem Anwalt anrufen* herausbrüllte. Frank fragte sich immer, ob jeder bei der Geburt *seinen Anwalt* zugewiesen bekam und nur ihm hatte man vergessen, dessen Adresse auszuhändigen. »Es ist kein Problem. Rufen Sie *IHREN* Anwalt an und wir warten dann gemeinsam im Präsidium auf ihn«.

Aber das war nicht mehr nötig. Förtsch hatte sich derart in Rage geschrien, dass es nun förmlich aus ihm herausplatzte: »Dieser blöde kleine Arsch. Wollte mir an den Karren fahren. Ich habe die Firma schon seit zwanzig Jahren, er ist überhaupt erst vor fünf Jahren dazugekommen. Und wissen Sie was? Jedes Projekt hat er versaubeutelt. Nichts, aber auch gar nichts, hat er auf die Reihe gekriegt. Aber immer rumstolzieren, sich aufblasen und davon labern, wie toll er es draufhat. Was denn bloß?

Ja, ich musste ein bisschen in die Trickkiste greifen, aber nur, weil wir sonst dank seiner Unfähigkeit schon lange Pleite wären. Und da hat er doch die Stirn, mich unter Druck setzen zu wollen. Von wegen Ehrlichkeit und Transparenz und so. Als ob er sich diesen Luxus hätte leisten können.

Ich habe ihm vorgeschlagen, dass wir am Freitag einen Männerabend machen – nur wir zwei – und uns aussprechen. Seiner Frau sollte er das Märchen mit den Terminen auftischen. Ich wollte ihn lediglich abfüllen, mit K.O.-Tropfen betäuben und ihn dann mit der Handschelle an den Schönen Brunnen ketten, damit ihm seine liebe Frau so die Hölle heiß macht, dass er für die nächste Zeit keinen anderen Gedanken mehr fassen kann und auch geschäftlich kein Bein mehr auf den Boden bringt. Ich wollte ihn dann rauswerfen, damit ich diesen Zwerg endlich los bin.

Plötzlich war er tot. Sie müssen mir glauben, das wollte ich nicht. So war das nicht geplant.

Meine Frau und ich haben ihn dann nach Mitternacht gemeinsam zum Hauptmarkt gebracht, desinfiziert und angekettet. Wir hatten gehofft, dass der Verdacht auf die frei erfundene Geliebte fällt. Sollte wie eine verunglückte Liebesnacht aussehen.

Glauben Sie mir, ich wollte ihm nur einen Denkzettel verpassen.«

»Das kann Ihr Anwalt dann mit dem Gericht klären. Sie sind verhaftet.«

Und abermals verspürte Frank den heftigen Wunsch nach einem doppelten Whisky in einem irischen Pub mitten in Nürnberg.

Der Lochhenker
Sabine Meyer

Zwei Leichen. Eine im ersten Loch links, die andere in der Folterkammer. Und ausgerechnet er, Hausmeister Hirsebeck, hatte sie im Abstand von nur vierzehn Tagen finden müssen. Obgleich Leichen im mittelalterlichen Gefängnisgewölbe unter dem Nürnberger Rathaus gewissermaßen Tradition hatten, fühlte sich Hirsebeck persönlich angegriffen. Erstaunlicherweise blieben ihm – dem Himmel sei Dank – die malträtierten Körper Gefolterter erspart. Die dazu benötigten Instrumente hingen seit Jahrhunderten griffbereit am Mauerwerk der Folterkammer. Stattdessen fand er in einem der winzigen Kerker dieser Lochgefängnisse den völlig intakten fünfzigjährigen Geschäftsführer eines Nürnberger Autohauses vor. Zusammengerollt wie ein Fötus und das grauenvoll verzerrte Gesicht in einer Armbeuge geborgen. Mausetot. Zwei Wochen später dann die dreißigjährige Erbin einer Lebkuchenfabrik, deren Hals in einem in der Wand verankerten metallenen Halsband steckte. Allem Anschein nach hatte sie sich panisch versucht loszureißen und sich dabei selbst stranguliert.

Für alle Mitarbeiter des Rathauses, allen voran Hirsebeck mit dem Generalschlüssel, folgte eine Reihe unangenehmer Verhöre und das nicht nur von der Kripo. Besonders Stiefsohn Lars, der Spross seiner Ehefrau Luise aus erster Ehe, ließ nicht locker und löcherte Hirsebeck immer und immer wieder nach allen gruseligen Details. Allerdings spielte er auch in einem Hinterhoftheater den Hamlet und neigte aus Berufsgründen zur Dramatik.

Die Kripo tappte im Dunkeln. Die Obduktion ergab Herzversagen.

Nach dem Fund der beiden Leichen trat erst einmal Ruhe ein. Lediglich Lars fragte, der Teufel mochte wissen warum, immer weiter. Hirsebeck nahm es mittlerweile persönlich und grollte. Während er auf seiner täglichen Kontrollrunde durch die Ehrenhalle des Rathauses schlenderte, im Nebenraum der diamantenbesetzten Kaiserkrone des Heiligen Römischen Reiches Deutscher Nation einen begehrlichen Blick zuwarf (obgleich sie nur eine Kopie war) und den Rathaussaal durchquerte, in dem dereinst ein Friedensmahl den Dreißigjährigen Krieg beendete, ging ihm der verflixte Bengel nicht mehr aus dem Kopf. Kein Schauspieler in einem Hinterhoftheater verdiente soviel, dass er sich ein Auto und teure Restaurants leisten konnte.

Und frühmorgens, wenn Hirsebeck den Gänsemännchenbrunnen passierte und die im italienischen Renaissancestil erbaute Rathausfassade vor sich aufragen sah, entrang sich seiner Kehle der nächste schwere Seufzer. Würde er eine neue Leiche finden?

Und er fand eine. Keine vier Wochen später. Diesmal war es ein stadtbekannter Bildhauer, der mit ausgebreiteten Armen und Beinen, Hand- und Fußgelenke in schmiedeeisernen Schellen, an der Backsteinmauer der Folterkammer hing wie ein aufgespießter Schmetterling. Seine Wangen waren verbrannt und Gästeführer Rupert kramte sofort einen anderen Bildhauer aus seiner historischen Bildung, der fünfhundert Jahre zuvor eben hier wegen der Fälschung eines

Siegels gebrandmarkt worden war. An den Wangen. Veit Stoß habe er geheißen, der Kerl.

Im Pylipp'schen Bau des Rathauses, in dem die Mächtigen tagten, machte sich Ratlosigkeit breit, in der Nürnberger Bevölkerung eher Unbehagen. Als die Presse den *Lochhenker* auf die Titelseite brachte, freuten sich einige Leser, dass sie verschont geblieben waren. Die Pathologen rauften sich die Haare und schüttelten die Köpfe. Sie konnten nichts anderes feststellen als Herzversagen ohne Fremdeinwirkung. Auch die Kripo kam keinen Schritt weiter. Wie waren die Opfer in die Gewölbe gelangt und wieso und woran gestorben? Wer hatte die Erbin angekettet und den Künstler gebrandmarkt? Wer hatte einen Schlüssel zum Rathaus? Die letzte Frage formulierten sie nach kurzer Recherche um in: Wer hatte keinen Schlüssel? Und seufzten frustriert.

Währenddessen tobten sich die Medien aus, die Soko *Lochhenker* nahm ihre Arbeit auf und die Anzahl der Führungen durch die mörderischen Gewölbe unter dem Rathaus musste verdreifacht werden. Die Rathauskasse klingelte. Als bei einer dieser Führungen ein kleiner Junge im Rücken einer Reisegruppe *Buh!* brüllte, brach blanke Panik aus. Historiker Rupert, der die Gruppe eben noch mit den blutigsten Schilderungen mittelalterlicher Foltermethoden zum Schaudern gebracht hatte, wurde buchstäblich über den Haufen gerannt.

Hirsebecks Grimm, zur Normalität nicht zurückkehren zu dürfen, steigerte sich von Tag zu Tag. Auch Stiefsohn Lars gab ihm weiterhin Rätsel auf. Er lebte mittlerweile von der Stütze, das Hinterhoftheater hatte Pleite gemacht.

Wieso er sich trotzdem ein Motorrad zum Auto leisten konnte, stieß bei seinem Stiefvater auf größtmögliches Unverständnis. Eines Nachts jedoch schoss Hirsebeck mit rasendem Herzschlag in seinem Bett hoch und ahnte Zusammenhänge. Was wenn ...? Er tigerte durchs Schlafzimmer, bis seine Frau Luise ein Machtwort sprach. Von da an ermittelte Hirsebeck auf eigene Faust und wurde fündig. Lars' Auto war nicht geleast, sondern gekauft und bar bezahlt worden, dito das Motorrad. In Abwesenheit von Gattin und Ziehsohn filzte Hirsebeck Lars' Zimmer und stieß auf eine Zeitschrift für *Erlebnistourismus an ungewöhnlichen Orten* mit einer interessanten Werbung auf Seite zwei.

Noch am selben Tag verhaftete die Kripo Lars und seine Freunde auf Grund eines anonymen Anrufes und nahm ihnen den Nachschlüssel zum Nürnberger Rathaus ab. Sie hatten betuchten Zeitgenossen auf der Suche nach dem ultimativen Kick eine Gruselnacht in den Lochgefängnissen verkauft und sie dann ... tja? In der nächtlichen Inszenierung einer anstehenden Folterung zu Tode erschreckt? Die Drei vom Theater schnieften und lamentierten und stritten alles ab. Gut, okay, sie hätten die Typen über Nacht im Keller eingeschlossen mit jeder Menge Gruselgeschichten im Gepäck und ja, zugegeben, sie hätten auch der Erbin den eisernen Halsring umgelegt und dem Bildhauer die Hand- und Fußschellen, aber alles doch nur auf Wunsch. Keine Strangulation, keine Brandmarkung, nur ein bisschen Schauspielerei im Dunkeln. Aber mein Gott, davon erschreckte man doch niemanden zu Tode! Für zehntausend pro Nase musste den Kunden schließlich etwas geboten werden und gestorben waren schließlich nur drei von zwölf.

Einhundertzwanzigtausend Euro für die Vermietung eines zwei Quadratmeter großen Lochs aus kaltem, dicken Mauerwerk? Etwas wie Respekt vor einer erfolgreichen Geschäftsidee machte sich in Hirsebeck breit. Und noch etwas anderes: Neugier. Urplötzlich überkam ihn das unwiderstehliche Verlangen, mit den Reichen gleichzuziehen. Einmal in seinem Leben etwas Verrücktes zu tun, es den Reichen, den am Leben Übersättigten gleich zu tun, nur, dass er für den Kick nicht zu zahlen brauchte, weil er gewissermaßen an der Quelle saß. Kurzentschlossen klappte er unter dem Rundgewölbe der Folterkammer seine Liege auf und kroch bis zum Hals in einen Schlafsack. Erstaunlicherweise schlief er fast augenblicklich ein. Allerdings nur, um zwei Stunden später hellwach in die Höhe zu schießen. Finsternis umgab ihn wie die Bretter eines Sarges, doch ihm war, als habe ihm jemand ins Ohr gepustet.

»Hallo?«, krächzte Hirsebeck ungläubig.

Nichts! Kein Monster, das aus dem Nichts geschossen kam und ihn fraß.

»Hallihallo?«, posaunte er mutiger und gnickerte vor Vergnügen.

»Hallihallo!«, echote die Finsternis zurück und klang nicht weniger vergnügt.

Hirsebeck klappte die Kinnlade herunter. Einen Moment lang meinte er tatsächlich neben dem fröhlichen Gekichere die qualvollen Schreie Gefolterter zu hören, die hundertfach vom Gewölbe zurückgeworfen wurden. Ihn schauderte.

»O Gott, o Gott.«

»Eher wohl nicht«, antwortete das Echo lapidar. »Nur ein irdisches Wesen, wenn auch im Laufe der

Jahrhunderte etwas durchscheinender geworden. Und wer sind wir? Ein Ketzer gar?«

Hirsebecks Herz hüpfte vor Erleichterung. Sie mussten Lars und seine Komplizen aus dem Knast entlassen haben und jetzt waren sie hier, ihn zu foppen. Na warte, dachte er, wenn ich den Lausebengel erwische, werde ich die Schauspielerei ein- für allemal aus ihm herausprügeln.

»Is' was?«, fragte das Echo nach einer ganzen Weile und klang pikiert. »Sind wir kein Ketzer?«

Hirsebeck grinste grimmig in die Finsternis. Eins musste man dem Kerl lassen – er war gut. Er klang tatsächlich wie ein beleidigtes Gespenst.

»Ketzer?«, fragte er zurück um Zeit zu gewinnen und kämpfte mit dem Reißverschluss des Schlafsacks. „Was für ein Ketzer?«

»Ein Ketzer eben. Ein Verleugner himmlischer Allmacht. Ein Abtrünniger vom Glauben gar?« Pause. »Mich deucht, wir haben da einen Kandidaten zum Flechten aufs Rad. Oder zum Zwacken mit glühenden Zangen. Oder gar für den Tauchtest. Bist du ein Hexer? Sprich!«

Hirsebeck wuchs unwillkürlich eine Gänsehaut. Du meine Güte, der Kerl verdiente glatt den Oscar.

»Oho«, meldete sich das Echo erneut zu Wort. »Man hat uns die Zunge herausgeschnitten. Man ist ein Verleumder, der am Schandpfahl dem Pöbel zur Schau gestellt werden sollte. Ein Kindsmörder, der gerädert gehört. Ein Teufel gar? Kommt, ihr Knechte des Henkers, lasset ihn uns prüfen, ob er fürs Vierteilen taugt.«

Schritte schlurften, Ketten klirrten über Gestein, bronchitische Brüste rasselten.

Hirsebeck, dessen Pupillen sich mittlerweile an die Finsternis gewöhnt hatten, sah spitze Kapuzen und wehende Umhänge auf sich zuschweben. So viele?, fragte er sich verblüfft. Lars' kriminelle Bande bestand doch nur aus drei Personen. Und wieso schwebten sie über den Boden? Wo waren ihre Füße? Dann, ganz unerwartet, schwappte pure Panik über seinem Kopf zusammen. In unziemlicher Hast versuchte er sich aus seinem Schlafsack zu befreien, blieb mit dem linken Fuß hängen, verlor das Gleichgewicht und krachte rücklings von der Liege auf den steinernen Boden der Folterkammer. Als sein Hinterkopf auf den Boden knallte, hörte es sich an, als knacke jemand eine Nuss.

»Ach herrje«, raunte es vergnügt durch die Finsternis. »Mich deucht, die Menschen heutzutage sind ein wenig verweichlicht.«

Mehrstimmiges Wispern gab ihm recht. Dann schlug die Kirchturmuhr der Sebalduskirche nebenan eins und im Gewölbekeller des Nürnberger Rathauses trat wieder Ruhe ein.

Venus und Amor
Kai Riedemann

Das Paket liegt auf einer Parkbank. Vermutlich wäre es noch länger unentdeckt geblieben, hätte nicht ein Rehpinscher daran geschnuppert. Für Hunde bietet der Jakobsplatz mit seinen Bäumen und verschnörkelten Laternen genügend Abwechslung, ein herrenloses Paket stellt dennoch stets eine besondere Attraktion dar. Vor allem wenn das Packpapier an einer Seite durchfeuchtet ist und rote Flüssigkeit aufs hellgraue Pflaster tropft. Der Rehpinscher jedenfalls schnuppert, stellt seine Ohren auf, trippelt ein paar Mal vor und zurück und beginnt schließlich zu kläffen. Die Frau am anderen Ende der Leine zieht, entdeckt die rote Pfütze und schreit.

Der Schrei zeigt Wirkung. Bereits fünf Minuten später haben Polizisten die Parkbank im Schatten eines Baumes abgeriegelt. Rotweißes Plastikband flattert im Wind, während die Flüssigkeit weitertropft. Die Zahl der Uniformierten und Ermittler übersteigt das übliche Maß, da der Fundort direkt vor dem Polizeipräsidium Mittelfranken liegt. Kameras klicken. Auch Redaktionsbüros der Nürnberger Presse befinden sich fast in Hörweite. Sollte dieses Aufsehen beabsichtigt sein, geht der Plan auf.

Für die Neugierigen auf dem Jakobsplatz steht fest, dass sich in dem braunen Packpapier Leichenteile befinden. Eine Hand vielleicht. Ein Fuß. Die Milz. Während die Frau mit dem Rehpinscher ihre Entdeckung zu Protokoll gibt, gehen die Experten der

Spurensicherung akribisch vor. Proben nehmen, nach Fuß- und Fingerabdrücken suchen. Auf dem Paket ist kein Absender vermerkt, wohl aber ein Empfänger. »A. R.« steht handschriftlich in der rechten unteren Ecke, fast unleserlich durch die Flüssigkeit, die das Papier durchnässt und immer noch tropft. Da der Boden etwas abschüssig ist, bahnt sich ein rotes Rinnsal den Weg zur nächsten Parkbank.

Nein, gesehen hat niemand etwas Verdächtiges. Weder die Frau mit dem Hund noch andere Spaziergänger können der Polizei sachdienliche Hinweise liefern. Da kam zwar dieser hinkende Bärtige im Kapuzenshirt von der St. Elisabethkirche, doch der hatte kein Paket unter dem Arm. Und das Mädchen mit dem Mountainbike? Das war lediglich die drei Stufen zu den Parkbänken rauf- und runtergehoppelt.

»Bitte gehen Sie weiter.« Die Aufforderung der Polizisten ist ebenso eindeutig wie sinnlos. Ohne genauere Kenntnis des Paketinhalts werden die Reporter keine gute Schlagzeile haben, die Neugierigen nur eine halbe Geschichte für die Nachbarn und die Spurensicherer kein befriedigendes Ergebnis. Eine Hand? Ein Fuß? Die Milz?

Als Polizeikommissaranwärterin Annette Rabenstein das Präsidium Mittelfranken nach Beendigung ihres Dienstes verlässt, schneiden die Experten gerade das braune Packpapier auf.

Sie sitzt an ihrem Stammplatz auf der Holzbank und blickt nicht mal auf, als ich »Hallo!« sage. Alles ist hier dunkel. Die Tische, die Balken, die Tannenzapfen-Dekoration am Tresen. Dagegen kämpfen die von der ebenfalls dunklen Decke herabhängenden Laternen vergeblich an. Ihr Licht reicht allerdings, um das Bratwurstgulasch auf Annettes Teller erkennen zu können. Sie stochert darin herum, spießt schließlich ein Stück der hausgemachten Semmelknödel auf und betrachtet dann nachdenklich das kleine Rosentattoo auf ihrem Handrücken. Heute ist Donnerstag und somit Schäuferletag. Vielleicht hätte sie Schäuferle bestellen sollen.

»Es war kein Blut«, sage ich und schiebe den Salzstreuer zur Seite.

»Wie bitte?«

»In dem Paket. Zumindest kein Blut, das auf einen Mord hinweist. Es stammt aus Blutkonserven.«

»Danke. Und was ist die Botschaft hinter deiner Botschaft?«

Annette schiebt sich das Stück Semmelknödel in den Mund und spült mit einem Schluck Rauchbier nach.

»Ich dachte, die Polizeikommissaranwärterin Rabenstein sollte das wissen.« Die Kellnerin bringt ungefragt einen Krug Kellerbier. Ich bin nicht das erste Mal hier. Und nicht das erste Mal mit Annette. »Die Kollegen halten das Ganze übrigens keineswegs für einen Scherz.«

»Sondern?«

»Eine Warnung. In dem Paket steckte noch eine Plastikratte.«

»Wie fantasievoll. Blut und Plastikratte in braunem Packpapier, direkt vorm Präsidium abgelegt. Kinderkram.« Sie lächelt fast so wie früher. Fast. Im Licht der Laterne über unserem Tisch kann ich ihre Augen nicht sehen.

»Die Kollegen sind da anderer Ansicht. Außerdem ...« Ich nippe am Kellerbier. »Außerdem standen Initialen auf dem Paket. A. R.«

Annette wirft den Kopf so heftig zurück, dass die blonden Locken auf und ab tanzen.

»Ach ja? Und was soll ich jetzt mit dieser Information anfangen?«

Dazu sage ich nichts mehr. Mein Blick wandert von einem Gulaschfleck auf dem Holztisch über die grünen Vorhänge bis zum Gewirr aus abenteuerlichen Dekorationsstücken an der Decke. Annette kaut. Meine rechte Hand umklammert den Krug mit dem Kellerbier. Warum friere ich so in ihrer Nähe? Wenn sie lächelt, sagen ihre Augen »Hau ab, du Versager!« Gut, dass es hier so dunkel ist.

»Bist du nur gekommen, um mir das zu erzählen?«

Ich schweige weiter. Vielleicht hätte ich tatsächlich wegbleiben sollen. An diesem Tisch haben wir oft nach Dienstschluss gesessen und über ihre Probleme geredet. Über Fälle und Selbstzweifel. Über Ärger mit Kollegen. Über Karriere. Annette, die gute Freundin, mit der man reden und lachen kann. Ich habe ihr vertraut.

»A. R. kann alles Mögliche bedeuten.« Sie schiebt den Teller mit dem Bratwurstgulasch endgültig zur Seite. »Oder willst du andeuten, dass die Warnung für mich bestimmt ist?«

Ich zucke mit den Schultern.

»Vielleicht hast du einem Arzt die silbernen Löffel geklaut.«

»Was?« Annettes schmales Gesicht zuckt. Täusche ich mich oder sind ihre großen Augen jetzt noch weiter aufgerissen als sonst?

»Irgendwo muss die Blutkonserve ja herkommen. Aus einer Klinik zum Beispiel.«

»Du spinnst.« Sie steht auf und geht an den Tresen, um zu bezahlen. Ein merkwürdiges Bild: die kleine

zierliche Annette vor dem wuchtigen dunklen Holz-
tresen, über ihrem Kopf das Stillleben aus Tannenzap-
fen, Kornähren und Rehgeweihen. Ich muss ihr nicht
folgen, um genau vor mir zu sehen, wie sie das Lokal
verlässt. Mit steifen energischen Schritten biegt sie
nach rechts ab, das Knallen ihrer Stiefelabsätze hallt
von den Wänden wider, während sie am benachbar-
ten Fembohaus vorbei in Richtung Rathausplatz geht.

Aus dem zweiten Paket tropft kein Blut. Vielleicht
hält sich deshalb das Interesse der Schaulustigen in
Grenzen. Auch für empfindliche Rehpinschernasen
gibt es dieses Mal wenig zu erschnuppern. Ein maka-
brer Scherz, so der allgemeine Kommentar auf dem
Jakobsplatz, eine überflüssige Fortsetzung. Die Polizei nimmt den Fund ernster. Das Paket liegt wenige
Meter von jener Parkbank entfernt, unter der noch
Reste der Blutlache erkennbar sind. Quasi direkt um
die Ecke wurden zwei Passanten fündig. Zwischen
Laterne und rotem Müllbehälter, auf der steinernen
Umrandung einer Pflanzoase, die dem abwechselnd
hell und dunkel zugepflasterten Platz trotzt. Wieder
flattern schon nach kurzer Zeit rotweiße Plastikbän-
der im Wind, wieder nimmt die Spurensicherung
ihre Arbeit auf.

Das Paket ist kleiner, gleicht ansonsten jedoch seinem Vorgänger. Braunes Packpapier, in der rechten
unteren Ecke die handschriftlichen Initialen »A. R.«,
alles sorgfältig zugeklebt. Kameras klicken. Die Reporter warten geduldig, ob doch noch eine Sensati-
onsmeldung abfällt. Sie bekommen wenig zu sehen.
Da niemand im Polizeipräsidium Mittelfranken mit
Leichenteilen oder einer Bombe rechnet, erfolgt nur

eine provisorische Öffnung, bevor das Paket ins Innere des Gebäudes abtransportiert wird. Dort entdecken die Experten, unter Ausschluss der Öffentlichkeit, die zweite Plastikratte sowie eine kleine Bleistiftzeichnung. Sie zeigt den nackten Amor, der mit Pfeil und Bogen auf eine leicht pausbäckige Venus zielt.

Als Polizeikommissaranwärterin Annette Rabenstein das Präsidium Mittelfranken zum Beginn ihres Dienstes betritt, legen die Experten gerade das braune Packpapier mit der Ratte für etwaige spätere Untersuchungen in eine Plastikbox.

Ich bin gerne im Fembohaus. Vielleicht weil ich Gestriges mag oder mich sogar danach sehne. Ich trete über die Schwelle des alten Kaufmannshauses und fühle mich 400 Jahre in die Vergangenheit versetzt. Spätrenaissance? Egal. Stadtmuseum? Von mir aus. Wichtig sind weniger die Ausstellungen, sondern Wände und Decken. Wichtig ist das Holz, das atmet. Jeder Stein, der die Finger kribbeln lässt, wenn man ihn berührt.

Heute steige ich zielstrebig hoch in den zweiten Stock. Es wird kein angenehmer Anblick sein. Dabei habe ich den Raum so geliebt. Diesen Kontrast von dunklen Holzwänden und elfenbeinfarbiger Stuckdecke. Ein Kontrast, der fast die Augen blendet, wenn Sonnenlicht durch die Fenster fällt.

Vielen mag die barocke Pracht der Decke zu schwülstig sein. Die Rosetten, Blättergirlanden, Engel, prall gefüllten Obstkörbe und Blumenmuster, die einst der Fantasie des italienischen Stuckateurs Carlo Brentano Moretti entsprangen. Mich hat das immer fasziniert. Kein Wunder also, dass die Bleistiftzeichnung von Venus und Amor im zweiten Paket sofort Erinnerungen in mir weckte. Die Stuckdecke. Venus und Amor.

Ich entfalte die Kopie, die mir die Kollegen überlassen haben, und blicke nach oben. Kein Zweifel. Auch wenn die künstlerische Qualität hinter dem Original zurückbleibt, handelt es sich um dieselbe Szene. Neben einem Baum steht der nackte Amor und zielt mit Pfeil und Bogen auf die Liebesgöttin Venus, die sich gerade abzuwenden scheint. Symbol für die Liebe.

Auf der anderen Seite der Barockdecke hat der Stuckateur ein Symbol für Freundschaft entworfen. Dort sind Venus und Amor inniglich verbunden, der Köcher mit den Pfeilen liegt unbeachtet am Boden. Zwei spielende Kinder verstärken das Bild.

Freundschaft. Mein Nacken schmerzt, während ich an die Decke starre. Annette. Ich hatte stets den Eindruck, dass uns wirklich Freundschaft verbindet. Sie, die jüngere Kollegin. Ich, der erfahrene Polizist. Hat sie mich benutzt, weil es ihrer Karriere dienlich war? Ein Schielen nach guten Beziehungen? War ich die ganze Zeit blind? Diese plötzliche Kälte, diese Überheblichkeit, diese abfälligen Blicke. Nein, Annette, ich möchte keine Karriere machen. Darüber bin ich längst hinweg. Du hast ja jetzt dein erstes Ziel erreicht. Polizeikommissaranwärterin, Qualifikationsebene Zwei. Venus und Amor in Freundschaft vereint. Alles Lüge? Alles Verrat? Annette, die Ratte.

Eine Plastikratte. Vielleicht deuten die Initialen »A. R.« tatsächlich auf Annette hin. Vielleicht sind die Pakete an sie gerichtet. Eine Warnung. Eine Drohung. Wenn ich mich enttäuscht und ausgenutzt fühle, könnte ein anderer Mensch Hass spüren.

Als ich meinen Blick von der Szene an der Stuckdecke abwende, wird mir kurz schwarz vor Augen. Ich drehe mich um und sehe Annette. Sie sitzt auf einem der chromfüßigen Hocker an der Treppe. Dieses Mal lächelt sie nicht. Sie blickt mich an, irgendwie trotzig, den Kopf leicht in den Nacken gelegt. Meine Schritte hallen auf dem Steinfußboden, als ich auf sie zugehe.

»Hast du mir etwas zu sagen?«, frage ich leise.

»Sollte ich?« Ihre Stimme zittert nicht.

»Die Zeichnung im zweiten Paket. Venus und Amor.«

»Das hat mit mir nichts zu tun. Wer solche Verbindungen herstellt, sollte seinen Verstand untersuchen lassen.«

»Warum bist du dann hier?«

Annette lacht. »Geht dich das was an?«

»Da oben.« Ich deute auf die Szene an der Stuckdecke. »Das Symbol der Freundschaft. Das könnten wir sein. Früher. Doch welcher Mann steckt hinter dem Bild der Liebe? Kennst du den Absender der Pakete? Gilt die Drohung dir?«

Irgendwie habe ich erwartet, dass sie mir bei der Antwort nicht in die Augen sehen kann. Sie kann es. »Du redest mal wieder über Dinge, von denen du nichts verstehst.«

Ich werfe einen letzten Blick auf die freundschaftlich verbundenen Venus und Amor, auf die zwei spielenden Kinder, auf die Stuckengel an den Seitengirlanden, dann wende ich mich ab.

»Passen Sie auf sich auf, Frau Polizeikommissaranwärterin Rabenstein.«

Als ich die Treppe ins Erdgeschoss hinabsteige, wird mir kalt. Nein, ich hasse Annette nicht. Aber andere? Auf dem Platz vor dem Fembohaus empfängt mich der Lärm der Stadt. Alle Tische vor dem kleinen Café im Nachbarhaus sind besetzt. Löffel klingeln in Latte-Macchiato-Gläsern, Menschen lachen, ein Hund bellt. Und ich spüre, dass ich gerade einen Fehler mache.

Das dritte Paket liegt wieder auf der Parkbank. Und wieder ist es ein Rehpinscher, der daran schnuppert. Vielleicht weil das Packpapier an einer Seite durchfeuchtet und rote Flüssigkeit aufs hellgraue Pflaster tropft. Der Rehpinscher jedenfalls schnuppert, stellt seine Ohren auf, trippelt ein paar Mal vor und zurück und beginnt schließlich zu kläffen. Die Frau am anderen Ende der Leine zieht, entdeckt die rote Pfütze und schreit nicht. Offenbar haben sich die Passanten auf dem Jakobsplatz an derartige Funde gewöhnt.

Dieses Mal riegeln die Polizisten die Parkbank im Schatten eines Baumes nicht ab. Kein rotweißes Plastikband flattert im Wind, während die Flüssigkeit weitertropft. Die Zahl der Uniformierten und Ermittler bleibt gering, obwohl der Fundort direkt vor dem Polizeipräsidium Mittelfranken liegt. Keine Kameras klicken. Schade eigentlich, denn als ein Polizist das braune Packpapier aufreißt, entdeckt er keine Plastikratte, sondern eine fachkundig abgetrennte Frauenhand mit einem kleinen Rosentattoo.

Unerträgliche Hitze
Anne Hassel

Es war so heiß wie selten um diese Jahreszeit. Die unerträgliche Hitze lag in den Straßen Nürnbergs, es schien, als würde diese vor allem in der Altstadt gespeichert, als wäre der Regen abhanden gekommen.

Ich ging bei Helligkeit nicht aus dem Haus, lief nicht wie sonst jeden Tag bis zum Tucherschloss, diesem imposanten Sandsteinbau am Treibberg. Ein Gehöft aus dem 14. Jahrhundert, das damals Lorenz Tucher und seiner Frau gehörte und das sie 1533 bis 1544 repräsentativ erweitern ließen. Wiederaufgebaut nach der Zerstörung durch den Krieg ist es heute rundum ein Schmuckstück, nicht nur wegen des Innenhofs. Auch die oberen Räume, die so ausgestattet sind, als habe bis vor Kurzem die Familie Tucher hier gelebt, sind sehr sehenswert. Vor vielen Jahren führte ich Besucher durch die Zimmer, heute ist es eine Schauspielerin, die jeden Sonntag als Katharina Tucher gekleidet, dies übernommen hat.

Ich verzichtete also, wie schon erwähnt, wegen dieser Hitze auf meinen gewohnten Spaziergang.

Selbst in den Nächten kühlte es kaum ab. Nächte mit Sommerfantasien.

Überhaupt war in diesen Tagen alles anders als sonst.

Ob deshalb das Verbrechen geschah?

Ob ich Elmar Warter, den Täter, gekannt habe?

Ja, aber nur so wie jemanden, mit dem man lange Zeit Tür an Tür wohnte. Ich denke, nicht einmal

Elmars Frau Susanne kannte ihn richtig, obwohl sie seit zwanzig Jahren mit ihm verheiratet ist und einmal meinte, sie könnte sogar in seine Seele blicken.

Ich sah eher sein Äußeres. Die wenigen hellen Haare, durch die die rosige Kopfhaut schimmerte. Das weiche, glatte Gesicht, bei dessen Anblick ich mich immer fragte, ob Elmar sich überhaupt rasieren musste. Die tiefliegenden, fast wimpernlosen Augen, die ihm irgendwie ein trauriges Aussehen verliehen, selbst wenn er lachte. Hände mit kurzen, dicken Fingern, an denen die Kuppe des rechten Zeigefingers wegen eines Arbeitsunfalls fehlte. Die aber zupackten, um der alten Frau Scholz die Einkaufstüten in den dritten Stock zu tragen. Den Bauchansatz, den er unter weitgeschnittenen Hemden verbarg. Große Füße in abgewetzten Schuhen.

Jeden Donnerstag spielte ich mit ihm Skat. Da taute er auf, der Elmar, sonst war er eher ein Ruhiger. Deshalb begreifen es ja auch so viele nicht, was in jener Nacht geschehen sein sollte.

»Ich kann das nicht verstehen«, sagte Frau Scholz ein ums andere Mal und hielt sich danach die Hand vor den Mund, als wären ihre Worte schuld an dem Verbrechen. »Er ist doch so ein Netter, so ein Hilfsbereiter! Bestimmt haben sich die Polizisten getäuscht und der Herr Warter kommt morgen wieder.«

Aber er kam nicht.

Nicht am nächsten Tag, nicht den Tag darauf.

Nur die Hitze, diese verdammte Hitze blieb.

Sie hatten den Elmar am frühen Morgen abgeholt, gerade, als ich die Zeitung von der Treppe nahm. Er sah mich nicht an, starrte ins Nirgendwo, als er an mir vorbeiging, die Hände auf dem Rücken.

Im Türrahmen gegenüber seine Frau Susanne, sprachlos vor Entsetzen. Verschlafen noch, das Nachthemd schaute unter dem dreiviertellangen Morgenmantel hervor.

»Morgen!«, rief ich, aber weder er, noch sie, noch die Polizisten antworteten und so lief ich schnell in meine Wohnung und schloss die Tür.

Die junge Frau aus dem Erdgeschoss? Sie wollen etwas über die wissen?

Eine Hübsche war sie. Trug in ihrer Freizeit Röcke, die hoch über den Knien endeten, das T-Shirt bis zum Nabel, verständlich jetzt bei diesen Temperaturen.

Sie arbeitete bei einer Bank in der Innenstadt. Manchmal lief sie mir über den Weg. Dann sagte ich was zu ihr, vom Wetter oder so und sie antwortete meist etwas schnippisch, fast herablassend. Trotzdem wagte ich einmal einen kleinen Annäherungsversuch. Ein spöttisches Lachen war die Reaktion.

Stets sah ich ihr hinterher, wie sie weiterging. Sie hatte etwas Laszives, etwas, das mich an die Katze erinnerte, die ich vor Jahren besaß und die von einem Auto überfahren wurde.

Bei Elmar Warter fanden sie Fotos von der Ermordeten. Jede Menge, in seiner Schreibtischschublade bei der Hausdurchsuchung. Wie die Polizei ausgerechnet auf ihn kam? Das wollte die alte Scholz auch schon wissen. Ein anonymer Anruf führte auf seine Spur, hieß es.

In der Zeitung stand, Elmar habe an dem betreffenden Abend auf die junge Frau gewartet. Samstags, da ging sie in die Disco, *Rofa* oder so ähnlich. Das wusste er. Natürlich war mir das auch bekannt. Jeder hier im Haus wusste das, wirklich jeder. Hat sie Frau

Scholz erzählt und die wieder uns. Beim Heimkommen knallte die junge Frau immer die Haustür mit Schwung zu und hörte anschließend laute Musik bis in den Morgen.

»You can leave your hat on ...«

Dieses Lied!

Dass ihr das gefiel, dieses Lied!

Frau Scholz beschwerte sich wiederholt über die Rücksichtslosigkeit, da sie von dem Lärm aufwache. Ich konnte bei dieser Hitze, die mich ganz kirre machte, sowieso nicht schlafen.

Immer am Samstag tanzte die junge Frau. Nein, ein Auto besaß sie nicht. Brauchte sie auch nicht, denn die Bushaltestelle ist nicht weit von unserem Haus entfernt. Mit dem letzten Bus um ein Uhr dreißig kam sie zurück. Jeden Samstag. Nie früher – nie später.

Immer um diese Zeit.

Was dann passierte? Es heißt, Elmar hätte nicht geantwortet, als er verhört wurde. Er schwieg ja meistens, nur nicht beim Kartenspielen, da redete er. Von seiner Ehe, seinem Beruf, von seinen Träumen. Dass er irgendwann mal nach Neuseeland auswandern wollte, mit Susanne. Wird wohl nichts mehr daraus werden.

Die Polizei vermutete, dass Elmar auf das Mädchen wartete und dann zudringlich wurde.

»Unser Herr Warter doch nicht! Bestimmt hat die ihn erst ermuntert und dann abblitzen lassen. Die jungen Dinger sind heute so, schauen Sie nur, wie die herumgelaufen ist. Fast eine Einladung. Erst wollen sie, dann wieder nicht. Der Herr Warter war doch so ein Anständiger!«, wiederholte Frau Scholz und wartete, bis ich ihr zustimmte, bevor sie nach oben schlurfte.

Er soll das Mädchen mit einem Schal erdrosselt haben.

Mit einem Schal. Bei dieser Hitze.

Ob seine Frau nichts bemerkte? Er muss doch anders gewesen sein nach dem Mord. Zitterten seine Hände nicht, wenn er sie berührte, sie liebte? Dieses Bild der Ermordeten, war es nicht in seinem Kopf allgegenwärtig?, fragten mich die Leute aus dem ersten Stock.

Als ich gestern Susanne zufällig traf, wich sie mir aus, blickte mich nicht an, rannte fast die Treppe hinunter, sodass ich fürchtete, sie würde stürzen.

Elmars Schweigen ist sinnlos, denn sie werden ihn auf Grund der belastenden Indizien irgendwann verurteilen. Seine DNA-Spuren am Schal. Viele, zu viele. Dazu die Fotos. Und außerdem hat er kein Alibi, denn ausgerechnet an diesem Abend, in dieser Nacht befand sich Susanne bei ihrer Mutter in Würzburg und kam erst am Sonntagmittag zurück.

Als ich am Tag vor seiner Festnahme die Quittung für den Kauf des Schals vernichtete, was ich fast vergessen hätte, zitterten meine Hände. Ja, ich zeigte diesen Elmar beim letzten Skatspielen. Ließ ihn die Weichheit des Materials fühlen, ohne dass ich den Schal aus der Tüte nahm, ihn berührte. Das aber tat er. Legte ihn nach meiner Aufforderung sogar um seinen Hals. Da war kein Platz für Mitleid mit ihm in meinem Kopf, in meinen Gedanken. Darin existierte seit vielen Tagen nur noch die junge Frau aus dem Erdgeschoss. Und diese verdammte Hitze. Das andere Belastungsmaterial brachte ich am Samstagmittag in Elmars Wohnung. Er ließ mich arglos ein, freute sich über meinen Besuch. Bot sich an, die Wodkaflasche aus dem Kühlschrank in meiner Küche zu holen, als ich stöhnte, ich hätte mir den Fuß verstaucht und wollte doch so gerne einen mit Elmar trinken.

Ja, er war immer sehr hilfsbereit, deshalb hatte ich ihn ja auch ausgewählt, dass er an meiner Stelle verdächtigt werden sollte.

Später verließ ich ihn, verbrachte die Stunden des Wartens auf die Rückkehr der jungen Frau in meinem Wohnzimmer.

Als ich aus dem Haus ging, stand ein goldgelber Mond am Himmel. Die Nacht hatte wie die anderen zuvor die Wärme des Sommertages übernommen.

Es wurde Zeit.

Ein Uhr dreißig.

Der letzte Bus kam.

Lügen und Legenden
Leonhard F. Seidl

Die Nürnberger trieb es aus den Wohnungen, wie die
Knospen aus den Bäumen. Obwohl erst Ende März
und früher Samstagmorgen, hatte es schon 17 Grad.
Die Röcke waren so kurz, dass Kommissar Winkler
noch mehr Kopfschmerzen bekam und doch nicht
wegschauen konnte. Daran änderte auch die dritte
Tablette nichts. Gerne wäre er im Bett geblieben. In
seiner Wohnung, am Nürnberger Obstmarkt, hinter
zugezogenen Gardinen. Aber dann kam der Anruf.
Eine Leiche im Burggraben, direkt an der Kaiserburg.

An normalen Tagen war der Burggraben an dieser Stelle wie leergefegt. Heute musste sich Winkler
durch Schaulustige aus aller Welt und eine Mauer aus
Reportern drängen. Auch als er unter das Absperr-
band kroch, nahm das Blitzlicht kein Ende. Er bückte
sich zu dem Toten, der auf der feuchten Erde lag. Aus
der Nase des jungen Mannes war Blut gelaufen, um
sein rechtes Auge prangte ein Veilchen. Die weichen,
fast schon weiblichen Gesichtszüge berührten Winkler.

»Zu jung«, murmelte er. Nicht weit davon entfernt,
hatte die Kriminaltechnische Abteilung eine Halskette mit Kreuz und ein Handy gefunden. Winkler
streifte sich Plastikhandschuhe über und betrachtete
die Hände und Unterarme des Toten. Am rechten Unterarm befand sich ein Kratzer. Die rechte Innenhand
durchzog ein roter Streifen. »Wollte sich wohl an der

Kette festhalten und hat sie jemandem vom Hals gerissen«, sagte Winkler leise vor sich hin.

»Vielleicht«, antwortete seine zierliche Kollegin Maus, die plötzlich neben ihm stand. »Laut Personalausweis ist das Marc Lange. 16 Jahre. Tatzeit vermutlich drei Uhr morgens. Ein zur Arbeit radelnder Bäcker hat ihn entdeckt. Vom Vestnertorgraben aus.«

Sie deutete auf die andere Mauerseite des Grabens. Darüber verlief der Radweg. »Ist wohl von der Mauerbrüstung an der Kleinen Freiung gestoßen worden.«

»Also kein Ritter Eppelein«, sagte Winkler und dachte an seine Schulzeit. Eppelein, ein fränkischer Robin Hood, soll der Legende nach mit seinem Pferd von der Mauerbrüstung über den Burggraben gesprungen und entkommen sein.

»Spar dir den Zynismus«, sagte Maus und packte Winkler am Arm. »Auf der Burg sehen wir uns später um. Wenn die Aasgeier wieder in ihren Redaktionen sitzen. Jetzt fahren wir erst einmal nach Gostenhof zu Kilian Spindler.«

»Wer ist das?«, fragte Winkler.

»Laut Spusi sind die Fingerabdrücke auf dem Handy von ihm. Sagt uns der BKA-Computer. Der Verdächtige ist ein Sinto«, antwortete Maus.

»Ein was?«, fragte Winkler.

»Früher wurden sie Zigeuner genannt ...«

»Ah, verstehe«, unterbrach Winkler seine Kollegin. »Er ist vorbestraft. Wahrscheinlich hat er geklaut.«

»Vorurteile?", fragte Maus und sah ihn abschätzig an. »Ihm wurde gekündigt, weil er einen größeren Betrag aus der Kasse einer Tankstelle entwendet haben soll.«

»Na siehste. Von wegen Vorurteile.«

»Es konnte ihm aber nicht nachgewiesen werden. Und in Deutschland gilt immer noch die Unschuldsvermutung.«

»Unschuldsvermutung ...«, murrte Winkler.

In der Denisstraße in Gostenhof befanden sich keine Namen auf den Klingelschildern, die Briefkästen waren aufgebrochen. Als Maus den Lichtschalter betätigte, klackte es lediglich und blieb dunkel. Da kam ihnen ein schwarzhaariger junger Mann entgegen. »Entschuldigen Sie bitte«, fragte Maus, »können Sie mir sagen, wo Kilian Spindler wohnt?«

Der Mann sah sie misstrauisch an. »Wer will das wissen?«

»Kriminalpolizei.« Sie holte ihren Ausweis aus der Tasche.

Der Mann zog den Reißverschluss der Trainingsjacke bis zum Hals und sagte: »Ich muss jetzt.«

Da fiel Winkler die Halskette am Tatort wieder ein und er packte den Mann am Arm. »Warten Sie mal.«

Dieser stieß Winkler zur Seite, riss sich los und rannte davon. Der Kommissar hastete hinterher, auf die Straße, stolperte über einen Kinderwagen. Der Mann verschwand um die Ecke. Als sich Winkler wieder aufgerappelt und den Staub von der Hose geklopft hatte, war der andere verschwunden. Auch Maus hatte ihn nicht mehr einholen können. Winkler gab eine Fahndung nach Kilian Spindler heraus.

Gemeinsam fuhren Winkler und Maus in die Kleinweidenmühle. Sie stellten den Wagen am Rosenaupark ab, wo schon die ersten Spaziergänger den sonnigen Frühlingstag genossen. Beide gingen in den zweiten Stock eines Altbaues. Eine grauhaarige

Frau mit einer Brille, die vor ihrer großen Brust baumelte, öffnete ihnen. Es roch nach Kaffee. Im blitzsauberen Wohnzimmer setzten sie sich auf eine Couch. Frau Lange zeigte keinerlei Reaktion, als die beiden Kommissare die Nachricht vom Tod ihres Sohnes überbrachten und ihr Beileid aussprachen.

»Ist in der letzten Zeit etwas Außergewöhnliches vorgefallen?«, fragte Winkler.

»Der Bruder eines Mitschülers, ein Kilian Spindler, hat Marcs Handy gestohlen.« Frau Langes Mundwinkel zuckte: »Zigeuner eben.«

Winkler musste an seine Mutter denken. Sie hatte ihn als Kind nicht nur einmal vor Fremden in Wohnwagen gewarnt. »Die klauen dir die Schuhe von den Füßen«, hatte sie immer gesagt.

»Außerdem hat er Marc ein blaues Auge geschlagen«, fuhr Frau Lange fort. »Wir haben ihn angezeigt. Mich würde es nicht wundern, wenn er meinen Sohn ...«, begann sie zu weinen. Winkler und Maus fuhren zurück zur Burg. Untersuchten den Tatort. Die Spusi hatte Schleifspuren auf dem Boden markiert.

»Gekämpft haben sie«, sagte Winkler.

»Natürlich keine Schuhabdrücke auf dem Kopfsteinpflaster«, ergänzte Maus.

Dafür waren auf der Mauerbrüstung Kratzspuren gefunden worden. Und unter Marcs Fingernägeln Moos- und Steinrückstände; vermutlich von der Mauerbrüstung und Hautpartikel. Die DNA-Analyse stand noch aus.

»Wenn sie die Jugendherberge nicht gerade umbauen würden, hätten wir vielleicht Zeugen«, sagte Winkler und deutete auf die von einem Gerüst verhüllte Herberge.

In der Schule funktionierten sie mit Marcs Lehrerin, einer schlanken, ganz in rot gekleideten Frau, ein Klassenzimmer zu einem Befragungsraum um. Es roch nach Kreide und abgestandener Luft.

»Bis vor der Klassenfahrt hatten Marc und Alex, der Bruder von Kilian, nicht gerade viel miteinander zu tun«, erzählte die Lehrerin. »Danach haben sie sich mehrfach geprügelt. Das fand ich sehr verwunderlich. Alex ist Klassensprecher und ein vorbildlicher Schüler.«

»Wissen Sie, weshalb sich die beiden gestritten haben?«, fragte Winkler.

»Wir führten an unserer Schule ein Projekt gegen Rassismus durch. Dabei ging es auch um Vorurteile gegen Sinti und Roma. Danach berichtete mir Alex, dass er Sinto ist. Die anderen sollten es nicht erfahren. Er hatte Sorge ausgegrenzt zu werden. Vielleicht hat Marc das mitbekommen.«

Als Nächstes vernahmen die beiden Kommissare Alex. Winkler wunderte sich über die Wollmütze und den voluminösen Schal.

»Warum hat dein Bruder das Handy von Marc geklaut? Und ihm ein blaues Auge verpasst?«, fragte Winkler. »Ist das bei euch Zigeunern so üblich?«

Alex sah ihn grimmig an. Maus stöhnte genervt auf. Trotzdem ließ Winkler nicht locker. »Brauchte dein Bruder wieder einmal Kohle?«

Da keine Antwort kam, fragte Maus, warum er sich mit Marc geprügelt hatte. Etwas blitzte in Alex' Augen auf. Er öffnete den Mund, als wolle er sprechen, blieb aber stumm.

»Wo warst du letzte Nacht?«, versuchte Maus es noch einmal.

Alex antwortete nicht, auch nicht auf weitere Fragen, stierte nur aus dem Fenster. Also nahmen sie ihn mit auf das Präsidium am Jakobsplatz. Dort wartete schon Alex' Freundin Linda auf sie. Auch sie in Mütze und Wollschal. »Alex war die ganze Nacht bei mir«, sagte sie ungefragt, »ich hatte sturmfrei.«

Noch bevor die beiden getrennt voneinander befragt werden konnten, brachte eine Kollegin aus dem Nachbarzimmer ein Fax. Die Kommissare lasen es interessiert und Winkler forderte: »Nehmt doch mal eure Schals ab.« Linda hatte Knutschflecken. Alex Striemen. Da wusste Winkler, was zu tun war. Er ging in die Asservatenkammer und holte die Beweisstücke vom Tatort: die Kette und das Handy.

Er hielt Alex die Kette unter die Nase: »Kennst du die?«

»Nie gesehen.«

»Hast du Marc in den Burggraben gestoßen?«, fragte er weiter.

»Und dabei hat er dir deine Kette abgerissen?«

»Warum hätte er das tun sollen?«, flüsterte Linda.

»Darum!«, sagte Maus und spielte ein Video auf Marcs Handy ab. »Hat Marc euch mit diesem Video erpresst? Wenn das im Internet aufgetaucht wäre, hätten euch alle beim Sex sehen können.« Sie sah Alex an. »Hast du ihn in den Burggraben gestoßen? Um das zu verhindern?«

»Hab ich nicht!«, schrie Alex. »Die Sau wollte allen erzählen, dass ich Sinto bin. Auch Lindas Eltern. Dann hätten wir uns sicher nicht mehr sehen dürfen. Die glauben doch alle, dass wir klauen.«

»Aber dein Bruder?«, sagte Winkler.

»Der hat versucht Marc das Handy wegzunehmen, damit er das Video nicht online stellen kann.« Er sah

Winkler zornig an. »Ihr verurteilt uns immer sofort. Denkt, wir seien ungebildet. Wisst aber nicht einmal, dass wir seit über sechshundert Jahren in Deutschland leben.«

Winkler fühlte sich, als wäre er von seiner Mutter beim Lügen ertappt worden. Er überlegte. Dann nahm er Alex' Hand. »Marc hatte Kratzer am Unterarm.«

Linda ballte die Faust. Maus öffnete sie und sah, dass einer der lackierten Fingernägel abgebrochen war.

»Bekommen wir jetzt einen Anwalt?«, meinte Alex leise.

»Wieso wir?«, wollte Maus wissen.

»Weil wir zusammen waren«, sagte Linda.

»Wenn du gestehst, kann sich das strafmildernd auswirken«, wandte sich Maus an sie.

»Sag nichts«, zischte Alex.

»Wenn du nicht still bist, bringe ich dich raus«, drohte Winkler.

»Ist schon gut«, weinte Linda leise. »Auf der Klassenfahrt hat mich Marc zum Sex gezwungen. Sonst würde er verraten, dass Alex ein Sinto ist.«

»... das Video«, sagte Maus.

Lindas Schluchzen wurde lauter. »Gestern saß er auf der Mauer. Hat gesagt, er will noch einmal. Weil ich so geil bin. Ich war so wütend. Da habe ich ihn gestoßen. Alex versuchte noch ihn festzuhalten. Marc hat im Fallen seine Kette abgerissen. Ich wollte doch nicht, dass er stirbt.«

Es klopfte und zwei Beamte brachten Alex' Bruder herein. »Der kann gehen«, sagte Winkler leise. Maus sah ihn erstaunt an.

Irgendwie lassen wir uns doch alle blenden, dachte Winkler, als er am Abend über die Museumsbrücke ging. Zu Hause zog er die Vorhänge zu und legte sich in sein Bett.

Hochstapeln und Schwarzmalen
Simone Jöst

Nürnberg war die vierte Station meiner ungewöhnlichen Reise. Die Stadt gefiel mir auf Anhieb und ich bedauerte, dass ich nur wenige Tage bleiben würde. Ein Hochstapler wie ich sollte nicht länger als notwendig an einem Ort verweilen.

In Mannheim hatte ich mich als Opernsänger ausgegeben. Dort umgarnte ich eine wohlhabende Dame, deren Vermögen ich mir zu eigen machte. Um nicht Arien für sie schmettern zu müssen, erzählte ich ihr eine hanebüchene Geschichte von wegen Stimmbandoperation und Geldnot. Ich war gänzlich unmusikalisch und die einzigen Noten, die ich kannte, waren Banknoten.

Hildegard drängte mir ihre finanzielle Hilfe geradezu auf. Ich nahm an, reiste ab und hinterließ ein gebrochenes Herz.

In Darmstadt wiederholte sich das Spiel. Für Adele war ich ein begnadeter Lyriker in einer Schaffenskrise. Sie bezahlte mir eine vierwöchige Kreativreise in eine einsame Finca nach Spanien. Mit dem Geld fuhr ich stattdessen nach Würzburg und machte mich als mittelloser Schriftsteller auf die Suche nach einer zahlungskräftigen Muse. Ich fand sie in Gisela. Sie inspirierte mich zu Lügen über Recherchereisen nach Südafrika.

Für mein nächstes Opfer in Nürnberg wurde ich zum Maler. Ich besorgte mir einen großen Skizzenblock und Kohlestifte, mit denen ich abstrakte Linien ohne Details zeichnen wollte, in der Hoffnung, dass dies ausreichte, um geniales Können vorzutäuschen.

Es gab viele malerische Motive in der Stadt und ich überlegte, wo ich mich auf die Lauer legen sollte. Ich spazierte in der Altstadt zwischen den Menschen umher, ließ mich treiben und genoss die warme Sonne auf meiner Haut.

Am Hauptmarkt sah ich sie zum ersten Mal. Sie war jünger als die Damen, die ich bisher ausgewählt hatte, aber an Reichtum schien es ihr nicht zu mangeln. Sie trug ein elegantes dunkelbraunes Designerkostüm, braune Pumps, sündhaft teuren Goldschmuck um den Hals, Armreifen und funkelnde Ringe. Ich schnalzte mit der Zunge, setzte meine Baskenmütze auf und folgte ihr.

Sie schlenderte gemütlich die Straße zur Burg hinauf. Einmal hatte ich das Gefühl, dass sie sich nach mir umdrehte, doch sie hielt nur inne, verschnaufte einen Augenblick und schaute in Richtung Hauptmarkt hinab. Ich lief mit größtmöglichem Abstand an ihr vorbei und tat, als ob ich sie nicht bemerkte. Am Ölberg, am Fuß der Burg, blieb ich stehen und tat so, als hielte ich nach einem Motiv Ausschau. Ich setzte mich auf eine kleine Mauer, schob mir einen Zahnstocher in den Mundwinkel und positionierte mich so, dass ich die Handwerkerhäuschen anvisierte. Ich legte den Skizzenblock auf meine Knie und schlug ihn auf.

Aus dem Augenwinkel sah ich die Frau an mir in Richtung Burg vorbeiflanieren. Sobald sie ihren Rundgang beendet hatte, wollte ich ihr auflauern und zufällig mit ihr zusammenstoßen. Dann würde das übliche Programm folgen, Einladung auf eine

Tasse Kaffee, schmeicheln und ausfragen. Falls es sich lohnen sollte sie auszunehmen, würde Stufe zwei folgen – Verabredung für den nächsten Tag. Es war beinahe schon zu einfach und funktionierte fast immer.

Ich blickte mit meinem Malblock auf den Knien in Richtung Handwerkerhäuschen und wartete auf ihre Rückkehr. Die Sonne brannte heiß auf meinen Kopf und machte mich ganz dösig.

»Warum malst du nichts?«, plärrte plötzlich eine Kinderstimme in mein Ohr.

Ich schreckte auf und starrte in ein kleines, mit Schokoladeneis verschmiertes Kindergesicht. Das Mädchen hatte zwei geflochtene Zöpfe und Sommersprossen. Es schleckte an seinem Eis und wartete auf meine Antwort.

»Ähm ... ich überlege noch, was ich zeichnen soll«, antwortete ich.

»Malst du das Haus da?« Die Kleine deutete auf eines der Fachwerkhäuser.

Ich wollte, dass sie mich in Ruhe ließ, doch ihre kugelrunden Augen schauten mich auffordernd an. Ich hatte das Gefühl, dass sie nicht eher ging, bis ich endlich anfing zu zeichnen. Sie schleckte an ihrer Eiskugel.

Mit dem Kohlestift zog ich zwei Linien, die die Hauswände links und rechts darstellen sollten. Für das Mädchen brauchte ich mir keine große Mühe geben, es würde sich gelangweilt trollen, wenn ich nur langsam genug arbeitete. Ich skizzierte das Dach, allerdings nicht so, wie das Haus vor mir stand, sondern schraffierte eine Fläche über den Hauswänden. Mein Gemälde glich viel eher einem mit Stroh gedeckten Buschhaus in Afrika.

»Das ist ja interessant«, sagte plötzlich eine Frauenstimme neben mir.

Ich fuhr zusammen und da stand sie, die Dame im braunen Kostüm, die ich vorhin verfolgt und jetzt beinahe vergessen hatte. Ihr Goldschmuck glitzerte im Sonnenlicht. Sie strich lässig eine dunkelblonde Haarsträhne aus ihrem Gesicht. Ich hatte sie nicht kommen hören. Das Mädchen verzog gelangweilt das Gesicht und drehte sich um. Es trottete im Hopserlauf und mit springenden Zöpfen zu ihrer Mutter zurück.

»Hier ist ein wahrer Kenner am Werk«, schwärmte die Frau und lächelte mich an.

Kenner? Ich? Sollte das ein Witz sein?

»Sie haben das Auge eines wahren Historikers, denn Sie zeichnen die kleinen Handwerkerhäuschen in ihrer ursprünglichen Erscheinungsform mit Strohdach. Wussten Sie, dass ein Stückchen weiter vorne das älteste Fachwerkhaus Nürnbergs steht?«

Es folgte ein Vortrag, dass die kleinen Häuser am Fuße der Burg der Ausgangspunkt für die Entwicklung der Stadt waren. Hier hausten Burghandwerker und Bedienstete in kleinen Wohn- und Werkstätten, die nur ein oder zwei Zimmer besaßen. Viele der Gebäude wurden im Zweiten Weltkrieg zerstört.

Ich hörte mir ihre Ausführungen scheinbar interessiert an, schlug meinen Block zu und klemmte ihn unter den Arm. Meine Einladung auf eine Tasse Kaffee nahm sie lächelnd an und wir flanierten den Burgweg Richtung Hauptmarkt zurück. Nicht weit vom Fembohaus entfernt setzten wir uns in ein nettes Straßencafé.

Der Kellner brachte zwei Eiskaffee und ich fragte sie aus, wie ich es bei jedem meiner Opfer tat: ob sie in Nürnberg wohne, warum eine so wunderschöne junge Frau alleine durch die Straßen spazierte und solcherlei Dinge.

Bevor ich unsere Beziehung vertiefte, musste ich mir ein genaues Bild von meinem potenziellen Opfer machen. Wäre sie verheiratet oder ihr Vermögen nicht so üppig wie vermutet, würden sich unsere Wege nach dem Kaffee schnell wieder trennen.

»Lassen Sie uns nicht die ganze Zeit über mich reden. Was haben Sie getan, bevor Sie Maler wurden?«, fragte sie mich und schaute mir unverwandt in die Augen.

Die Richtung, die das Gespräch einschlug, gefiel mir nicht.

»Sie könnten Opernsänger in Mannheim gewesen sein.«

Hatte ich mich verhört? Wie kam sie ausgerechnet darauf?

»Nein, lassen Sie mich raten. Sie waren Lyriker in Darmstadt oder vielleicht doch Schriftsteller in Würzburg?«

Die Farbe wich aus meinem Gesicht, meine Hände wurden feucht. Ich fühlte mich schwindelig. Diese Person wusste über mich Bescheid.

»Entschuldigung«, sagte ich, »es ist spät geworden, ich sollte mich besser verabschieden.« Ich wollte aufstehen und mich aus dem Staub machen, griff nach meinem Block, den ich an das Tischbein gelehnt hatte. Als ich mich wieder aufrichtete, sah ich sie auf uns zukommen: Hildegard aus Mannheim, Adele aus Darmstadt und Gisela aus Würzburg. Die drei Frauen setzten sich zu uns an den Tisch, jemand legte mir von hinten eine schwere Hand auf die Schulter und drückte mich auf meinen Stuhl zurück. Es war ein muskulöser junger Mann mit Glatze, der sich hinter mir mit verschränkten Armen aufbaute. Ich saß in der Falle.

»Hallo Manfred«, sagte Hildegard, »oder soll ich Peter oder Joachim sagen?«

Jede der Damen kannte mich unter einem anderen Namen. Tarnung war wichtig in meinem Geschäft, damit eben genau solche Situationen wie diese hier nicht eintreten würden. Ich war überfordert und schaute ratlos in die Gesichter der Frauen.

»Darf ich mich vorstellen? Rubina Binsenstreich«, sagte die junge Frau im braunen Kostüm und reichte mir ihre Visitenkarte über den Tisch. Sie war Privatdetektivin. »Der nette Herr hinter Ihnen ist mein Mitarbeiter und wird ein Auge auf Sie werfen, damit Sie keine Dummheiten machen.«

Ich lächelte gequält. Hildegard, Adele und Gisela grinsten zufrieden.

»Ich verstehe nicht, was das soll?«, versuchte ich mich aus der Schlinge zu ziehen.

»Wirklich nicht?« Rubina lachte. Sie nahm meinen Skizzenblock an sich und zog einen Kugelschreiber aus ihrer Handtasche. »Meine Auftraggeberin«, sie deutete auf Hildegard aus Mannheim, »bat mich, Sie ausfindig zu machen, weil Sie sie übers Ohr gehauen haben.«

»Du Schuft, ich will mein Geld zurück!«, protestierte Hildegard. Adele und Gisela stimmten ihr zu. Auch sie fühlten sich von mir betrogen und sie hatten allen Grund dazu. Mir stand das Wasser bis zum Hals.

»Meine Damen«, versuchte ich sie zu besänftigen, »ich verstehe Ihren Unmut ...«

»Quatsch keine Opern«, sagte Hildegard. »Ich will mein Geld zurück!« Sie verschränkte die Arme vor ihrer Brust.

»Es tut mir leid«, stammelte ich, »aber ich habe es nicht mehr.«

»Das werden wir überprüfen.« Rubina zeichnete unaufhörlich in meinem Block. Ich konnte nicht sehen, was sie malte. »Sie werden den Damen den Schaden ersetzen, soweit es Ihre finanziellen Mittel zulassen.«

Mein Erspartes würde nicht ausreichen. Ich hatte einen großen Teil meiner Beute ausgegeben, hatte in Saus und Braus gelebt und mich aufs Beste amüsiert. Ich riskierte einen Blick über meine Schulter. Der junge Mann stand noch immer dicht hinter mir. An Flucht war nicht zu denken.

»Für den Fall, dass Sie nicht in der Lage sind, den verursachten Schaden zu begleichen«, sagte Rubina lächelnd, ohne aufzuschauen, »habe ich eine wundervolle Idee.«

Sie legte den Kugelschreiber zur Seite.

»Vorhin bei den Handwerkerhäuschen, als Sie die ehemaligen Wohnhäuser der Burgbediensteten versuchten zu zeichnen, hatte ich einen genialen Einfall, mit dem meine Klientinnen bestimmt äußerst zufrieden sein werden.«

Warum nur hatte ich das Gefühl, dass ich das nicht sein würde?

Rubina drehte den Block um und stellte ihn hochkant auf der Tischplatte ab, damit wir ihr Gemälde betrachten konnten. Ich traute meinen Augen nicht. Die Frau hatte mit wenigen Strichen ein wahres Kunstwerk geschaffen. Da war ein Mann zu sehen, der unweigerlich mich darstellte, mit Einkaufstüten in der einen Hand, einem Spaten und einer Harke in der anderen und daneben eine Luxuslimousine mit Schwamm und Putzeimer.

Mir graute Schreckliches. Die Damen lächelten und nickten belustigt. Ich ahnte, worauf das hinauslaufen sollte.

Rubina starrte mir in die Augen und sprach mit zuckersüßer Stimme: »Da Sie sich mit den Unterkünften der Burgbediensteten bereits so wunderbar identifiziert haben, werden Sie sich über meinen Vorschlag gewiss freuen. Sie werden Ihre Schulden bei den Damen der Reihe nach abarbeiten oder wir liefern Sie der Polizei aus.«

Rubina machte eine kleine Kunstpause. »Ein eigenes Handwerkerhäuschen können wir Ihnen leider nicht zur Verfügung stellen, dafür aber einen persönlichen Aufpasser, damit Sie keinen Unsinn machen.«

Der Mann hinter mir legte seine Pranke auf meine Schulter und besiegelte meinen Untergang.

Kunst
Petra Nacke

Von meinem Turm bis zum Tiergärtnertorturm sind
es nur wenige Schritte. Dreißig vielleicht, vielleicht
auch nur zwanzig. Man braucht keine Minute, um
von hier nach dort zu kommen. Keine weitere Minute, um durch das Tiergärtnertor hindurch und auf die
Bucher Straße zu gelangen. Man kommt schnell raus
hier, es liegt alles sehr nah beisammen, mein Turm in
der Neutormauer und die Freiheit – wenn man laufen
kann.

Sie konnte nicht laufen, jedenfalls nicht schnell genug. Das wusste sie, und ich wusste es auch. Hab sie
oft genug die schmale Holztreppe hinuntergetragen
oder hinauf in unsere Turmhöhle. Eigentlich war es
nur mein Turm, meine Junggesellenhöhle, die ich nur
über die guten Beziehungen eines Kollegen zu den
Altstadtfreunden bekommen hatte.

Es war mein Reich, das ich an den wenigen Wochenenden, an denen sie mal hier war, mit ihr teilte.

»Für die paar Tage, die wir gemeinsam verbringen,
braucht man keine Wohnung«, hab ich gesagt.

Da ist sie dann regelmäßig sauer geworden. Aber
es war schließlich ihr Unfall, der alles durcheinander
brachte und sie sozusagen an meine Turmhöhle fes-
selte.

Die Turmhöhle – für sie war es die Turmhölle. Mein
Gott, haben wir uns damals gefetzt, als sie erfahren
hat, dass ich die Wohnung in der Nordstadt für den
Turm aufgegeben hatte.

Sie konnte oder wollte nicht verstehen, dass Bequemlichkeit nicht alles sein darf und dass es für einen kreativen Menschen wichtig ist, an einem inspirierenden Ort zu leben. Ich bin nicht nur Bauzeichner, oh nein. Ich war mal an der Akademie, wollte ganz was anderes werden, wollte malen, frei sein. Sie hatte sich diese Freiheit genommen! War vor zwei Jahren nach Berlin gegangen, um dort Karriere zu machen. Tanzen, Singen, Theaterspielen. Sich mit *all den wichtigen Leuten* treffen. Und ich sollte hier das sichere Nest hüten, falls es mit der Karriere nicht klappt. Dass es so enden würde ... nein, das hab ich mir nicht vorstellen können. Das war unvorstellbar. Furchtbar.

Sicher, der Turm war nicht im eigentlichen Sinne als Wohnraum ausgelegt – schon gar nicht für zwei, aber das war ja, wie gesagt, auch gar nicht geplant. Dafür ist er viel zu klein, viel zu sperrig und auch nicht passend eingerichtet. Ein Bettsofa, ein Schrank, Tisch, drei Stühle. Kochgelegenheit und Spüle in dem einen Erker, im anderen meine Stereoanlage.

Ein Klo mit Miniwaschbecken auf dem Wehrgang. Das war's. Mehr brauchte ich nicht, als ich hier eingezogen bin. Im Gegenteil. Der ganze bürgerliche Mief in dieser Dreizimmer-Altbauwohnung mit Kachelofen und Stuck an den Decken hat mir irgendwann die Kehle zugeschnürt. Anders kann ich es nicht sagen. Ich war froh, endlich wieder atmen zu können. Dann ihr Unfall und – naja.

»Dieser Turm ist die Hölle, bitte bring mich hier weg!« Immer wieder: »Bring mich hier weg!«

Albträume hat sie bekommen, sich herumgewälzt wie eine Irrsinnige in dem schmalen Bett. Irgendwann begann ich deswegen selbst schlecht zu schlafen, hatte ein schlechtes Gewissen, weil sie so litt. Dabei war es doch nicht meine Schuld!

Bring mich hier weg! Nacht für Nacht. Ach ja, und wohin bitteschön? Hätte ich vielleicht meinen Job an den Nagel hängen sollen, um mit ihr nach Berlin zu gehen – in ihre Bruchbude von Wohnung? Hätte ich einen ihrer ach so wichtigen Theaterfreunde bitten sollen, sich um sie zu kümmern? Oder ein Hotelzimmer anmieten oder gleich wieder in eine andere Altbauwohnung ziehen – diesmal vielleicht nach Gostenhof? Also bitte: Was hätte ich tun können? Wie hätte ich sie anders versorgen sollen, mit ihren zwei kaputten Beinen? Wie? Nein, es blieb nur der Turm.

In den ersten zwei, drei Wochen nach dem Krankenhaus war sie ein Rund-um-die-Uhr-Pflegefall und ich versuchte, meine Aufträge so gut es ging von zu Hause aus zu erledigen – als Bauzeichner geht das. Außerdem hatte ich noch Urlaub. Dann, als sie wenigstens mit dem rechten Bein wieder einigermaßen auftreten konnte, kam ich nur noch in der Mittagspause, um gemeinsam mit ihr zu essen, und bemühte mich, abends möglichst früh wieder bei ihr zu sein. Ich hab meinen ganzen Terminkalender quasi um sie herumgestrickt. Es war auch für mich nicht leicht mit ihr, ganz gewiss nicht. Sie war keine einfache Patientin, war verzweifelt, weil sie wusste, dass die Sache mit dem Tanzen jetzt endgültig vorbei war. Dann begann das mit den Geräuschen.

Am Anfang, also bevor es mit ihrer Angst immer schlimmer wurde, dachten wir beide noch, es läge an den Schmerztabletten. Sie war ständig müde. Nicht nur wegen der Albträume. Der Rücken tat ihr weh, das zertrümmerte Knie sowieso. Also schluckte sie die Pillen wie Pfefferminzdragées, dazu Wein. Eine ungesunde Kombination, aber wir beide haben immer schon gerne Wein getrunken. Also hab ich Wein gekauft.

Irgendwann hat sie ihn dann zum ersten Mal gehört, besser gesagt, sie hat behauptet, jemanden auf dem Dachboden gehört zu haben. »Da ist jemand auf dem Dachboden«, hat sie gesagt. Ich hab ihr nicht geglaubt, bin aber trotzdem hoch. Da war natürlich nichts, nur Staub und Taubenkot, eine alte verdreckte Staffelei, und überall zwischen den wurmstichigen Balken verteilt Pappkartons, Stofffetzen und Berge von Papier. Nichts Ungewöhnliches, wir waren schließlich nicht die Ersten, die hier eine Notunterkunft gefunden hatten. Meist waren es Kreative, Suchende, Verzweifelte – ein Kunstmaler soll sich hier sogar aufgehängt haben. Das weiß ich von dem Kollegen, über den ich den Turm bekommen hab. Er wusste aber weder, wann das war, noch warum sich der Kerl das Leben genommen hat. Davon hab ich ihr natürlich nichts erzählt, auch nichts von der Luke zum Ratsherrengarten raus, die offen stand. Nur von dem Müll und dem Taubendreck hab ich ihr erzählt, um sie nicht zu ängstigen.

Sie hat sich dann auch beruhigen lassen. Vorerst. Aber es ging weiter. Sie hörte nicht nur Schritte, sie hörte später auch jemanden auf dem Dachboden hämmern, fluchen, Stoff zerreißen. Sie hörte, wie Gegenstände durch den Raum geworfen wurden.

»Du hörst Gespenster«, hab ich gesagt, »du hast wahrscheinlich schon einen Höhlenkoller.« Sie hat geheult, weil ich ihr nicht geglaubt hab. Aber was sollte ich machen, sollte ich etwa auch anfangen, Gespenster zu sehen?

Manchmal hab ich sie zum Essen eingeladen, damit sie mal wieder rauskommt. Dabei hatte ich wirklich nicht viel Zeit. Das hat sie jedes Mal etwas beruhigt. Einmal war eine Freundin aus Berlin zu Besuch, mietete sich in einem kleinen Hotel in der Altstadt ein und kam jeden Tag für ein paar Stunden, um ihr Gesellschaft zu leisten. Das hat ihr gutgetan. Aber kaum war die Freundin weg, ging das mit den Geräuschen wieder los. Schlimmer als zuvor. Mit schlimmer meine ich nicht nur ihre Schilderungen, sondern vor allem ihren Zustand. Sie schlief so gut wie überhaupt nicht mehr, aß nichts, schluckte Tabletten, trank.

Und dann sah sie ihn zum ersten Mal.

An diesem Tag war ich aufgehalten worden und kam später nach Hause. War ich länger im Büro geblieben? Ich weiß es nicht mehr, ich kam auf jeden Fall später. Sie saß kreidebleich und zitternd im hintersten Eck unseres Bettsofas, die Decke bis übers Kinn hochgezogen. Das ist 'ne Show, hab ich gedacht. Das ist ihre Art, mir reinzudrücken, dass ich so spät dran bin.

»Er stand da und hat mich angestarrt.«

»Wer hat dich angestarrt?«

»Ein Mann. Ein Schatten. Ein Mann. Bitte, du musst mir glauben!«

Wie er reingekommen sein soll?

Schulterzucken, Kopfschütteln, Tränen. Sie tat mir leid, ehrlich. Während ich wieder mal demonstrativ den ganzen Dachboden abschritt, damit sie es unten auch hören konnte, dachte ich, dass sie wirklich dringend hier raus muss. Zu viel allein, stark eingeschränkte Beweglichkeit, Schmerzen, Alkohol und Tabletten. Das ist eine ungesunde Mischung, dachte ich – Höhlenkoller. War leicht nachzuvollziehen. Ich hab die Enge ja auch immer bedrückender erlebt, obwohl ich zwischendrin rauskam. Ich hatte meine Arbeit, hab viel gezeichnet in der Zeit – für mich gezeichnet, nicht nur für den Job. Das tue ich heute noch, vielleicht mehr denn je, nachdem sie ...

Genickbruch haben sie gesagt. Ich hab sie ganz unten am Fuß der Treppe gefunden. Kein schöner Anblick! Sie wollte wohl raus, wollte fliehen vor diesem angeblichen Gespenst auf dem Dachboden. Warum hat sie mir nicht geglaubt? Warum konnte ich sie nicht überzeugen, dass es dort kein Gespenst gibt?

Seitdem sie nicht mehr unter uns weilt, kommt mir mein Turm fast zu groß vor. Ich bin eigentlich nur noch auf dem Dachboden – hab viel zu tun. Muss aus den Skizzen, die ich in all den Wochen heimlich von ihr gezeichnet hab, Ölbilder machen. Die Staffelei hatte ich ja schon lange wieder in Betrieb genommen, oder war es der andere?

Johannisfriedhof

Ein perfekter Mord
Michael Kress

Sie saßen zu dritt in der Wohnung. Zwei Männer und eine Frau. Neue Taten wollten sie aushecken, denn es war nur noch wenig Geld aus ihrem letzten Bruch übrig.

»Dein Handy nervt«, brummte Andi mitten in das zweite *Let it be* hinein, das aus Rainers Hosentasche ertönte. Dieser fischte das Handy heraus, sah kurz auf das Display und schaltete es aus.

»Warum mustert mich Andi so feindselig?«, dachte Rainer. Er drehte den Kopf, blickte zu Monika und ahnte insgeheim die Antwort. Seitdem ihnen die hübsche Blondine im Plattenladen über den Weg gelaufen war, buhlten beide um sie. Er protzte mit seinen Beatles-Platten, Andi konterte mit seiner Rolling Stones-Sammlung. Und Monika schien ein williges Opfer, war doch die Musik der Sechziger ihre Leidenschaft. Nur, wer würde Monika bekommen?

Schnell war sie eine Hilfe bei Einbrüchen geworden, kundschaftete Objekte aus oder stand Schmiere. Und sie half beiden Männern in deren Junggesellenhaushalten.

Jetzt lackierte sie ihre Fingernägel, hatte ihren nichtssagenden Blick aufgesetzt. Eine Art Standby-Modus, den sie gerne verwendete, als ginge sie alles nichts an.

»Ich wüsste, wie man einen perfekten Mord begeht«, durchbrach Andi das Schweigen. Monika sah kurz auf.

»Mord wäre mir eine Hausnummer zu groß. Am Ende werden doch alle erwischt«, antwortete Rainer. »Wen wolltest du denn umbringen?«

»Niemand. Aber wenn es einmal so weit wäre, dann wüsste ich, wie ich es anstellen müsste.«

»So ein Blödsinn«, sagte Monika gelangweilt. Ihr Einspruch gefiel Rainer sehr. Zuletzt hatte er den Eindruck gewonnen, sie tendiere mehr und mehr zu Andi. Der starrte auf Monikas Busen, dann wandte er sich zu Rainer und blickte diesen schief an. Das gefiel Rainer gar nicht.

»Was brauchen die Bullen alles, um einen Mord aufklären zu können?«, fuhr Andi fort.

»Einen Täter«, sagte Rainer.

»Zuvor.«

»Eine Leiche.«

»Bingo!«, lobte Andi.

»Bingo was?« Jetzt verdrehte Rainer die Augen. Monika hatte längst ihre Ohren wieder auf Durchzug gestellt. Andi rückte näher an Rainer heran.

»Wenn die Polizei keine Leiche hat, dann hat sie ...?«

»Ein Problem«, ergänzte dieser.

»Mann! Bist du so dumm oder tust du nur so? Dann ...« Andi hob seine Stimme. »Dann gibt es keinen Mord. Die Kunst besteht darin, die Leiche richtig zu entsorgen. Verstehste? Das Opfer verschwindet einfach von der Bildfläche.«

»Und wie soll das *einfach* gehen?«, warf Rainer ein. »Willst du deine Leiche in Salzsäure auflösen?«

»Vergraben«, gab Andi zur Antwort und entblößte dabei grinsend seine schlechten Zähne.

»Wie originell«, spottete Rainer. »Werden nicht alle Leichen begraben?«

»Meine Leiche würde ich als Untermieter bei einem frisch Verstorbenen unterbringen.« Jetzt schüttelte Andi sich vor Lachen, klopfte begeistert auf seine Schenkel und tätschelte dann Monikas rechtes Knie. Die zwinkerte ihm zu.

»Ha, ha!«, Rainer legte seinerseits eine Hand auf Monikas linkes Knie.

Die schob beide Hände zur Seite.

»Ich hätte da was für uns«, wechselte sie das Thema. »Wir holen uns ein paar der Epitaphien vom Johannisfriedhof.«

»Was?«, fragte Andi. Rainer sah nicht weniger überrascht aus.

»Der Johannisfriedhof gilt als einer der bekanntesten Friedhöfe. Da liegen Albrecht Dürer, Veit Stoß und andere Berühmtheiten begraben. Und die Gräber werden von sogenannten Epitaphien geschmückt. Das sind Bronze- und Messingtafeln, die von Künstlern erschaffen wurden.«

»Wer soll denn so ein Zeug kaufen?«, wandte Rainer ein.

»Und sind die nicht zu schwer zum Abtransportieren?«, mutmaßte Andi.

Monika lächelte wissend. »Kaufen tun so was reiche Sammler. Ganze Busladungen von Touristen besuchen den Friedhof nur wegen dieser Grabtafeln. Und für den Transport könnte ich mir von meinem Onkel den Wagen ausleihen. Einen Platz, wo wir die Beute zwischenlagern könnten, wüsste ich auch.«

Die beiden Männer hörten Monika gebannt zu und strahlten am Ende um die Wette. Insgeheim grübelten sie darüber, ob das wirklich so lohnenswertes Diebesgut sei. Aber keiner wollte Monika widersprechen.

»Mal was anderes«, sagte Andi und blickte gedankenverloren seinen Freund an. Der konnte sich nicht des Eindrucks erwehren, Andi brüte irgendetwas aus. Aber kam ihm da nicht selbst ein Gedanke in den Sinn? Er würde auf jeden Fall auf der Hut sein.

Monika war es, die das Werkzeug besorgte. Für Rainer einen Hammer, für Andi ein Stemmeisen. Sie besuchte auch mehrmals den Johannisfriedhof und zeichnete eine Skizze. In Sichtweite der Arkaden, am hinteren Ende des Areals, stand ein Leiterwagen. In ihrem Plan hatte Monika von dort mit Punkten einen Weg markiert, der an besonders lohnenswerten Objekten vorbeiführte.

Kurz vor Mitternacht trafen sich die drei zur letzten Lagebesprechung auf dem Parkplatz des Johannisfriedhofs.

»Passt mir auf, dass ihr in kein offenes Grab fallt. Als ich heute noch einmal einen Rundgang machte, hoben sie gerade ein frisches aus.«

Die Männer quittierten diesen Hinweis mit Schweigen.

»Jetzt möchte ich eure Handys haben«, forderte Monika. Und als Rainer und Andi zögerten, fügte sie hinzu: »Ich will sichergehen, dass diese nicht klingeln, wenn ihr euch an den Gräbern zu schaffen macht. Oder habt ihr schon vergessen, was draußen bei den Schrebergärten passiert ist? Ehrlich, eure Handys sind besser als manche Alarmanlage.«

»Schon gut«, murmelte Andi.

»Meinetwegen«, brummte Rainer.

»Wenn Gefahr droht, schalte ich zur Warnung einen Klingelton ein«, sagte Monika. »Deines, Rainer, mit *Let it be*, wenn ihr das Ganze abbrechen sollt. Und wenn ihr nur eine Weile still sein sollt, dann deines, Andi, mit den Stones und *Angie*. Habt ihr das verstanden?«

Beide nickten und kletterten kurz darauf über die Mauer. Das Tor wollten sie erst aufbrechen, wenn sie die Beute hinausschaffen mussten. Monika hörte, wie Rainer und Andi auf der anderen Seite aufschlugen. Ihre Hände steckte sie in die Manteltaschen, in jeder Hand hielt sie ein Handy. Stones oder Beatles. Was für schöne Plattensammlungen die beiden doch haben, dachte sie vergnügt.

Die Männer liefen gebückt durch die eng beieinanderliegenden Grabreihen. Rainer hielt den Hammer fest umklammert, Andi presste das Stemmeisen gegen seine Brust.

»Da entlang«, keuchte Rainer. Der Sternenhimmel spendete gerade so viel Licht, dass man die Konturen der Gräber erkennen konnte. Bevor Rainer es sah, hörte er das Flattern eines Absperrbandes. Er blieb stehen. Vor ihm tauchte ein schwarzes Loch auf. Andi konnte nicht rechtzeitig stoppen und prallte auf ihn. Einen Moment schwankte Rainer, doch dann fand er sein Gleichgewicht wieder.

»Mann, pass doch auf! Beinahe wäre ich hineingefallen«, fluchte Rainer leise.

Die Arkaden lagen nun unmittelbar vor ihnen. Rainer holte eine Taschenlampe aus seiner Jacke und leuchtete damit die Umgebung ab. Eine Engelsstatue mit erhobenem Arm erschien im Lichtkegel.

»Da steht der Wagen«, sagte Andi und deutete nach links. Rainer drehte sich etwas zu schnell um und kam erneut ins Straucheln.

Scheppernd fiel die Taschenlampe auf eine Steinplatte und zerbarst in mehrere Teile. Er ging in die

Hocke und sammelte die Bruchstücke auf. Ein Schatten ließ ihn herumfahren. Beim Umdrehen sah er Andi, mit erhobenem Stemmeisen. Rainer wich dem Stoß aus.

»Was tust du?«, schrie er und richtete sich auf.

»Wonach sieht es denn aus?«, knurrte Andi. »Einer von uns ist zu viel.«

»Ich verstehe! Du willst Monika«, zischte Rainer.

»Quatsch«, widersprach Andi.

»Sie ahnt nichts davon. Aber eines ist wohl klar: Derjenige, der übrig bleibt, bekommt sie!«

Rainer packte den Hammer und schlug nun nach Andi. Blitzschnell wich dieser jetzt zur Seite und traf mit dem Stemmeisen Rainers Rippen. Dem blieb die Luft weg und mit schmerzverzerrtem Gesicht stürzte er auf den Boden, direkt neben die offene Grube.

Andi stellte sich böse grinsend vor ihn und holte zum finalen Schlag aus. In diesem Augenblick schnellte Rainer hoch, stieß den Kopf wie einen Rammbock in Andis Magen. Japsend sank dieser auf die Knie und fiel nach einem weiteren Stoß von Rainer ins offene Grab; er rührte sich nicht mehr.

Rainer zitterte am ganzen Leib. Etwas knackte, als sei jemand auf einen Ast getreten. Schritte ließen ihn herumfahren.

Da stand Monika.

»Was machst du denn hier?«, Rainers Stimme klang schrill.

Monika antwortete nicht. Mit ihrer Taschenlampe leuchtete sie in die Tiefe. Der Strahl erfasste Andis Gesicht.

»Ist er tot?«, flüsterte sie. Rainer zuckte mit den Achseln. »Sieht so aus.«

»Da kann er gleich liegen bleiben. Aber wir müssen ihn noch tiefer legen, damit man ihn nicht gleich findet.«

Rainer nickte. Da hatte Andi seinen perfekten Mord, dachte er. Es würde keine Leiche geben.

»Wohin gehst du?«, rief Rainer gepresst. So ein Friedhof bei Nacht war ganz schön gespenstisch, er wollte nicht alleine mit Andis Leiche bleiben.

»Psst!«, machte Monika nur. Kurz darauf kam sie zurück. In der einen Hand hielt sie einen Spaten, den sie ihm weiterreichte.

»Du musst unter ihm etwas aushöhlen und ihn mit Erde bedecken. Hammer und Stemmeisen vergräbst du am besten gleich mit.«

Rainer bewunderte Monikas Kaltschnäuzigkeit. Vorsichtig glitt er in die Grube. Der Boden war weich. Mit zitternden Händen begann er zu graben. Monikas Schatten tauchte ein paar Mal am Rande des Grabes auf.

»Lass uns verschwinden«, sagte Rainer, als er wieder hochkletterte.

»Warte«, bat Monika. Sie sah sich um und nahm eine halb verblühte Rose von einem angrenzenden Grab.

»Ein letzter Gruß für einen Freund.«

Dann stieg sie selbst hinunter und legte die Blume auf die feuchte Erde. Als sie wieder herauskletterte, blickte sie zufrieden.» Jetzt können wir gehen.«

Am nächsten Morgen folgte Rainer einem Trauerzug. Es war schließlich auch Andis Beerdigung. Vor dem Grab versammelte sich die Trauergemeinde. Rainer hielt sich etwas im Hintergrund und lauschte gedankenverloren den Worten des Pfarrers. Mitten hinein in dessen Rede erklang leise, aber gut vernehmbar, eine ihm sehr vertraute Melodie: *Let it be. Let it be.*

»Oh Gott, mein Handy!«, dachte Rainer. Erschrocken tastete er in seine Hosentaschen. Nichts. Dann fiel ihm ein, dass Monika ihm das Handy abgenommen hatte. Woher kam dieser Ton? Er zuckte erneut zusammen, als ein weiteres *Let it be* ertönte. Irgendwie gedämpft. Die Trauergemeinde trat dicht an das Grab heran und blickte hinunter.

Einer der Männer sprang beherzt in die Grube. Dann erschien der Mann wieder.

»Da unten liegt schon einer«, sagte er.

Die Polizei kam zwei Stunden später und holte Rainer zu Hause ab. Sein Handy hatte sie zu ihm geführt. Seine Fingerspuren auf dem Hammer erzählten den Rest. Im Gefängnis wartete er vergebens auf einen Besuch Monikas. Stattdessen kam eine Postkarte.

»Ich konnte mich einfach nicht entscheiden, zwischen den Beatles und den Stones. Jetzt habe ich beide.«

Dürers Spuren
Ina May

Noch sang er in seiner Küche und machte sich keine Gedanken um ein Morgen oder um später.

Innerhalb der nächsten Stunde aber würde sich alles verändern und Gregor Tomasini musste darüber nachdenken, wer ihn so dringend tot sehen wollte.

Tomasini biss in die Pizza. Köstlich und wahrhaftig, nämlich selbstgemacht. Ein Rezept seiner Mama.

Die italienischen Wurzeln konnte er nicht verleugnen.

Er hatte dunkles Haar – an manchen Stellen – war schlank – an manchen Stellen – jedoch nicht sonderlich groß gewachsen. Und das behagte Tomasini am allerwenigsten. Wer die Dienste eines Privatdetektivs in Anspruch nahm, hatte meist einen großen Kerl vor Augen und keinen zu kurz geratenen Italiener. Aber das machte er mit einer hundertprozentigen Aufklärungsrate seiner Fälle allemal wett.

Tomasini und Mario Lanza hatten gerade die ersten Töne von Arrividerci, Roma angestimmt, als sich das Handy des Privatdetektivs meldete. Gregor Tomasini drehte die Musik leise.

»Detektei Tomasini, der beste Schnüffler, den Sie kriegen können.«

Er lauschte, strich sich dabei mehrmals über die Wange und rümpfte die Nase. »Wenn Sie das schon alles wissen, wozu brauchen Sie dann mich?«, fragte er. Das Gespräch wurde unterbrochen.

»Mord hat sie gesagt.«

Er führte keine Selbstgespräche, wenn das auch so wirkte. Er redete mit Alphonse, dem schwarzen Beo, der fast immer einen Kommentar krächzte.

»Iss auf!«, riet dieser Tomasini jetzt. Alphonse hockte für gewöhnlich auf einer Stange im Büro und weil er gern Gesellschaft hatte, war er kurzentschlossen in die Küche geflattert.

»Warum ruft dieser jemand nicht die Polizei an, sondern mich, hm?«, fragte Tomasini den Beo.

Die Frauenstimme hatte gesagt, *in Kürze* würde im Dürerhaus ein Mann getötet werden. Sie hätte es in ihrer Kristallkugel gesehen. Tomasini fragte sich, was er davon halten sollte. Tausend Fragen. Er schüttelte den Kopf. Na ja, mindestens aber drei, wovon er eine gestellt hatte.

»Wäre zu klären, warum sie mich darüber informiert und ob sie den Mord vielleicht selbst begeht, denn die Sache mit der Kristallkugel ... kein Kommentar, hörst du«, sagte Tomasini und Alphonse wandte beleidigt den Kopf ab, man wollte ihm kein Gehör schenken.

In seiner Küche aber wäre keine der Fragen zu klären, soviel stand fest.

Das Dürerhaus war im Besitz einer Stiftung und der Stadt Nürnberg. In den Räumen wurden Kunstwerke gezeigt und soweit Gregor Tomasini wusste, gab es dort auch eine Fachbibliothek. Sehr spannend. Würde man jemanden mit einem Buch erschlagen? Er beschloss nachzusehen, nahm seine Lederjacke vom Haken an der Garderobe.

»Na los, zisch ab!«, schnarrte Alphonse und schlug mit den Flügeln, als würde der winzige Luftzug genügen, um Tomasini zur Tür hinauszuwehen.

Seine Uhr zeigte jetzt kurz vor elf, eine Stunde vor Mitternacht. Was sollte an einem Wochentag im Herbst um diese Zeit in einem unbewohnten Haus in Kürze geschehen oder sich gerade ereignen?

Tomasini musste seine Zweifel auf den Wagen übertragen haben. Der altersschwache Fiat röchelte bedenklich.

»Du musst durchhalten. Und ich auch.« Die Auftragslage war nicht unbedingt stabil, geschweige denn einträglich. Er freute sich, noch seine Miete bezahlen zu können. Ein Navigationssystem konnte er sich nicht leisten. Aber wo sich das Dürerhaus befand, ein Nürnberger Bürgerhaus aus Sandstein und alten Fachwerkelementen, das wusste er natürlich.

Er parkte den Wagen in einer Seitenstraße am Dürerdenkmal. Hier war alles ruhig, Menschenleer, nur ein paar einzelne Lampen brannten irgendwo hinter den Fenstern.

Mord.

Beim letzten Mal handelte es sich um einen ordinären Ehebruch, der ihn in diese Straße zum Tiergärtner Tor geführt hatte.

Er staunte, als er die Tür zum Dürerhaus nur angelehnt vorfand. Tomasini nahm eine kleine Taschenlampe aus der Seitentasche. Er fühlte, hier geschah etwas, obwohl er keinen Laut vernahm.

Aus einem der Räume drang ein Lichtschein. Tomasini schlich vorwärts und spähte in sämtliche Ecken, von denen es hier einige gab. Ausstellungskästen reflektierten den Schein der Taschenlampe, die Spiegelung des Schattens bemerkte er nicht.

Er überlegte kurz, ob es nicht besser wäre, eine Waffe zu ziehen. Schusswaffe hatte er keine, dafür immer ein Schweizer Messer in der Tasche. Ein Italiener mit einem Schweizer Messer.

Etwas krachte auf seinen Kopf und Dunkelheit hüllte ihn ein.

Als er wieder zu sich kam, durchzuckte ihn Schmerz, angefangen von seinem Schädel bis hin zu seinen Handgelenken. Sie waren mit Kabelbindern verschnürt, wenigstens hatte man ihm die Hände nicht auf dem Rücken zusammengebunden. Er lehnte an der Fassade des Dürerhauses, die Tür seitlich von ihm war wieder geschlossen. Im Haus sah er keinen Lichtschein. Seine Uhr zeigte jetzt halb eins. Er fühlte sich schlecht, wahrscheinlich eine Gehirnerschütterung.

Er versuchte auf die Beine zu kommen, was ihm mit der Wand im Rücken auch gelang. Nun brauchte er nur noch jemanden, der ihm die Kabel durchschnitt.

Er könnte erneut versuchen, sich Zutritt zum Dürerhaus zu verschaffen. Wahrscheinlich wäre das sogar klug, vielleicht könnte er dort die Leiche entdecken. Wenn es sie überhaupt gab. Vielleicht sollte aber *ER* der tote Mann sein. Auf jeden Fall hieß es etwas zu unternehmen.

Die Polizei anrufen wäre eine Möglichkeit, aber Tomasini wollte erst herausfinden, worum es überhaupt ging und die Polizei war kein Freund und Helfer von Privatdetektiven.

Er hatte die Person, die ihm den Schlag versetzte, nicht gesehen. Sie war aus dem Schatten aufgetaucht. Warum?

Um jemanden zu ermorden, musste man fester zuschlagen.

Um jemanden abzulenken, würde so ein Schlag aber genügen.

»Du falsche Wahrsagerin«, fluchte er. Seine Schlüssel steckten in der Jackentasche. Er beugte sich vornüber. Alles drehte sich, er brauchte einige Versuche, aber irgendwann klirrte es und die Schlüssel lagen auf dem Pflaster. Er ging in die Knie, als plötzlich hinter ihm eine Stimme fragte: »Alles in Ordnung, mein Sohn?«

»Was?« Tomasini wandte sich um. »Guten Abend, Herr Pfarrer, Sie schickt der Himmel«. Obwohl er kurz überlegte, was ein Geistlicher so spät noch auf der Straße zu suchen hatte, spielte das für ihn im Moment keine Rolle.

»In meiner Jackentasche ist ein Schweizer Messer, wären Sie so freundlich?« Tomasini nickte mit dem Kopf in Richtung der Jackentasche. Das Schwindelgefühl kam zurück. Der Geistliche nahm das Messer heraus und schnitt ihm die Fesseln durch.

»Sind Sie überfallen worden, brauchen Sie einen Zeugen?«, fragte der Mann im schwarzen Anzug mit dem weißen Kragen.

»Wofür einen Zeugen?«, erkundigte sich Tomasini und rieb sich die Handgelenke.

»Das wissen Sie und der liebe Gott«, sagte sein Gegenüber und reichte ihm jetzt die Hand. »Viktor Dehmel«, stellte er sich vor.

»Der liebe Gott weiß es vielleicht, aber ich nicht. Ich muss zurück in mein Büro, ich habe auf einmal so eine Ahnung.«

»Ich weiß nicht, ob ich Sie gehen lassen kann«, antwortete Pfarrer Dehmel und zuckte die Schultern. »Ich war früher – vor Jahren – nämlich mal Polizist

150

und Sie kommen aus dem Dürerhaus. Also, was haben Sie dort drin gemacht?«

»Ich erhielt einen Anruf. Eine Frau sagte etwas von Mord und ich wollte nachsehen.«

Jetzt erklärte er einem Pfarrer, der in einem früheren Leben Polizist war, dass er nach einer Leiche gesucht hätte.

»Keine Ahnung. Weit kam ich nicht, ich wurde niedergeschlagen. Die Tür ist jetzt zu. Ich muss nun wirklich zurück in mein Büro.«

»Dann komme ich mit.« Viktor Dehmel nahm Tomasinis Arm. Der Pfarrer war lang und dünn und passte gerade mal so in den Fiat. Wenig später parkte Gregor Tomasini den Wagen und deutete auf die Wohnung im ersten Stock.

»Verdammt«, fluchte er. »Ich weiß, dass ich das Licht ausgemacht habe, als ich meine Wohnung verließ. Außerdem ist die Türe nur angelehnt und ich habe hundertprozentig abgesperrt. Möchten Sie vielleicht vorgehen, Herr Pfarrer?«

»Bitte nach Ihnen.« Aber das war ohnehin klar gewesen. Die Pfaffen waren nicht die Mutigsten, fand Tomasini.

»Guten Abend, gut' Nacht«, klang es misslaunig aus dem Büro. In seiner Wohnung war kein menschliches Wesen mehr, sonst hätte ihn der Vogel gewarnt. Alphonse hing eingeklemmt in einer der Schreibtischschubladen. Seine Federn sahen zerfleddert aus. Während Tomasini den Beo vorstellte, befreite er den Vogel aus der Schublade. Im Büro herrschte ein unbeschreibliches Chaos. Schränke waren geöffnet und der Inhalt auf dem Boden verstreut. Bilderrahmen lagen herum, sogar an der Deckenlampe hatte sich jemand zu schaffen gemacht.

»Sieht aus, als hätte man Ihr Büro auf den Kopf gestellt. Da wurde etwas gesucht. Ein Stick wahrscheinlich.«

Ein Pfarrer, der Ahnung von Speicherkarten hatte?

»Ja, die Rezepte meiner Mama sind heiß begehrt«, sagte Tomasini mit sarkastischem Unterton und ließ sich erschöpft in den Sessel fallen.

»An welchem Fall arbeiten Sie eigentlich gerade? Sieht fast so aus, als sollten Sie weggelockt werden«, meinte Pfarrer Dehmel.

»Im Augenblick habe ich keinen aktuellen Fall«, antwortete Tomasini. Ihm kam hier einiges höchst merkwürdig vor. »Sagen Sie, kennen wir uns irgendwoher?«, hakte er nach, doch woher sollte *er* einen Pfarrer kennen.

»Sie gehen zur Beichte?«, fragte Dehmel belustigt. Eben nicht, dachte Tomasini.

Als Nächstes deutete der Pfarrer auf die kleinen, weißen Kartons. Gregor Tomasinis Visitenkarten. »Das sind doch Ihre, oder?«

Ja, es waren seine. Tomasini hatte den Stapel offen herumliegen lassen, der Einbrecher hatte etwas gesucht und seine Kartenidentität vom Tisch gewischt. »Vielen Dank«, knurrte er.

Tomasini musste ganz dringend nachdenken. Genauer, er musste etwas überprüfen und im Augenblick war es ihm egal, ob ein Pfarrer neben ihm stand.

»Sie haben doch Schweigepflicht, Herr Pfarrer?«, vergewisserte er sich.

»Dafür müssten Sie erst mal beichten«, bekam Tomasini zur Antwort.

»Dann mach ich das hiermit. Kommen Sie.« Tomasini ging in die Küche und zog das Gefrierfach auf. Eine Pizzaschachtel aus dem Supermarkt lag darin.

»Tiefkühlpizza? Ich dachte, Sie wären Italiener.«

Das klang vorwurfsvoll. Tomasini lachte. »Meine Mama würde mir das Fell über die Ohren ziehen.« Dann riss er den Karton auf. Fotos kamen zum Vorschein, Tomasini reichte Viktor Dehmel die Bilder und bat ihn: »Suchen Sie auf denen nach dem Dürerhaus. Und wenn Sie etwas Ungewöhnliches finden, zeigen Sie es mir.«

Tomasini dachte dabei an einen früheren Auftrag. Irgendetwas hatte ihn von Beginn an gestört an dieser Kristallkugelgeschichte und es hatte ihn an etwas erinnert. Es musste dort drin in seiner Fotoschachtel sein – die hatte der Einbrecher nicht entdeckt.

Es dauerte eine Weile. Dann fand Tomasini das Bild, das er gesucht hatte.

»Ich wusste es!« Er fing den Blick des Pfarrers auf. »Ich habe nichts zu beichten, jemand anderer aber schon. Es war ein Auftrag. Ich sollte die Ehefrau des Kurators beschatten. Sie wissen schon, das Museum Albrecht Dürers. Ihr Mann glaubte, sie hätte ein Verhältnis. Sie hatte auch eins. Hier.« Tomasini deutete auf das Foto. »Sehen Sie! Hier küsst sie den anderen Mann und steckt ihm ein Kuvert zu. Ein ziemlich dickes Kuvert.«

»Und der Ehemann glaubte, es wäre der Lohn für Liebesdienste. Aber mal ehrlich, sieht der hier so aus?«

Oho, dachte Tomasini. Vielleicht war dieser Geistliche ja noch immer mehr Polizist, als er vorgab.

153

»Wie ging es weiter mit Ihrem Fall?«, fragte Dehmel.

»Der Fall war damit für mich abgeschlossen, bis heute Abend, als das Telefon klingelte und jemand davon sprach, in Kürze würde ein Mann ermordet werden.«

»Sie sind der Privatdetektiv, was vermuten Sie?«

»Vielleicht sollte es am Ende der Nacht zwei tote Männer geben«, meinte Tomasini. »Den Ehemann der betrügerischen Dame, weil sie ihn nicht mehr braucht und mich, den Schnüffler, weil ich etwas weiß.«

»Und das Motiv?«

»Sie sind Pfarrer, was glauben Sie?« Tomasini betonte das *glauben*.

»Vielleicht Kunstdiebstahl. Und dieser Herr auf den Fotos ist ein Fälscher, würde ich sagen. Den brauchte die Dame, damit niemandem auffiel, was längst fortgeschafft wurde. Schon gar nicht ihrem Mann.«

»Ein solides Motiv und eine gute Geschichte.« Tomasini hielt sich den Kopf. Ein weiteres Mal würde sein Verstand dieses Kunststück nicht mehr fertig bringen, aber gerade hatte er eine Erleuchtung. Er saß hier keinem Pfarrer gegenüber. Das Gute daran war, er saß auch keinem Gauner gegenüber. Dehmel hatte sich als ehemaliger Polizist vorgestellt, falsch war an der Vorstellung nur das *ehemalig* gewesen.

»Es gab tatsächlich einen Toten im Dürerhaus, Herr Tomasini. Ich bin Ihr Zeuge. Sie waren es nicht. Sie hatten weder genug Zeit, noch das passende Werkzeug. Falls die Kollegen fragen sollten.«

Tomasini lachte, was er besser unterlassen sollte, es tat seinem Kopf nicht gut. »Sie haben das Licht gelöscht und die Tür hinter uns zugemacht – nachdem Sie mich hinausgeschleppt hatten. Die Dame mit ihrer Kristallkugel hätte das besser mal vorhergesehen.«

»Das ist der Abschluss einer monatelangen Ermittlung. Zwar nicht, wie ich mir das gewünscht hätte, aber Sie haben mir gerade das fehlende Beweisstück geliefert. Das Foto.« Dehmel grinste.

»Sie haben Ihren Abschluss, und bei mir sieht's aus wie bei Hempels. Natürlich wusste ich, dass etwas faul ist«, bemerkte Tomasini.

Er war sich sicher, er würde wieder genauso handeln. »Sie ruft bei mir an, ich eile an den vermeintlichen Tatort, werde niedergeschlagen und gefesselt und sie kann in aller Seelenruhe mein Büro durchsuchen. Ganz prima.« Aber was beklagte er sich eigentlich.

»Augenblick ... ist es der Ehemann? Kein vermeintlicher, sondern ein tatsächlicher Tatort. Immerhin das hat die Dame richtig *gesehen*«, sagte Tomasini.

»Die Dame war die Täterin. Und wir kamen zu spät. Aber Gottlob nicht zu spät, um Sie, Tomasini, zu retten. Was mich darauf bringt, dass es jetzt nichts wird – weder mit dem Beichten, noch mit dem Schweigen«, meinte Viktor Dehmel und er sah nicht so aus, als fände er diesen Umstand in einer Weise bedrückend.

»Ha, ha«, ließ sich Alphonse krächzend vernehmen.

Vergessen
Anne Hassel

Der Intercity hält fast lautlos. Jonas steigt aus.

Er sieht sich nicht um, folgt Christian, der einen Schritt vor ihm durch die Unterführung des Nürnberger Hauptbahnhofes Richtung Königstor läuft, vorbei an den kleinen Geschäften. Weicht Menschen aus, die zu den Bahnsteigen hasten.

Vor der Straße, die links zum Handwerkermarkt führt, bleibt Christian stehen.

»Nun geht es los«, sagt er und deutet auf das Hotel gegenüber. »Das Auto stand im Parkhaus hinter dem Bahnhof, hier drüben in dem Hotel übernachteten wir und sind dann in diese Richtung gelaufen.«

Er zeigt zur Innenstadt.

Jonas nickt mechanisch. Diese Leere in seinem Kopf seit jenem Ereignis im Oktober, er kann sie nicht mehr ertragen.

Retrograde Amnesie – zwei Wörter, siebzehn Buchstaben, der medizinische Fachbegriff für das Auslöschen der kurzzeitigen Erinnerung. Nichts ist mehr da von jenem Tag, dem furchtbaren Geschehen, das alles verändert hat. Nichts, trotz vieler Arztbesuche und Therapien.

Ein schöner Tag sei es gewesen, als sie losfuhren, Ziel Nürnberg. Sonne, ein Himmel, klar, als wäre er in blaue Farbe getaucht, sagt Christian.

Dana, die Frau von Jonas, habe weiß getragen. Jeans und Bluse.

Dana, die gerne Kunstgeschichte studiert hätte, deshalb wünschte sie sich auch den Besuch der mittelalterlichen Stadt Nürnberg. Sie entschied sich dann aber doch für Geografie und Deutsch für das Lehramt wegen der besseren Berufsaussichten.

Dana, die nicht mehr lebt, die bei dem Autounfall starb, den Jonas verursacht haben soll, sagt Christian, der wie Jonas nur ein paar kleine Verletzungen davontrug.

Der Unfall, komplett aus dem Gedächtnis verschwunden.

Jonas freut sich, dass Christian ihn heute begleitet.

Hofft, dass vielleicht die Erinnerung zurückkehren würde. Es dauerte eine Weile, bis er den Freund dazu überreden konnte, bis dieser keine Ausflüchte mehr fand oder Jonas keine mehr zuließ.

»Die Lorenzkirche! Kannst du dich an sie erinnern?«, fragt Christian.

»Nein«, antwortet Jonas und spürt die Angst, in letzter Zeit sein ständiger Begleiter.

Sie gehen weiter Richtung Hauptmarkt.

»Die Museumsbrücke, über die wir gerade laufen, die Pegnitz, auch nicht?«

Das nein ist leise, kaum hörbar, verliert sich in den Geräuschen der Straße.

Dann redet Christian nicht mehr, läuft zwei Schritte voraus, dreht sich nicht um. Jonas folgt, ohne nach rechts und links zu schauen. Nürnberg hat für ihn den Reiz verloren.

Im Brauereiladen des Altstadthofs zu Füßen der Burg besorgt Christian zwei Eintrittskarten, anschließend warten sie auf die Fremdenführerin, denn ohne

diese ist eine Besichtigung des Historischen Kunst-
bunkers nicht möglich.

»Alles wie damals«, meint Christian und blickt in
den Gastraum des angrenzenden Lokals, in dem einige Personen sitzen.

Der anschließende Weg die Bergstraße hinauf und
dann in die Obere Schmiedgasse zum Bunker ist kurz.
Die Frau, der sie folgen, wirkt sehr nett.

Als die bogenförmige Eingangstür hinter ihnen
geschlossen wird, würde Jonas am liebsten umkeh-
ren, der Enge entfliehen, von der er das Gefühl hat,
sie nähme ihm die Luft zum Atmen, denn der Weg in
den Kunstbunker führt leicht abwärts wie ein Stollen
tief in den Burgberg hinein.

Der Vergleich, dass dieser durchlöchert sei wie
Schweizer Käse, scheint Christian zu amüsieren,
denn er lacht, eine Spur zu laut, findet Jonas.

Rechts an den Wänden Fotografien von Nürnberg
vor und nach dem Bombenangriff 1945. Die Bilder
berühren Jonas, lassen ihn ahnen, was die Menschen
während der Kriegsjahre erlebt haben mussten.

Die Fremdenführerin erklärt, dass hier unten nicht
nur Nürnberger Kunstschätze wie der Englische Gruß
von Veit Stoß und dessen Figuren des Krakauer Marien-
altars unbeschadet diese Zeit überstanden hätten, sondern auch die Reichskleinodien, die heute in der Schatz-
kammer der Wiener Hofburg zu besichtigen seien.

Rechts und links verschiedene Räume, große Roh-
re, Holzbalken, die das Gewölbe abstützen. Es riecht
leicht modrig.

Und dann steht Jonas vor einer Kiste.

Weiße Figuren – weiß wie Danas Kleidung an jenem Tag.

Die Erinnerung kehrt zurück, bruchstückhaft. Danas Hand in seiner. Ihre Frage – warum sind die Figuren kopflos, was ist mit ihnen geschehen?

Er wusste darauf keine Antwort und sie mussten sich eilen, die Gruppe einzuholen, die bereits weitergegangen war. Danas Lachen draußen, als sie zusammen mit Christian nach einer Erklärung suchten. Die Einkehr in ein Lokal, der Wein. Die Heimfahrt.

Jonas presst die Hände an die Schläfen. So muss es sich anfühlen, wenn man glaubt, der Kopf platze.

Das Erinnern an die Fahrt zurück, die Autobahn, wie der Wagen trotz Geschwindigkeitsbegrenzung durch die Baustelle jagt, das Auto vor ihnen, der Aufprall.

Die folgende Stille. Diese verdammte Stille.

Die Bruchstücke auf einmal klarer, so deutlich, dass es weh tut.

Dana auf der Rückbank, rot auf weiß.

Christian steigt aus, läuft um den Wagen, öffnet die Beifahrertür, zerrt Jonas heraus.

Die Beifahrertür!

Bei der Polizei, noch am Unfallort, wird Christian behaupten, Jonas sei gefahren. Christian bemerkte damals schnell, dass sein Freund sich an nichts mehr erinnern konnte und sich niemand als Zeuge meldete, der das Gegenteil behauptete. Er nutzte seine Chance.

Und Jonas glaubte an seine Schuld. Monate lang. Bis eben.

»Na, was ist? Wo bleibst du? Die anderen sind längst weiter. Komm jetzt, sonst verirren wir uns noch hier unten!«

Jonas hat Christian nicht kommen hören, zittert, nicht nur wegen der Kälte im Kunstbunker, die sich langsam bemerkbar macht, als er sich ihm zuwendet.

»Du bist gefahren!«, sagt er. »Nicht ich! Du! Ich weiß es jetzt! Nein, ich werde nicht zur Polizei gehen, aber denke nicht, dass du so davonkommst, denn ich werde mich rächen. Keine einzige Minute mehr sollst du sicher sein, ob dir nicht auch etwas passiert. Irgendetwas, das dein Leben gründlich verändert, so wie du meines verändert hast. Dir etwas genommen wird, was du liebst!«

Er wartet nicht auf Christians Reaktion, läuft in den nächsten Gang, aus dem die Stimmen der Leute aus der Besuchergruppe zu vernehmen sind und weiter dem Ausgang zu.

Krämersgassen

Der Teddy mit dem Knopf im Ohr
Ursula Schmid-Spreer

Dreimal ging Lisa nun schon hinauf und wieder hinunter. Den Teddy hielt sie fest umklammert. Beim Fembohaus bog sie links in die Obere Krämersgasse ab. Vorbei an altem Fachwerk und neu verputzten Häusern. Dann lief sie die Untere Krämersgasse hinunter. Sie zögerte, bevor sie wieder die Gasse hinaufging, diesmal entschlossen, es zu tun.

»Krämersgasse, weit und breit sind keine Krämerläden mehr.« Sie schluckte. »Warum tue ich mir das an?«

»Weil du es tun willst«, antwortete ihre eigene feste Stimme.

»Es ist doch schon so lange her!«

Das Kopfsteinpflaster klapperte unter ihren Absätzen.

Wie schön es hier ist! Wenn ich Touristin wäre, würde mich der Zauber dieser alten Gassen in den Bann ziehen. Wie haben die Menschen im Mittelalter wohl gelebt? Haben sie hier eingekauft, ihren Plausch gehalten?

Sie gebot ihren abschweifenden Gedanken Einhalt.

»Du hast einen Auftrag, also begebe dich in die Gegenwart und verliere dich nicht in der Vergangenheit.«

Vor dem Haus Nummer 12 blieb sie stehen, bewunderte das Bauwerk und die Tafel, auf der 1395 stand. Der Schriftgelehrte Georg Keyper hatte hier im 15. Jahrhundert gewohnt. Lisa öffnete ihren Anorak und drückte den Teddybären fest an ihre Brust.

»Ich muss es tun, ich muss!«, flüsterte sie.

»Aber nicht gleich«, raunte eine innere Stimme.

Dort wo sich die Untere und die Obere Krämersgasse kreuzen, befand sich der Laden. Teddybären, in selbst gestrickte Pullover gekleidet, saßen auf Puppenstühlen. Ein Böllerstein diente als Tisch, geschmückt mit einer gehäkelten Decke. Puppengeschirr ergänzte die Tafel.

»Ich werde noch einen Tee trinken«, entschied sich Lisa. Diesmal ging sie zügig zum Dürerplatz, setzte sich in eines der Cafés, nahm sich die bereitgelegte Decke und legte sie auf die Beine. Sie wärmte ihre Hände an dem Glas mit dem heißen Getränk, ließ ihren Blick über die Burgmauer schweifen, ruhte kurz auf der Skulptur von Dürers Hasen, die der Bildhauer Jürgen Goerz geschaffen hatte.

Wie konnte nur alles so weit kommen? Ach Alfons, du hast nicht nur dich selbst, sondern auch mich ins Unglück gestürzt.

»Wir haben frisch gebackenen Apfelstrudel«, sagte die Servrererin freundlich. »Möchten Sie ein Stück?«

Lisa verzog leicht den Mund und schüttelte den Kopf. Sie brachte keinen Bissen hinunter.

Mit ihrem Cousin Alfons war sie aufgewachsen. Seine und ihre Mutter waren Schwestern. Die Familien lebten in einem Haus in der Südstadt. Sie hatte mit Alfons gespielt, ging in die gleiche Klasse, machte mit ihm zusammen Tanzkurs – fast wie wirkliche Geschwister. Wie oft saßen sie bei Tante Else, die mit im Haus wohnte und so spannende Geschichten erzählen konnte? Die immer lustig war und ihnen Pfannkuchen mit selbst gemachter Erdbeermarmelade servierte. Sie trösteten sich gegenseitig, als ihre Eltern verstarben.

Selbst als beide ein Studium begannen, sahen sie sich regelmäßig, verbrachten viele Wochenenden zusammen, kümmerten sich gemeinsam um Tante Else.

Und jetzt lebte Tantchen nicht mehr und Alfons saß im Knast.

Lisa konnte es einfach nicht glauben. Sie hätte nie gedacht, dass Alfons spielsüchtig sein könnte. Sein Abstieg kam schleichend aber stetig. Sie hatten Einblick in Tante Elses Vermögensverhältnisse. Diese brauchte nicht viel und so war in den Jahren doch ein stattliches Sümmchen zusammengekommen. Und Alfons wollte es, nein, er brauchte es.

Wollte es notfalls mit Gewalt.

Er erzählte Lisa, wie er es mit guten Worten versuchte, bat Tantchen unzählige Male um finanzielle Unterstützung. Aber sie war taub für seine Bitten. Da schlug er zu.

Wie sich dann herausstellte, eine sinnlose Tat. Denn nirgendwo befand sich Geld. Weder auf dem Sparbuch noch auf dem Girokonto, auch nicht unter der Matratze, in der Kleidung oder an anderen Orten, die alte Leute oft als Versteck benutzen.

Alfons saß nun für viele Jahre hinter Gittern.

Lisa nahm den letzten Schluck aus ihrer Tasse. Ihre Hände waren warm, ihr Herz kalt.

»Ich muss es tun«, sagte sie fest. »Erinnerungen bleiben einem, vergehen nicht.«

Lisa ging die Krämersgasse zurück, stand kurz vor dem Laden mit den Teddybären. Dann atmete sie tief durch. Sie wollte, nein, sie musste die Vergangenheit abstreifen. Das Haus hatte sie bereits aufgelöst, Tante Elses Habseligkeiten befanden sich im Altkleidercontainer oder in der Müllverwertung.

Ein kleines Glöckchen kündigte sie als Besucher in dem Laden an.

»Wie kann ich Ihnen helfen?«

Lisa zog den Reißverschluss ihres Anoraks auf und holte den Bären heraus.

»Ich glaube, er ist sehr alt, hat den Knopf im Ohr. Können Sie mir sagen, was er wert ist?«

»Wollen Sie ihn denn verkaufen?«

»Ich weiß nicht.«

Warum sagte sie das? Natürlich würde sie den Teddy, der früher Tante Else gehörte, verkaufen.

Tante Else trug sie in ihrem Herzen.

Die Verkäuferin sah Lisa unverwandt an.

»Hundert Jahre hat das Tierchen bestimmt schon auf dem Buckel«, meinte diese lächelnd. »Ein Liebhaberstück, das ich Ihnen zu einem guten Preis abkaufen kann.«

Warum tue ich das? Warum will ich das letzte Andenken an Tante Else verscherbeln? Blitzartig schoben sich diese Gedanken in Lisas Kopf. »Liebhaberstück«, hörte sie die Stimme der Verkäuferin wie aus weiter Ferne.

»Nein, danke«, meinte Lisa, »ich habe es mir anders überlegt. Ich will ihn doch behalten.«

Etwas ungehalten nahm Lisa den Bären an sich, den die Verkäuferin scheinbar nicht mehr hergeben wollte. Dabei riss ein Arm ab. Holzwolle kam zum Vorschein und ...

Scheine.

Lisa stürmte aus dem Laden, ging eiligen Schrittes die Obere Krämersgasse entlang.

»Wie schön die Fachwerkfassaden noch immer sind und wie klug du doch warst, Tante Else.«

Ein Lächeln umspielte Lisas Mund.

Blind Date
Sabina Naber

Hier ist es schon sehr eng. Atmen, einfach nur atmen. Alles in Ordnung. Nichts ist in Ordnung. Fünfzehn Meter Felsen links und rechts von mir, hunderte Meter vor mir, zig unterhalb, viel zu viel oberhalb. Verdammter Mist, ich muss da ... atmen. Einfach nur atmen. Die Wand da drüben kann sich gar nicht bewegen, weil sie nämlich aus Stein ist, Franz.

Und das ist sie schon seit ewigen Zeiten. Alles in Ordnung. Atmen. Einfach nur atmen.

Ich bin ein Vollidiot. Nie wieder lass ich mich auf so etwas ein. Ein Date im eigenen Revier, wo Elke jeden Moment um jede Ecke biegen könnte und dann auch noch in den Felsengängen. Doppelter Supergau sozusagen.

Ah ... aaa ...

... atme, Franz, atme.

Woher der Typ da so viel Luft nimmt? Ja, red du nur, Mister Führer. Ausgeklügeltes, genial einfaches System von Belüftungsschächten. Das sagst du bloß, um eine Massenpanik zu vermeiden. Was? Was?! Über mehrere Stockwerke reichende Kelleranlagen?! Mehrere? Nicht bloß ... einer? Da gehen wir aber bitte nicht hin, nein, da gehen wir nicht hin, hier ist es doch auch schön. Nicht weitergehen ... Shit. So detailliert hat mir das beim Kartenkauf niemand gesagt. Sicher nicht. Habe nichts gehört.

Luft!

165

Unter Tag – so eine Schnapsidee. Nicht bloß Lift oder U-Bahn, sondern tief in der Erde. Und das ist nicht genug, nein, eine Nachtführung mit Stirnlampe muss es sein. Da oben, die Neonröhren, wenn die brennen, ist es hier sicher nicht so eng. So eng. Ich will ... ich muss ... Dreht doch endlich die Lampen auf. Bitte. Wer braucht schon einen Gruseleffekt. Wird viel zu sehr überschätzt. Dreht sie auf. Jetzt!

Atmen. Einfach atmen.

Männer denken nur mit dem, was sie in der Hose haben. Silli hat vollkommen recht. Sie würde sich jetzt in Grund und Boden genieren, wenn sie ihren Vater mit einer Stirnlampe durch die Felsengänge taumeln sähe. Auf Freiersfüßen. Sie würde mir diesen Blick schenken, mit dem sie mich, schon als Schulkind, abgekanzelt hat, wenn ich wieder einmal mit Freunden bis zum Hosenausziehen Party gefeiert habe. *Oma sagt, so führt man sich in Wien auch nicht auf. Und schon gar nicht in deinem Alter.* Silli ist so vernünftig. Ganz wie ihre Mutter. Und ich bin es nicht.

Atme, Franz, atme.

Ich werde jetzt die Luft tief ein- und ausströmen lassen, nicht nach ihr schnappen und sie nicht hinauspressen. Ich habe es gelernt. Ich kann mich konzentrieren. Auf das Gequassel von dem Führer. Auf die anderen. Die anderen. Ein ganzer Hühnerstall, mit dem ich da eingekerkert bin. Welche von ihnen ist es? Ich hätte darauf bestehen sollen, dass sie mir ein anderes als das Schattenfoto von der Plattform schickt. Die rote Mähne da vorn, die kleine Dicke, die dunkle Barocke, die blonde Dünne? Vielleicht die mit den kurzen, graumelierten Haaren? Das Alter würde passen. Aber der Mund ist ein schmaler Strich. So eine

Verbissenheit passt nicht zu ihrem Vorschlag. Die Graumelierte wirkt einfach nicht fantasievoll genug für so eine schräge Idee, ja, nicht einmal locker genug für den Eintrag auf der Plattform.

Leidenschaftliche Schützin sucht Hengst für gemeinsame wilde Abenteuer. 95-70-98.

Genau die richtigen Rundungen. Die hat die Graumelierte nicht. Aber wer ist auf Erotikforen schon ehrlich? Wäre ja auch egal, wenn die Dame ansonsten hält, was sie verspricht. Also weiter …

… eng. Da kann man ja die Wand berühren. Nürnbergs Boden sozusagen. Seine Wurzeln. Das Erdinnere. Das will ich aber nicht. Hört ihr? Ich will das nicht!!! Wenn Menschen zum Tunnelgraben geboren worden wären, wären sie Maulwürfe geworden.

Atmen. Einfach atmen.

Jetzt stolpern wir da schon seit mindestens fünf Minuten in dem Loch herum. So eine vollkommen vertrottelte Idee. Das nächste Mal treffe ich mich einfach wieder in einem Café. Und zwar weit weg von Nürnberg. Daheim in Wien fühle ich mich sicher oder auch in Berlin und Köln. Aber es hat einfach so gut geklungen.

Ich liebe es gefährlich. – Wie gefährlich? –

Nun ja, wenn mich theoretisch jemand dabei sehen kann. – Ich auch. –

Das sagst du nur so. Männer haben vor so etwas viel zu viel Angst. – Nein, wirklich.

Gut, dann lass uns doch einfach so irgendwo treffen, inmitten von vielen Menschen. Du schickst mir ein Foto und ich schleiche mich an dich heran und greife dir in die Hose.

Da ist mir die Luft weggeblieben, so wie jetzt.

Atme, Franz, atme.

Und wo ist nun der Griff in die Hose? Jetzt sind wir schon geschlagene sieben Minuten unterwegs. *Eine Nische, eine Nische, eine dunkle Nische* – hier sind lauter Nischen. Der ganze Keller ist eine einzige Nische. Sie wird sich doch hoffentlich keine am Ende der Führung ausgesucht haben. Dort hinten war ein Notausgang. Da vorn kommt sicher noch einer. Bitte, Lady Schützin, wir müssen diese Führung doch nicht bis zum Letzten auskosten! Wir können uns verdrücken, quasi in die Büsche schlagen! Ja, hinaus, hinaus in die Büsche. Deswegen treffen wir uns doch. Okay, der besondere Kick, ich weiß. Natürlich ist das nett, sich so geheimnisvoll kennenzulernen. Aber wäre das nicht auch im Schwimmbad gegangen? Nein, wäre es nicht, denn da sieht mich sicher jemand, der es Elke erzählt.

Ich habe Franz mit einer anderen Frau gesehen. Keine Geschäftspartnerin, wie es den Anschein hat, denn sie wird kaum die Potenz eurer Firma durch den Griff in seine Hose überprüft haben. Hast du dir eigentlich schon einmal überlegt, was dein Mann so auf den vielen Dienstreisen treibt?

Und dieser jemand vermutet ganz richtig. Daheim oder in Berlin oder in Köln kann ich atmen, nicht nur meinen Spaß haben, sondern atmen.

Einfach atmen.

Nicht dem Schwindel nachgeben, sondern Luft hinein und hinaus. Aufrecht stehenbleiben, notfalls abstützen und ... Uah, die Wand ist ja ganz feucht. Und dieser Geruch! Wie in einem Grab. Ja, in einem Grab riecht es sicherlich auch so modrig und feucht. So tot. Denk das nicht, Franz. Die Felsengänge sind nicht dein Grab, sie sind einfach eine Touristenattraktion. Viele Menschen um dich herum, ein Führer, der weiß, was zu tun ist, wenn es brenzlig wird. Alles in Ordnung.

Atme, Franz, atme.

Nichts ist in Ordnung. Ich bin zu weit gegangen. Eine Nürnberger Geliebte und das auch noch direkt vor Ort. Wenn Elke das rausfindet, bin ich wirklich tot. Der gute Ruf ist ihr das Wichtigste.

Weißt du, Franz, das Renommée ist die Goldwährung für unser Geschäft.

Und recht hat sie, hab mich bis jetzt daran gehalten. Auch wenn mich diese ständige Rücksichtnahme regelrecht gewürgt hat. Aber was kann ich dafür, dass ... Silli hab ich dann auch verloren. Nie, niemals in ihrem Leben wird sie verstehen, dass ich die Stadt, in der sie geboren wurde, nicht als meine Heimat sehen kann, alles hier gefährde wegen ein paar Höhepunkten. Wie sie es sehen wird. In ihrer Vorstellung bin ich aus Liebe nach Nürnberg gegangen. Elke, du hast doch von Anfang an geahnt, dass ich mir nichts aus dir mache – auch wenn es zu Beginn sehr leidenschaftlich zwischen uns war. Diese Frau, mit der ich gleich ins Bett steige, eigentlich meine Liebe zu Gefährlichem dir verdankt. Die Heirat war einfach für unsere beiden Firmen besser. Und du hast niemals etwas gesagt, wohl weil es dir die ganze Zeit genauso ging. Warum haben wir Silli nie etwas erklärt? Diese ganze Lügerei hat unser Verhältnis vergiftet. Wir hätten eine offene Ehe führen oder uns scheiden lassen und Geschäftspartner bleiben sollen. Ich muss aus dieser Anzugjacke heraus. Ich hab ... sie mir ... viel zu klein gekauft. Da bekommt man ja gar keine Luft. Ist ... mir ... noch gar nicht ... aufgefallen. Luft.

Atmen. Einfach atmen.

169

Rot, alles rot. Das machen wohl die Stirnlampen. Und der redet und redet. Wie schön, dass man hier schon seit dem 14. Jahrhundert Bier lagert. Ohne dieses Wissen wäre ich todsicher total todunglücklich geworden. Konzentrier dich, Franz. Schau, ob du sie an einer aufreizenden Bewegung oder einem tiefen Blick erkennst. Wie hat sie nur gewusst, dass an dieser Führung dermaßen viele Singlefrauen teilnehmen? Bestes Versteck, alle Achtung. Oh, einige von denen haben einen Button. Ist mir noch gar nicht aufgefallen. Und der ist vom Ladyship-Verband. Bei dem war Elke früher auch einmal. Witzig. Sauerei. Da ist es so feucht, dass die Tropfen herunterfallen. Direkt auf meine Stirn. Ich bin schon ganz nass ...

Heiß.

Ich muss ... mich auf der Stelle ... ausziehen. Luft. Kalt. Raus.

Atme, Franz, atme.

Was soll die Schützin-Tante von dir denken, wenn du dich jetzt wie ein Weichei aufführst? Sie glaubt ja noch, dass du Angst vor ihrem Zugriff hast. Kerle haben keine Klaustro ... Da! Es hat geknackt. Shit. Nürnberg stürzt ein! Und die trotten alle dem Schwafler hinterher. Hört ihr das nicht? Ich muss Hilfe ... kein Empfang. Verdammt, können die Betreiber keine Sendemasten aufstellen? Notfall? Schon jemals was davon gehört? Nein, weder die da oben noch die da im Keller, diese Hühner. Die sterben gackernd und merken es nicht einmal.

Atmen. Einfach atmen.

Konzentrier dich auf die Weiber, Franz. Eine von denen muss es sein. Und der Typ redet und redet. Einstige Kasematten, Wasserversorgung, langer Vortrag. Pause im Gehen. Ganz schlecht, nichts wie hinaus. Ich pack sie einfach an der Hand und schleppe sie ins Leben zurück. Also gut. Komm, Franz, schieb dich da zu dem Vorsprung, dann stehst du ihnen gegenüber und kannst Blickkontakt aufnehmen. Hm, keine reagiert. Nicht die kleine Dicke, nicht die blonde Dünne oder die dunkle Barocke. Auch nicht die Graumelierte. Es muss die Rote sein, die ist immer abgewandt, die spannt mich auf die Folter. Oder sie kriegt mich gar nicht mit. Und die zwei Alten da drüben ... nein, das sind doch die honorigen ... lächeln, Kopf neigen, Luft holen. Schweiß abtupfen. Schauen ganz anders aus, die zwei, wie verkleidet. Shit, die Dünne. Wenn ich genau hinsehe, ist das nicht die ... du halluzinierst, Alter. So wie damals im Lift, als du einen Geist gesehen hast, der den Kopf von Albert Einstein und den Körper von Sylvester Stallone gehabt hat. Vor der Therapie. Ja, die sind allesamt Erscheinungen. Kann nicht anders sein. Alle honorigen Damen der Stadt hier in diesen Gängen, da würde es krachen und die Explosion Nürnberg bis in die Stratosphäre heben. Wie in einem Comic. Ha. Ja. Und die dunkle Barocke kann einfach nicht die Frau vom ... Felsen. Kalt. Gut. Hocken. Und der Boden ist nicht Keller, sondern Erdgeschoss. Stell es dir vor.

Atme, Franz, atme.

Scheiß auf dein Rendezvous. Steh auf, Alter. Spann die Gummibeine an. Nichts wie hinaus. Ich gehe jetzt einfach zu dem Führer und bitte ihn, flehe ihn auf Knien an, mir den Notausgang zu zeigen. Genau. Ein Schritt und noch ein Schritt, vergiss den Schmerz, wieder einer – jetzt biegen die alle um die Kurve und ich bin da allein mit meiner läppischen Stirnlampe.

Die Rote, sie bleibt zurück. Merkt sie etwas? Ist sie es? Jetzt wird alles gut. Oh nein, ihre Stirnlampe geht aus. Warum ruft sie denn nicht nach den anderen? Ich muss ... für sie ... rufen ... Hals. Trocken. Wasser. Von Wand lecken? Sie kommt. Zu mir. Hintern wie Elke. Fantasiere. Kann nicht ... sein. Sie. Elke.

Atmen. Einfach ...

Gesicht. Wie Elke. Aber blaue Augen. Nicht braune. Nie wieder. Schlechtes Gewissen. So fühlt sich das also an. Es reicht. Komm, Franz, reiß dich ... sie reißt die Haare ... Perücke. Elke? Was sage ich? Allein sein wollen. Wieso hat sie eine Perücke? Ich spinne. Ich lass das jetzt einfach passieren, wird schon wieder vorbeigehen, wie damals im Lift. Aber es wirkt so echt. Ja, hallo, Elke. Wieso grinst sie so? Wieso ist sie überhaupt da? Das ist unwichtig, ist in Träumen eben so. Was redet sie da von Nase voll haben? Das ist der Beweis, dass ich eine Erscheinung habe. Sie sagt das, was ich mir denke. Die Gütertrennung bei der Scheidung ist nicht das Problem, es ist der gute Ruf, der verloren geht, weil das der Firma schadet. Ja, Elke, das weiß ich doch.

Du hast nie hierher gepasst. Richtig, Elke. *Ist natürlich alles kein wirklicher Grund, dich umzubringen. Aber soll ich dir etwas sagen? Ich will mit dir nicht teilen.*

Dieses Lachen. Warum sind Albträume immer so realistisch und gemein?

Ich bin einfach gierig, mein Guter. Mein Hengst. Aber die Zeugen, Elke. Auch die anderen werden dich erkennen. *Meine Freundinnen wissen, wer ich bin. Und was ich hier tue. Sie wissen, was sie sagen müssen.* Der Arzt ... *Kennt deine Schwäche. Und wird dich nicht aufschneiden.*

Atme, Franz, renne!

Keine Kraft in den Beinen. Reiß dich zusammen, Alter. Sei keine Memme. Ein lächerlicher Alb. So schwer, das Atmen, die Beine. Belüftungssystem. Lächerlich. Was willst du mit der Spritze, Elke?

Dir ganz schnell Befreiung schaffen. Ein bisschen Insulin bewirkt da Wunder.

Diese Frau, ich muss ... diese Frau, sie gehört nicht zu ihren Freundinnen. Verdammt, nicht krächzen, Alter, schreien. So peinlich alles, aber besser als sterben.

Und verzeih, dass ich dir nicht in die Hose greife, ihren Inhalt kenn ich gut genug.

Tun. Einfach irgendwas tun.

Hand heben. Abwehren. Ein Stich. Durchatmen.

Elke, du Schlampe, seit wann treibst du dich auf Erotikforen herum?

Voller Einsatz
Sabine Meyer

»O Mannomann.«

Fred Fister lugte vorsichtig um den Pfeiler und starrte beeindruckt in das hohe Kreuzgewölbe der Sebalduskirche, bevor er seine Blicke schweifen ließ. In den halbrunden Chören an beiden Enden des Mittelschiffes zeichnete sich hinter den schmalen Bogenfenstern gerade erst die Morgendämmerung ab. Auch durch die gotischen Rundbögen zwischen den Pfeilern zu den Seitenschiffen drang kaum Licht auf die Reihen der Holzbänke, die den Gläubigen vorbehalten waren. In seiner Vorstellung zog eine Prozession kapuzenverhüllter Mönche mit gregorianischen Gesängen an ihm vorbei, flackernde Kerzen in den Händen, während die armen Sünder auf den harten Kirchenbänken Blut und Wasser schwitzten. Finsteres Mittelalter eben. Ihn schauderte.

»I've come from Alabama, with my banjo on my knee ...« Fred zitterte beim Singen die Stimme, während das Echo seiner metallbeschlagenen Absätze auf dem Steinfußboden zusätzlich an seinen Nerven zerrte. Die Schuhe hatten ebenfalls im Drehbuch gestanden. Auch Zeit und Ablauf seines Auftrittes. Sechs Uhr morgens und quer durch die Kirche zum Sakramentsschrank im Ostchor, schräg hinter der Kreuzigungsgruppe.

»... o Susannah, o don't you cry for me ...«
Wo zum Teufel war dieser tote Jesus?

»Entschuldigung.«

Er bekreuzigte sich, obgleich er unsicher war, ob sich ein evangelisches Kirchendach zuständig fühlen würde, auf einen gotteslästerlichen Katholiken herabzustürzen. Bei Gottes Allmacht konnte man allerdings nie wissen.

Der Rucksack wog Tonnen, die Riemen schnitten in die Schultern ein. Ahnte seine Agentur eigentlich, was sie ihm da zumutete? Er würde die Gage erhöhen müssen.

Er war, wie abgesprochen, durch das Brautportal mit seinem aufwendigen Maßwerkvorhang feiner gotischer Spitzen in die Kirche geschlüpft. Durch dasselbe, aus dem zwei Wochen zuvor seine frisch getraute Schwester mit diesem idiotischen Putzlappenvertreter ins Freie getreten war. Die Hochzeitsgäste hatten mit Reis nach ihnen geworfen. Wenn es nach ihm gegangen wäre, hätte er mit etwas geworfen, das Schäden verursachte.

Wohin jetzt? Fred atmete tief durch und hätte sich irgendwohin beißen mögen, wenn er mit den Zähnen auch nur annähernd in die Nähe gekommen wäre. Mangelhafte Vorbereitung, schäm dich Fred. Völlig unprofessionell.

Okay, dann eben nach links.

Alles um ihn herum strebte gen Himmel, wie es in der Gotik nun mal so üblich war, obgleich ihn der untere Teil der dicken Säulen eher romanisch anmutete. Der Mensch ist nicht mehr als ein Spielball der Götter, dachte er theatralisch und seufzte. Vorsichtig arbeitete er sich zum Ostchor vor, auf Zehenspitzen und von Säule zu Säule huschend, so wie es im Drehbuch stand. An einer der Säulen blickte eine goldene Madonna im Strahlenkranz milde auf ein nacktes, goldenes Jesuskind in ihren Armen.

Wie vorgeschrieben, suchte er vor dem fein ziselierten, bronzenen Grabmal des Heiligen Sebaldus mit seinem hohen Baldachin Deckung. Er stieg über die Kordel der Absperrung, presste sich zwischen zwei der harten, schwarzen Bronzesäulen hindurch und spähte verschlagen um die Ecke. Oscarreif, keine Frage. Er hörte quasi schon die begeisterten Ausrufe des Regisseurs. Allerdings tatsächlich nur quasi. Die einzigen Geräusche, die er real hörte, verursachten seine beschlagenen Absätze, sein nervöses Hyperventilieren und sein donnernder Herzschlag.

In der Regel ging es an den Sets laut und hektisch zu und ständig brüllte der Regisseur *Cut* oder *Noch mal von vorn* oder *Arbeite ich denn nur mit Idioten zusammen?*

Hier war es so totenstill wie ... na ja, wie in einer Kirche eben. Oder auf einem Friedhof. Fred huschte um das Grabmal herum, wobei er sich fragte, wie genau man Stadtheiliger wurde und was man tun musste, um sich ein derartiges Kunstwerk als letzte Ruhestätte zu verdienen.

Dann sah er ihn, nur wenige Schritte entfernt: den Sakramentsschrank an der Mauer der Kirche zwischen zwei der hohen, schmalen Buntglasfenster. Dort drin, hinter der mittelalterlichen Tresortür mit den goldenen Beschlägen, gerahmt von in Stein gemeißelten Heiligen, lag der Schatz, den er heben sollte. Der goldene Abendmahlsbecher. Halbrunde Stufen führten zur Tür.

Die letzten paar Meter überwand Fred gebückt im Laufschritt, mit dem klappernden Werkzeug im

Rucksack. Am Fuße der Stufen zog er ein kleines Stemmeisen hervor, peilte mit dem Haken den kaum sichtbaren Spalt zwischen Tresortür und Rahmen an und ...

Genau in diesem Moment spürte er ein hohes Pfeifen am rechten Ohr und einem der Heiligen des Sakramentsschrankes fehlte plötzlich die Nase. Steinsplitter flogen durch die Luft und aus einem Riss am Ärmel des Tarnanzugs rann mit einem Mal etwas Dunkles. Blut? Was war das denn für ein Dreh?

»Hey«, rief er ungläubig. »Was soll der Scheiß? Benutzt gefälligst Platzpatronen.«

Es knallte erneut. Wenn der Heilige nicht in Stein gemeißelt wäre, wer weiß? Mitsamt seiner abgeschossenen Nase wäre er jetzt tot umgefallen. Blattschuss. Erst jetzt, nach langen Sekunden, warf sich Fred zu Boden und landete hart. Ein aufjaulender Querschläger, der sein Ohrläppchen anrasierte, ließ ihn panisch hinter eine Säule robben. Hielt ihn da etwa irgendein Jemand für einen wirklichen Einbrecher? Ein durchgeknallter Pfarrer vielleicht, der das Kirchengold verteidigte?

»Ich bin kein Einbrecher!«, brüllte Fred aus dem Schutz der Säule heraus. »Wir drehen nur einen Film.«

Nichts. Keine Antwort, aber auch kein Schuss mehr. Na also, dachte Fred. Man muss nur darüber reden. Dann nahm er all seinen Mut zusammen, rappelte sich hoch und sprintete los. Dorthin, wo er die einzige Tür nach draußen wusste, die nicht abgeschlossen sein würde. Das Brautportal. Mit laut klackenden Schritten wetzte er zwischen Mittel- und Seitenschiff von Deckung zu Deckung. Er roch die frische

Luft quasi schon, als der Beschuss erneut einsetzte. Kugeln zischten über seinen Scheitel hinweg, Querschläger jaulten an seinen Ohren vorbei und die Luft füllte sich mit dem Steinstaub angeschossener Säulen. Hustend arbeitete er sich bis zum Brautportal vor und warf sich mit seinem ganzen Gewicht gegen die Tür. Die Tür warf ihn zurück. Er schrie vor Schreck und landete rücklings auf den Steinen.

Im Bruchteil einer Sekunde war er wieder auf den Füßen, rüttelte verzweifelt an der Klinke, hämmerte mit beiden Fäusten gegen das massive Holz und brüllte um Hilfe, was seine Lungen hergaben. Vergeblich, die Tür blieb verschlossen und niemand kam. Doch kaum versagte ihm die Stimme, ließ ein Crescendo Dutzender Orgelpfeifen das Gemäuer erbeben. Fred knickte in den Knien ein. Sie spielten ... o mein Gott, sie intonierten die Titelmelodie aus dem Film *Spiel mir das Lied vom Tod*. Fred brach der Schweiß aus. Welches perverse Arschloch dachte sich denn so etwas aus?

Die Antwort kam in Form einer Salve von Schüssen, abgefeuert diesmal ganz offensichtlich aus einem Maschinengewehr. Einer Uzi? Der Schütze musste oben auf der Empore lauern. Fred warf sich erneut zu Boden und robbte zwischen den Säulen hindurch ins Mittelschiff, während die Kugeln rechts und links von ihm in den Boden schlugen. Steinsplitter bohrten sich in seine Arme und Beine. Blut floss. Als das Schießen endete, rannte Fred gebückt los und hechtete sich kopfüber zwischen die Bankreihen.

Die Kugeln des Maschinengewehrs durchschlugen die alten Kirchenbänke wie Butter, das hallende Gewölbe der Kirche vervielfältigte das Rattern und Jaulen zu einem unbeschreiblichen Getöse des Grauens. Wie ein Wurm wand sich Fred im Zickzack zwischen den Bankreihen hindurch, bis er da wieder landete, wo er begonnen hatte.

Und plötzlich fiel es ihm wie Schuppen von den Augen. Oh, mein Gott, dies war kein normaler Filmdreh, er war in einen Snuff-Film geraten. Sie filmten, wie sie ihn umbrachten, einen vermeintlichen Einbrecher, der mit einem Stemmeisen dem Sakramentsschrank zu Leibe rückte. Dann brannten sie die Szene auf DVD und verkauften sie in Videotheken unter dem Tresen. So etwas hörte man doch täglich.

Er musste raus hier und zwar schnell. Und wieder rannte er, während ihm die Kugeln um die Ohren pfiffen. Er rannte so schnell ihn seine Füße trugen. Vom Braut- zum Marienportal und weiter zum Heiberportal. Abgeschlossen! Alles zu und dicht und nicht daran zu rütteln.

Er, Fred saß in der Falle. Am Weltgerichtsportal im gegenüberliegenden Seitenschiff schließlich verließen ihn die Kräfte. Keuchend klammerte er sich an eine Säule, presste seine Wange gegen den kalten Stein und schluchzte verzweifelt.

Er wollte nicht sterben. Noch nicht. Nicht, bevor er den Durchbruch zum Star geschafft hatte und natürlich auch dann noch nicht. Er wollte leben, raus aus dieser Kirche, in den Armen einer Frau aufwachen …

Just in diesem Moment hörte er die Schritte in seinem Rücken. Das Ratschen des Schlittens, mit dem eine Pistole entsichert wird. Den ohrenbetäubenden Knall. Er spürte, wie die Kugel in seinen Rücken eindrang, in seinem Körper implodierte, Lunge und Herz zerfetzte, dann rutschte er mit einem herzzerreißenden Todesschrei an der Säule hinunter ins schwarze Nichts.

»Du meine Güte«, stieß der Regisseur hervor und die gesamte Filmcrew versammelte sich um Fred Fisters zusammengekrümmten Körper. Die Assistenten der Kameramänner klappten die Stative mit den großen Reflektoren zusammen, die den Innenraum der Sebalduskirche ausgeleuchtet hatten und knipsten die grellen Scheinwerfer aus. Frühmorgendliche Dämmerung senkte sich herab.

»Was zum Teufel ist denn in diesen Idioten gefahren? Er sollte sich doch lediglich vor dem Sakramentsschrank in die Kamera drehen und dieses verdammte Eau de Toilette hochhalten.«

»Eau de Toilette?«, fragte der Regieassistent verblüfft. »War das nicht das Casting für diese Snuff-Film-Geschichte? Du weißt schon, Schauspieler wird zu einem angeblichen Dreh in die Kirche gelockt, der sich als Snuff-Film herausstellt?«

»Gott, nein, dieser verdammte Streifen ist längst abgesetzt. Wir drehen einen Werbespot.«

Der Regieassistent verdrehte die Augen.

»'Tschuldigung. Falsches Drehbuch weitergegeben. Lebt er noch?«

»So gerade eben«, erwiderte der Kameramann, der neben Fred kniete und seinen Puls fühlte. »Wir sollten wohl besser die Rettung rufen. Ist schon erstaunlich, wie sehr sich diese Typen in ihre Rolle hineinsteigern können.«

Romeo
Lilo Beil

Sie nennen mich Romeo und das hat seinen Grund.
Sie.

Das sind Berthold und Heidi Bayerlein, meine neuen Besitzer.

Die beiden romantischen Seelen, die mitfühlenden Menschen, die mich, den verwahrlosten italienischen Kater, von der Straße aufgelesen und in ihr schnuckeliges Liebesnest im Nürnberger Burgenviertel mitgenommen haben.

Die Straße, *meine* Straße, war die Via Capella in Verona und hier verbrachten die Frischvermählten, Heidi und Berthold, ihre Flitterwochen, in einem mit Bedacht ausgesuchten Hotel gegenüber jenem Erker, der als *Julias Balkon* weltberühmt geworden ist.

Ich lache mir ins Pfötchen, wenn ich daran denke, dass die Touristen sich düpieren lassen. Sie meinen, Romeo habe unter dem Balkon seiner Julia schmachtende Worte nach oben geseufzt.

Wie einfältig Touristen doch sind.

Shakespeare hat das Liebespaar und die Geschichte um Liebe und Tod der beiden schlichtweg erfunden, der Balkon wurde für die Touristen nachträglich an das Haus in der Via Capella angebaut.

Das hat mein früheres Herrchen, Signore Emilio, einmal zu einem Bekannten gesagt.

Ach, Signore Emilio, der mich liebte und hegte und pflegte. Signore Emilio, Junggeselle und Musikliebhaber, vernarrt in die Madrigale des Claudio Monteverdi.

181

Signore Emilio, vielseitig begabt, auch ein begnadeter Handwerker vor dem Herrn. Er widersprach jedem Klischee vom versponnenen Künstler mit zwei linken Händen.

Ach, zu früh und zu plötzlich musste Signore Emilio von mir gehen.

Wie ich bereits andeutete, ich bin ein Vierbeiner, genau genommen ein Kater mit weichem Samtfell, rot-weiß meliert. Nach Signore Emilios Tod setzte mich sein herzloser Erbe, ein Neffe aus Sizilien, kurzerhand vor die Tür.

So musste ich erfahren, wie ein sesshaftes, wohlbehütetes Tier von einer Minute auf die andere obdachlos werden konnte.

Ich streifte durch die Straßen, ernährte mich von den Resten in den Mülltonnen, überlebte mehr schlecht als recht.

Während dieser Streunerei verliebte ich mich unsterblich in eine schneeweiße Katzendame, die sich stundenlang auf der Balustrade von *Julias Balkon* räkelte. Doch sie ignorierte mich und das war kein Wunder. Sie verschmähte auch meine innigen Liebeslieder, die ich unter ihrem Balkon anstimmte.

Wer hätte sich auch in diesen mageren, hässlichen, struppigen Kater verliebt?

Ich, Claudio, war nur noch ein Schatten meines einstigen Selbst.

Claudio, ja Claudio. Sie haben richtig gehört. Nicht Romeo.

Signore Emilio hatte mich nach seinem Lieblingskomponisten Monteverdi benannt.

Claudio Monteverdi.

Ich, der obdachlose Kater Claudio, schlich eines Abends um meine Lieblingsmülltonne herum. Sie stand im Hof des Hotels, in dem Heidi und Berthold Bayerlein ihren Honigmond verbrachten.

»Oh, die arme dünne Katze«, rief eine helle Frauenstimme.

»Das ist, wenn mich nicht alles täuscht, ein Kater. Aber egal. Wie verwahrlost das liebe Tierchen ist«, erwiderte eine Männerstimme.

»In unserer Wohnung daheim würde er sich bestimmt wohlfühlen, meinst du nicht?«, ließ sich die Frauenstimme vernehmen.

Die beiden mussten sehr verliebt sein, denn der Mann widersprach nicht, darauf bedacht, der Liebsten einen Herzenswunsch zu erfüllen.

Ich strich um die hübschen Beine der jungen Frau.

»Oh, sieh mal!«, rief sie entzückt.

Ich strich um die Hosenbeine des jungen Mannes: »Oh, sieh mal!«, rief auch er.

Wie aus einem Munde sagten beide: »Er mag uns.«

Sie lachten. Der junge Mann nahm mich hoch, versteckte mich unter seiner Jacke und schmuggelte mich am Hotelportier vorbei, einem boshaften Menschen, der mich schon einmal getreten hatte, als er mich im Hof entdeckte.

Im Hotelzimmer angekommen, kicherten und scherzten die beiden Verliebten, sie gaben mir Leckerbissen, die mich an die schöne Zeit mit Signore Emilio erinnerten und der junge Mann sagte: »Gut, dass wir morgen abreisen. Wir nehmen ihn mit.«

»Ihn?«, fragte die junge Frau. »Wie er wohl heißt, wenn er überhaupt je einen Namen gehabt hat.«

»Er soll Romeo heißen. Romeo aus der Via Capella.«

»Gibt es ein schöneres Souvenir?«, entgegnete die junge Frau begeistert.

»Ein Glücksbringer für unsere Zukunft. Romeo, der ewig Liebende.«

Und sie küssten sich.

Ich verkroch mich diskret in meine Kuschelecke, die man mir provisorisch in Ermangelung eines Körbchens mit dicken Kissen und Decken eingerichtet hatte.

Himmlisch.

Und wir fuhren am nächsten Tag nach Deutschland.

Mein neues Zuhause im Nürnberger Burgenviertel erfüllte mich zunächst mit großer Freude, denn an guter Verpflegung, an Zuneigung und Streicheleinheiten fehlte es mir nicht.

Doch nach einigen Tagen beschlich mich ein seltsames Gefühl. Das Essen schmeckte mir nicht mehr, zu nichts hatte ich Lust, lag träge und antriebslos in meinem Körbchen.

Das musste Heimweh sein.

Mir fehlte plötzlich die Via Capella mit *Julias Balkon* und der weißen Katzendame, die sich auf der Balustrade räkelte. Die Verführerische, wenn auch Grausame, welche die schmachtenden Madrigale des Katers Claudio verschmäht hatte.

»T'amo, mia vita.«

Heidi und Berthold, auf mein Wohl bedacht, hielten nichts davon, mich ausgehen zu lassen und so wurde ich zwar immer ansehnlicher, der verlauste Straßenstreuner entwickelte sich zu einem wahren Prachtexemplar von Stubenkater, doch der Preis für diese Metamorphose war meine Freiheit.

Ein hoher Preis.

Eines Nachmittags gelang es mir, die Stufen hinunterzuschleichen und das Haus zu verlassen. Ich erkundete das Burgenviertel, stand vor einer großen Kirche.

»Das ist Sankt Sebaldus«, sagte eine Stimme. »Komm, wir gehen rüber zum Sebalder Pfarrhof. Da zeige ich dir das Chörlein.«

Die Stimme gehörte einem großen, dicken Mann. Es handelte sich wohl um einen Touristen, denn er las seiner Begleiterin aus einem Reiseführer vor.

»Das Chörlein ist nämlich sehr sehenswert.«

»Was ist ein Chörlein, Liebling?«

»Eine Art Vorsprung an einem Gebäude. In Nürnberg gibt es viele davon. Sehr kunstvoll.«

Neugierig geworden, schlich ich hinter den beiden her, nach Katzenart, geschmeidig, schlau und unbemerkt.

Ich schaute nach oben zum Chörlein und mir blieb fast das Herz stehen.

Hier war er, *Julias Balkon* oder zumindest beinahe.

Julias Balkon, wiedergefunden in Nürnberg.

Dieses Chörlein war kein Balkon im eigentlichen Sinn, sondern ein geschlossener Erker, wundervoll verziert, aus einer vergangenen Epoche. Die Worte des Touristen rauschten an mir vorüber, denn ich erblickte *SIE*.

Dort oben auf dem Gesims eines der geöffneten Fenster lag eine Katzendame dahingestreckt, welche die Veroneserin an Schönheit noch weit übertraf.

Das schneeweiße Fell schimmerte seidig in der Abendsonne und ein kurzer Blick aus bernsteinfarbenen Augen zeigte mir, dass sie mich zumindest bemerkte.

Der Tourist klappte den Reiseführer zu, das Paar verschwand um die Ecke, doch ich blieb wie angewurzelt unter dem Erker sitzen, der als das *Chörlein vom Sebalder Pfarrhof* bezeichnet wurde.

Ich schaute verzückt nach oben, und ein zweiter kurzer Blick aus märchenhaften schrägen Augen sagte mir, dass ich dem Objekt meiner Begierde nicht gleichgültig war.

Aus dem Innern des Hauses rief eine freundliche junge Stimme: »Melinda, komm, komm ...«

Wohl ein Lockruf, der vermutlich gutes Futter verhieß.

Melinda, ein Name wie Musik.

Melinda erhob sich graziös von ihrem Plätzchen am Fenstersims und verschwand, nicht ohne sich vorher noch einmal nach mir umzusehen.

Jemand trat ans Fenster und verschloss es. Ein junges Mädchen, vielleicht die Tochter des Pfarrers. Im Reiseführer hieß es nämlich, dass der *Sebalder Pfarrhof* die Behausung des evangelischen Geistlichen und seiner Familie sei.

Ich, noch ganz benommen ob der himmlischen Erscheinung hoch oben im Erker, begab mich nach Hause und schlich, hungrig geworden, heimlich in die Wohnung von Heidi und Berthold zurück.

Die beiden hatten mich noch nicht vermisst. Ich machte die ganze Nacht kein Kateraruge zu, wohl aber reifte in mir ein Plan, wie ich das Herz der Geliebten würde erobern können.

Ich würde üben, üben, üben. Ich hatte ja alles vergessen.

Üben, üben.

Die herrlichen Lieder voller Sehnsucht und Leidenschaft, die ich bei Signore Emilio gelernt hatte.

T'amo, mia vita.

Tu dormi? Ah crudo core.

Ich würde zu Hause unter dem Balkon von Heidi
und Berthold üben, wenn beide ausgegangen waren
und ich unbemerkt entschlüpfen könnte.

Am nächsten Tag schon bot sich die Gelegenheit.

Ich schlich durchs Treppenhaus hinunter in den
kleinen Garten und stellte mich unter einen Balkon.
Für meine Gesangsübungen gerade der richtige
Platz.

Ich stimmte gerade mein *T'amo, mia vita* an, als sich
ein Schwall eiskalten, übel riechenden Wassers über
mein gepflegtes Katerfell ergoss.

Edgar Henglein, ging es mir durch den Kopf. Ich
hatte nicht mit diesem Nachbarn gerechnet, der von
allen Hausbewohnern gemieden wurde, der mit
fast allen in Streit lebte und der, wie man munkelte,
Stromfallen bastelte, um unliebsame Besucher, Menschen wie Tiere, abzuschrecken.

Es gab sogar Gerüchte um ein heimliches Waffen-
arsenal.

Ein Mann, von Paranoia geplagt.

An seiner Wohnungstür war ein Schild angebracht:
Vorsicht. Wachsamer Nachbar.

Edgar Hengleins Gesicht oben am Balkon verschwand, doch eine Stimme rief böse und drohend
zu mir hinunter: »Noch einmal so eine grausliche
Katzenmusik und du bist des Todes, du Vieh. Solche
wie dich hat man im Mittelalter hier in Nürnberg in
einen großen Sack gesteckt, zusammen mit Hexen,

Schlangen und Gockelhähnen und in der Pegnitz ersäuft. Und deine Besitzer zeige ich bei der Polizei an. So einen Krachmacher kann man doch nicht frei rumlaufen lassen!«

Katzenmusik. Krachmacher.

Tief gekränkt, vor allem aber voller Schreck, schlich ich durchs Hinterhaus, nass wie ich war und begab mich in die Wohnung zurück.

Ich trocknete mein Fell, bevor Heidi und Berthold zurückkamen und ich räsonierte die ganze Nacht durch.

Es musste etwas geschehen, bevor der Wahnsinnige von nebenan mich anschwärzen und dadurch alle meine Pläne durchkreuzen würde, mich der Liebsten vom *Chörlein vom Sebalder Pfarrhof*, der schönen Melinda, zu offenbaren. Ihr Katzenherz durch meine Madrigale im Sturm zu erobern.

In ihren Augen, so erinnerte ich mich, als ich so in meinem kuscheligen Körbchen lag, war zwar noch ein Anflug von Sprödigkeit gelegen, aber es musste so sein. Das verlangte die Katzenehre.

Oh crudo core.

Doch das stolze, grausame Herz, es würde sich den Gesängen des Katers Claudio alias Romeo öffnen.

Ich merkte, dass ich mich mit dem neuen Namen Romeo allmählich versöhnte. Ich begann, mich mit ihm zu identifizieren.

Melinda, meine Julia. Ich, Claudio, dein Romeo.

Ein gutes Zeichen. Ich löste mich allmählich von meiner veronesischen Vergangenheit, akzeptierte meine nürnbergerische Gegenwart.

Heimweh war ein Wort von gestern.

Und ich besann mich noch einmal auf das, was ich bei Signore Emilio gelernt hatte – außer der Gesangskunst.

Ich brauchte nur wenige Tage, bis die Tat ausgeführt war.

In den Nürnberger Nachrichten konnte man wenig später lesen, dass ein 78-jähriger Rentner, allein lebend, von einem starken Stromschlag getötet worden war.

Man habe in seiner Wohnung ein ganzes Waffenlager entdeckt.

Die Nachbarn schilderten den Mann als Querulanten und Sicherheitsfanatiker, der aus nichtigen Gründen prozessierte. Er fühlte sich stets bedroht und konstruierte Stromfallen für eventuelle Eindringlinge.

Eine solche Stromfalle war ihm zum Verhängnis geworden.

Er hatte sich selbst darin verfangen, sich höchstwahrscheinlich in der Voltstärke getäuscht.

Ein Unfall.

Heidi las die Zeilen ihrem Berthold ungläubig vor.

Ich lag derweil in meinem kuscheligen Korb in der Ecke und lachte mir ins Pfötchen.

Ach, lieber Signore Emilio, wie gut, dass ich schlauer Kater damals die Lauscher gestellt hatte, als Sie Ihrem Nachbarn Guiseppe praktische Tipps in Elektrotechnik gaben.

Signore Emilio, der geniale Handwerker, Signore Emilio, der begnadete Musiker.

Ich werde Ihnen, Signore Emilio, auch heute Abend keine Schande machen, wenn ich später aus der Wohnung schleiche, hinunter zum *Chörlein am Sebalder Pfarrhof.*

Zu Melinda, meiner Schönen mit dem schneewei-
ßen Fell und den bernsteinfarbenen Augen.

Und ich werde gar lieblich singen.

T'amo, mia vita.

Spielzeugmuseum

Das Puppenhaus
Lilo Beil

Ruth Larson zögerte ein wenig, bevor sie ins Spielzeugmuseum eintrat, dieses imposante, patrizierhafte Gebäude in der Karlsstraße.

Sie, die Sammlerin von altem Spielzeug, insbesondere von Puppen, war sich nicht ganz sicher, ob es eine gute Idee war, hier in Nürnberg ein Gebäude aufzusuchen, das sie an ihre frühe Kindheit in dieser Stadt erinnern würde.

Aber dann war ihre Sammelleidenschaft an sich schon eine bedenkliche Angelegenheit, räsonierte sie, als sie an der Kasse ihre Eintrittskarte bezahlte.

Spielzeug generell erinnert an Kindheit, warum also sollte sie sich diesem speziellen Ort verschließen?

Zumal für Liebhaber alter Dinge und besonders alten Kinderspielzeugs, das Nürnberger Museum ein wahres Eldorado bedeutet, wie es immer heißt.

Ruth Larson befand sich auf der Durchreise.

Sie hatte in Mailand und Florenz Station gemacht und war dann auf dem Rückweg einige Tage in München gewesen. Ganz spontan entschloss sie sich, vor ihrem Rückflug in die USA ihrer Heimatstadt Nürnberg einen Besuch abzustatten.

So vieles hatte sich verändert seit damals, als sie mit ihrer Familie diese Stadt verließ, bei Nacht und Nebel, gerade noch rechtzeitig, mit Hilfe eines einflussreichen Freundes ihres Vaters.

Die Flucht nach Amerika. Das schöne Haus in Austin, Minnesota. Das Studium in Harvard und die

Ehe mit Ray Larson. Der plötzliche Tod ihres Mannes vor drei Jahren. Wieder allein nach all den vielen glücklichen Ehejahren.

Dies wäre ihre letzte große Reise, denn sie war müde und nicht mehr allzu belastbar. Diese Tour hatte ihr deutlich ihre Grenzen gezeigt. Einige schöne alte Puppen konnte sie bis jetzt erwerben, zwei in Mailand und eine in München. Diese befanden sich bereits auf dem Weg nach Austin, wohl verpackt von den jeweiligen Antiquitätenhändlern.

Und nun freute sich Ruth auf den Besuch des Spielzeugmuseums mit all seinen Schätzen, die letzte Besichtigung vor ihrer morgigen Abreise.

Ob sie nach dem Museumsbesuch zu ihrem früheren Elternhaus nach Erlenstegen fahren sollte? Vielleicht.

Sie scheute die schmerzhafte Konfrontation mit ihrer Vergangenheit, ihrer geborgenen Kindheit in der elterlichen Villa. Fröhlich und unbeschwert, bis ...

Doch nicht daran denken heute. Es war alles schon so lange her.

Ruth Larson hielt sich lange vor den Vitrinen auf, die auf liebevolle Weise die Welt vergangener Epochen präsentierten. Fachmännisch studierte sie vor allem die Porzellanpuppen und prüfte ihre Kenntnisse, indem sie, bevor sie auf die Beschilderung schaute, diese nach Epoche und Hersteller taxierte.

War dieses Püppchen mit modisch modellierter Frisur und einem weißen Piquékleid mit kleiner Schleppe aus der Biedermeierzeit? Und jene dort mit den großen braunen Augen, der Echthaarperücke mit Simpelfransen und Zopf im Pepitakleid eine Armand Marseille Puppe aus der Zeit um 1900?

Und dieses Schlenkerchen, von Käthe Kruse, musste das nicht aus den 20er-Jahren stammen?

Mein Schlenkerchen trug damals fast die gleiche Kleidung: Hemdhöschen, Hängerkleid und Häubchen, dachte Ruth Larson.

So prüfte sie Stück für Stück ihr Fachwissen und lag selten daneben. Die Puppenstuben, Puppenküchen, Kaufläden, Marktstände, Puppenschulen, fast alle aus dem Biedermeier oder der wilhelminischen Zeit, beanspruchten Ruths ganze Konzentration, denn sie versuchte soviel wie möglich aufzunehmen von all den schönen Gegenständen. Nie wieder würde sie eine solch vollendete Sammlung aus vergangenen Kinderwelten zu Gesicht bekommen.

Vor einem besonders hübschen mehrstöckigen Puppenhaus unterhielten sich zwei Besucherinnen. Ruth schätzte beide um die sechzig. Eine stand hinter einem Rollstuhl, in dem ein sehr alter Mann saß, offensichtlich dement, denn er starrte aus leeren Augen vor sich hin. Seine Betreuerin wischte ihm ab und zu das Kinn ab.

»Er freut sich, wenn er mal rauskommt. Bestimmt. Auch, wenn man ihm keine Regung anmerkt.«

»Ja, wie bei meiner Mutter«, bestätigte die andere Frau.

»Der Onkel ist schwierig«, hub die Betreuerin des Dementen an. »Manchmal ist er aggressiv, dann wieder zahm wie ein Täubchen. Apathisch. Ich hab ihm heute vorsichtshalber mal was zur Beruhigung gegeben, sonst wäre er nicht ...«

Sie suchte nach dem passenden Wort.

» ... nicht gesellschaftsfähig«, ergänzte die andere Frau.

Ruth konzentrierte sich auf das Puppenhaus, die Nachbildung eines großbürgerlichen Anwesens aus der Kaiserzeit. Es war mit prachtvollem Mobiliar ausgestattet. Zahlreiche kleine Puppen bevölkerten die diversen Stockwerke mit ihren vielen Zimmern. Hausherr und -herrin, mehrere Kinder wie die Orgelpfeifen, viele Bedienstete und sogenannte *Besuchspüppchen*, vornehme Damen und Militärs, verliehen dem Haus Leben und kulturgeschichtliche Authentizität.

Schon seit einiger Zeit war Ruth beklommen zumute. Sie konnte sich aber dieses Gefühl nicht erklären. Nun, ganz plötzlich, wurde ihr bewusst, woher es kam.

Es ging weder von den Püppchen noch von dem Mobiliar aus. Es war die Konstruktion des Puppenhauses, das sie an ihr Elternhaus in Erlenstegen erinnerte. Die Anordnung der Zimmer glich der Villa ihrer Kindheit. Vor allem aber die Treppe mit dem roten Läufer, die zur sogenannten *Galerie* nach oben führte.

Ruth Larson musste sich auf eine Bank setzen. Sie war auf einmal sehr erschöpft.

Die Galerie, ihr Lieblingsspielplatz, ihr bevorzugtes Kinderzimmer.

Onkel Friedhelm, der oft in seinem Rollstuhl da oben saß und mit ihr stundenlang Halma spielte oder Mensch-ärgere-dich-nicht.

Er war, wie die Eltern sagten, im Ersten Weltkrieg verwundet worden und hatte alles wie durch ein Wunder überlebt, allerdings danach an den Rollstuhl gefesselt.

Der Hölle von Verdun entkommen, nannten es die Eltern. Die kleine Ruth stellte sich damals immer vor,

Onkel Friedhelm sei, von einem bösen roten Teufel verfolgt, in ein Flammenmeer gefallen, jedoch durch die Intervention eines Engelchens gerettet worden. Auch an jenem Tag, einem Samstag, saßen Onkel Friedhelm und Ruth oben in der Galerie und spielten Halma.

Ruth hielt gerade ein grasgrünes Männchen in der Hand, als es unten im Treppenhaus fürchterlich polterte und schrie: »So, und nun wird aufgeräumt mit dem Judenpack.«

Schwere Stiefel kamen die Treppe hochgetrampelt. Männerlachen, böse.

Frauenstimmen, die von Ruths Mutter und Großmutter, von Tante Ilse und den Dienstmädchen.

Dann eine dunkle Donnerstimme, die ihres Vaters: »Was hat dies zu bedeuten?«

Ihr Vater, der Hausherr, Besitzer eines angesehenen Hutgeschäfts in der Kaiserstraße, war gerade von einer Geschäftsreise nach Hause gekommen, verlangte Erklärung.

»Das ist erst der Anfang«, sagte der Anführer der Eindringlinge.

»Verlassen Sie augenblicklich mein Haus, Sie Unmensch. Sie und Ihre Kumpane. Sie ...

Ruths Vater hielt inne.

»Na, Sie sind doch Kurt Pollmann? Was erlauben Sie sich, nach allem, was ich für Sie getan habe? Anzeigen hätte ich Sie können, als ich Sie beim Griff in die Ladenkasse erwischt habe. Nichts dergleichen habe ich getan, aus Rücksicht auf Ihre Eltern. Entlassen, ja, aber nicht angezeigt habe ich Sie. Ein Fehler?«

»Soll ich dir dafür danken, Jud? Nichts hast du mir mehr vorzuwerfen. Du nicht und nicht deine Mischpoke.«

Das junge freche Gesicht von Kurt Pollmann näherte sich bedrohlich dem des Hausherrn, die scharlachrote Narbe auf seiner Stirn schwoll an.

Die kleine Ruth zitterte am ganzen Körper, das grüne Halma-Männchen fiel ihr aus der Hand, landete unter dem Tisch.

»Bleib ruhig, Kind«, versuchte Onkel Friedhelm die kleine Nichte zu beruhigen.

»Ach, wen haben wir denn da? Einen Krüppel? Jude und noch Ballastexistenz dazu? Ja, das können wir im Großdeutschen Reich doch überhaupt nicht gebrauchen, so was Nutzloses«, zischelte Kurt Pollmann.

Er trat an die beiden heran und mit einer blitzschnellen Bewegung wischte er das Brettspiel vom Tisch.

Die bunten Männchen kullerten zum Teil die Treppe hinunter. Ruth war wie erstarrt, sie konnte noch nicht einmal weinen.

»Es hat sich ausgespielt«, höhnte Kurt Pollmann.

Er umfasste den Rollstuhl und versetzte ihm einen kräftigen Stoß. Der raste die steile Treppe hinab.

Raste? Die kleine Ruth meinte, alles geschehe im Zeitlupentempo, so, als könne man den Rollstuhl aufhalten, den Onkel retten.

Ein dumpfer Aufprall. Schreie von Frauen. Unten auf den Steinfliesen ein umgekippter Rollstuhl. Die Schreie verstummten. Totenstille im Haus. Sogar der Mörder, vielleicht erschrocken über diese Tat, schwieg.

Dies war erst der Anfang. Man würde aufräumen. Morgen. Übermorgen. Und so weiter. Bis Ordnung herrschte im Großdeutschen Reich.

Pollmann und seine Spießgesellen zogen ab. Die schwere Eingangstür fiel krachend ins Schloss.

Die Ereignisse, so erinnerte sich Ruth, überstürzten sich in den folgenden Tagen.

Die hastige Beerdigung von Onkel Friedhelm.

Die Abreise. Die Flucht in die USA, gerade noch rechtzeitig.

Ein Nürnberger Geschäftsfreund des Vaters war behilflich gewesen bei der Beschaffung von Ausreisevisa für die ganze Familie. Einer, der Kopf und Kragen riskierte, um den jüdischen Freund und seine Familie zu retten.

Ein Lallen und Röcheln riss Ruth auf der Sitzbank aus ihren Gedanken.

»Ach, es war ein Fehler, ihn mitgenommen zu haben«, sagte die Betreuerin.

»Aber man ist halt gutmütig. Was hast du, Onkel Kurt?«

Der Mann im Rollstuhl fuchtelte wild mit den Armen, schlug auf seine Betreuerin ein. Er brabbelte unverständliche Laute, die wie Flüche klangen.

»Wir schauen uns nur noch schnell da vorne etwas an, dann gehen wir nach Hause«, sagten die Frauen und entfernten sich.

Wie in Trance erhob sich Ruth von ihrer Bank. Sie verließ den Raum, ging zur Treppe. Da stand der Rollstuhl mit dem Dementen nicht weit von ihr entfernt.

Die rote Narbe auf Kurt Pollmanns Stirn war blasser geworden in all den vielen Jahren. Die Narbe, die der neunjährigen Ruth damals so hässlich vorgekommen war. Die wasserblauen Augen, aus denen damals der Hass gefunkelt hatte, blickten nun ohne Verstand stumpf vor sich hin.

»Kurt Pollmann«, flüsterte Ruth Larson ins Ohr des Mannes: »Weißt du noch, damals, wie du jenem Rollstuhl einen Schubs gegeben hast? Der Mann, der drin saß, hat sich das Genick gebrochen. Er war mein Onkel und du warst sein Mörder.«

Das Wort *Mörder* stieß sie zischend hervor, mit der ganzen Wucht der angestauten Erinnerungen an das schreckliche Geschehen aus ihrer Kindheit.

Für den Bruchteil einer Sekunde zeigte sich etwas wie Erkennen. Angst, blanke Angst stand in diesen engen, wässrigen Augen, die sich etwas weiteten.

Ja, dachte Ruth Larson.

Es wäre eine Möglichkeit. Niemand befand sich in der Nähe. Ein Unfall. Die Betreuerin, die den Rollstuhl nicht ausreichend abgesichert hatte.

Die Versuchung war groß.

Eine blitzschnelle Bewegung wie damals das Wegwischen des Brettspiels, das Anstoßen des Rollstuhls von Onkel Friedhelm. Auge um Auge. Zahn um Zahn.

Nein. Nicht so.

»Mörder«, hörte sich Ruth Larson sagen. »Gemeiner Mörder. Dein Verbrechen wird nie verjähren.«

Ein Röcheln, ein Lallen.

Wie er um sein armseliges Leben bangt, ging es durch Ruth Larsons Kopf. Nein, den Gefallen tue ich ihm nicht.

Leben soll er, abbüßen soll er seine Mordtat.

Der Demente im Rollstuhl stieß heisere Hilferufe aus.

Die Betreuerin kam herbeigerannt, in Panik.

»Sie haben den Rollstuhl sehr nahe an der Treppe abgestellt. Ich habe gewartet, bis Sie zurückkommen.

Ein Unglück hätte passieren können«, sagte Ruth Larson ruhig.

»Danke«, sagte die Betreuerin. »Vielen Dank.«

Ruth Larson ging zu ihrem *Hotel am Schönen Brunnen* zurück und beschloss dabei, auf den Besuch ihres Elternhauses in Erlenstegen zu verzichten.

Rosige Zukunft
Kerstin Lange

Zum ersten Mal seit zwei Jahrzehnten war ich wieder in Nürnberg. Hier hatte sich in all den Jahren nichts verändert.

Zwanzig Jahre lang malte ich mir aus, wie es wohl sein würde, ihn zu treffen. Ihm von Angesicht zu Angesicht gegenüberzustehen. Mit ihm zu reden. Jetzt war es zu spät. Vater lebte nicht mehr. Jedoch fühlte ich wenig Trauer. Ich hätte gerne einen Vater gehabt, der für mich da gewesen wäre, den ich hätte um Rat fragen können. Aber den gab es nie. Stattdessen einen, für den nur Geld, Macht, Disziplin und das Ansehen der Mitmenschen wichtig waren. Obwohl er sich in manchen Zeiten ganz anders gab. Als meine Eltern nach jahrelangem vergeblichen Kinderwunsch Gernot adoptierten und sich kurz darauf Zwillinge ankündigten, musste Vater außer sich vor Freude gewesen sein. Zumindest erzählte man sich das in der Verwandtschaft. Doch die Schwangerschaft mit mir und meiner Zwillingsschwester Ramona war für meine Mutter beschwerlich, die Geburt tödlich.

Ich atmete tief ein. Gernot räusperte sich gerade, wischte eine nicht vorhandene Träne aus dem Auge, nahm die Hand seiner Ehefrau Simone und drückte sie fest. Natürlich nicht, ohne vorher festzustellen, ob auch alle seine Trauergesten bemerkten. Was für ein Heuchler, dachte ich.

Seine Frau sah aus, als habe sie sich für eine Gala zurechtgemacht. Natürlich durfte der obligatorische

Nerzmantel nicht fehlen. Ein Hütchen mit Schleier, sowie hochhackige Pumps vervollständigten ihr Outfit.

Für einen kurzen Moment spürte ich Gernots Blick auf mir ruhen, bevor er rasch wieder nach vorne schaute und den Trauerreden lauschte. Ich bezweifelte, dass er auch nur ein Wort aufnahm. Wahrscheinlich überlegte er bereits, was er mit seinem Erbe anfing.

Meine Gedanken wanderten zu Ramona. Zwillinge stehen sich nah, sagt man. Warum sie plötzlich starb und ich weiterlebte, weiß ich nicht. Doch sie kränkelte von Geburt an. Hinter vorgehaltener Hand hatte ich gehört, dass bei Ramonas Tod nicht alles mit rechten Dingen zugegangen war. Stimmte das, dann trug hundertprozentig Gernot Schuld daran. Beweisen konnte ich es natürlich nicht.

Ich betrachtete weiter die Trauernden. Selbst meine Großmutter Sophia hatte es sich nicht nehmen lassen zu kommen, obwohl ihre schwere Krankheit sie zeichnete. Auf einen Stock gestützt, mit rundem Rücken, aber immer noch eisblauen Augen, erwiderte sie meine Blicke. Der Anflug eines Lächelns erschien um ihren Mund. Mir wurde warm ums Herz. Wieder wurde mir bewusst, wie sehr ich sie mochte und wie ähnlich wir uns sahen.

Der Redner kam zum Ende. Er sprach voller Sympathie für den Toten, sodass ich mir sicher war, dass er meinen Vater nicht persönlich kannte. Oder aber er war froh, dass er endlich nicht mehr lebte. Wer wusste das schon? Pflichtschuldig warf ich ein Häufchen Erde auf den Sarg, spürte in mich hinein. Kein Bedauern. Nichts. Tschüss, Walter Obermeier. Für mich bist du schon vor langer Zeit gestorben.

Vor der Trauerhalle blieb ich stehen, schaute auf die prächtige Kuppel, ließ die Menschen an mir vorbeiziehen und wartete auf Großmutter. Sie war die Einzige aus der Familie, mit der ich noch Kontakt pflegte. Sie war es auch, die mich über die Beerdigung informierte.

»Da bist du ja, mein Kind«, flüsterte sie mir zu und wehrte gleichzeitig Gernots Arm ab, der sie stützen wollte.

»Das kann ich alleine«, zischte sie und wandte sich mir zu. Wir verstummten, obwohl tausend Fragen auf meiner Zunge brannten. Doch es war der falsche Zeitpunkt. Ich musste mich gedulden.

Wir fuhren alle zum Leichenschmaus in Großmutters Haus in der Weißgerbergasse. An diesen Ort habe ich nur gute Erinnerungen. Oft verbrachte ich meine Ferien hier. Die Weißgerbergasse ist für mich eine der schönsten Straßen Nürnbergs. Ich betrachte gerne die liebevoll restaurierten Fachwerkhäuser, deren Fassaden und Holzbalken in unterschiedlichen Farben gestaltet wurden. Der Straßenbelag ist Kopfsteinpflaster, wie in Zeiten des Mittelalters. Alles wirkt gepflegt und sauber. Kneipen und Restaurants bringen abends Leben in die Gasse. Doch auch kleine Geschäfte, die sich wohltuend von den üblichen Kaufhausketten abgrenzen, mit denen die Fußgängerzonen deutscher Städte überzogen sind, haben sich hier angesiedelt.

Die Wurzeln unserer Familie reichen bis ins Mittelalter zurück, können bis dorthin verfolgt werden. In dieser Gasse hat das Imperium der Familie begonnen. Als Gerber verdienten sich unsere Vorfahren ein kleines Vermögen, später entwickelte sich eine erfolgreiche Kürschnerei daraus. In der Blütezeit wurde ein großes Familienanwesen in Erlenstegen erbaut, nur das älteste Familienmitglied blieb stets in der Gasse wohnen. Bis heute auch meine Großmutter. Eine Matriarchin wie aus dem Bilderbuch.

Zum Leichenschmaus waren nur die engsten Familienangehörigen und der Grabredner geladen. Omas Haushälterin hatte alles vorbereitet: Streuselkuchen, aber auch Nürnberger Würstchen, bayrischen Kartoffelsalat und Laugenbrot. Kaffeeduft zog durch das schmale Haus und ich fühlte mich wohl. Ich stellte wieder einmal fest, wie schön es hier war. Vielleicht konnte ich zurück, jetzt wo mein Vater nicht mehr lebte? Doch als ich Gernots Gesichtsausdruck sah, gefror mein Lächeln. So lange er existierte, gab es für mich keinen Platz im Haus. So sahen Mörder aus, da war ich mir ganz sicher. Ich dachte an Ramona, wie anders mein Leben verlaufen wäre, wenn wir Seite an Seite aufgewachsen wären. Ich stand auf, brauchte frische Luft und erinnerte mich an meinen Lieblingsplatz. Im Hinterhof, unter dem Lindenbaum gab es eine Bank, auf der ich als Kind gerne gesessen hatte. Dort konnte ich träumen und meinen Gedanken nachhängen.

Ich schreckte hoch, als mich plötzlich Gernots hasserfüllte Stimme beschimpfte.

»Du kriegst nichts. Das brauchst du gar nicht zu denken. Ich bin an seiner Seite in all den Jahren gewesen.«

Ich blinzelte gegen die Sonne, blieb aber stumm. Hatte er wirklich Angst, ich würde ihm etwas wegnehmen? Als hätte ich es auf Vaters Erbe abgesehen? Statt zu antworten, schüttelte ich nur den Kopf und ging zurück ins Haus. Was für ein Idiot! Kaum nahm ich mir eine Laugenbrezel, erhob sich Oma aus ihrem Stuhl und klopfte mit einer Kuchengabel an ihr Glas. Augenblicklich verstummten alle Gespräche.

»Ihr Lieben, ich ziehe mich zurück. Ihr könnt gerne noch hier bleiben, bis ihr ausgetrunken habt. Rebecca, begleite mich bitte.«

Sophia schlug man keine Bitte ab. Ich ging zu ihr, bot meinen Arm zur Stütze an und begleitete sie in das Schlafzimmer.

»Rebecca«, begann sie das Gespräch, »du und ich, wir sind aus einem Holz geschnitzt. Durchhaltevermögen, Durchsetzungskraft, flink im Denken. Das gefällt mir. Ich mag keine Waschlappen.«

Ich blieb stumm, nickte nur.

Eindringlich schaute sie mich an. Als warte sie auf etwas. Ich stellte die Frage, die mir seit meiner Ankunft auf der Zunge brannte.

»Wie ist er gestorben? Hatte Gernot die Finger im Spiel?«

»Du meinst den Tod deines Vaters? Wie kommst du denn auf Gernot? Der Arzt hat Herzversagen festgestellt.«

Sie setzte sich aufrecht hin und blickte mir aufmerksam ins Gesicht. »Natürlich würde eine Exhumierung etwas anderes zutage fördern.«

Ich starrte sie an, glaubte mich verhört zu haben.

»Wie meinst du das?«, fragte ich.

»Kindchen, dir brauch ich nichts vorzumachen. Gernot ist so ein Weichei. Er könnte niemals die Familiengeschäfte führen. Es wäre fatal gewesen, Gernot die Leitung der Firma zu übertragen. Ich musste deinen Vater überleben, damit er nicht alles durchbringt und am Ende den kläglichen Rest des Familienunternehmens an Gernot weitervererben könnte.«

Sie hustete heftig, legte sich eine Decke über ihre Beine. Ich verstand nicht, was sie mir sagen wollte. Zog meine Stirn in Falten und sah sie fragend an.

»Rebecca, als mein Mann starb, habe ich alles geerbt, nicht dein Vater. Walter hat sich in der Rolle des Familienoberhauptes gefallen und ich habe meinen Sohn gewähren lassen. Doch jeden Abend musste er mir Rechenschaft ablegen. Er hatte nichts zu sagen, alle Entscheidungen traf ich. Als er mir allerdings von seinem Testament erzählte und alles ...«, sie betonte das letzte Wort, in dem sie es in die Länge zog, »Gernot vermachen wollte, musste ich handeln. Wo sollte das denn sonst hinführen?«

Sie unterbrach ihren Redefluss durch einen keuchenden Hustenanfall.

»Die Ärzte geben mir nicht mehr lange, der Krebs ist zu weit fortgeschritten. Du bist meine Alleinerbin. Dass du in meinem Sinn handelst, weiß ich. Nach Ramonas Tod war mir das bereits klar.«

Sophias eindringlicher Blick weckte Erinnerungen in mir. Tief aus meinem Gedächtnis entstanden Szenen. Traumsequenzen. Immer das gleiche Bild: Ich stehe mit einem Kissen in der Hand neben dem Kinderbettchen und blicke auf Ramona. Auf ihren leblosen Körper. Kein Gernot war in der Nähe. Nur ich.

»Du wusstest schon immer, dass Schwäche ausgemerzt werden muss. Bist halt mein Fleisch und Blut. Ich weiß, du führst die Geschäfte weiter, wie ich es tun würde.«

Ich schaute sie nachdenklich an, alles ergab auf einmal einen Sinn. Konnte das wirklich sein? Die Bilder verschwanden nicht, ganz im Gegenteil: Ich erinnerte mich an alles. Tief Verschüttetes kam zu Tage.

Großmutters Blick haftete noch immer auf mir. Ich sah ihr in die Augen. Auf einmal schob sich Gernots Antlitz dazwischen. Er sah krank aus. Herzkrank, wie ich fand.

In einer stillen Stunde würde meine Großmutter mir das Geheimnis von Vaters Herzinfarkt verraten. Was für ihn gut war, war für Gernot nur billig.

Ich sah mich bereits hier wohnen, in dem schmalen Haus in der Weißgerbergasse. Rosig lag die Zukunft vor mir.

Ein Flirt zu viel
Bettina von Cossel

»Wollen wir noch auf ein Bier gehen?«, fragte Hauptkommissar Strunzinger seinen Kollegen Baier. »Im *Gasthaus zum Kettensteg* sitzt man so gemütlich. Nehmen Sie doch Ihre Frau mit.«

»Gerne«, antwortete Baier, »aber sie geht heute Abend in dieses neue Fitnesscenter um die Ecke vom Maxplatz.«

Strunzinger lachte. »Das Fitnesscenter kenne ich. Meine Frau rennt da auch immer hin.« Er holte seine Jacke vom Haken. »Also bis nachher ...«

Eine geschlagene Stunde zu spät trudelte Baier schließlich im *Wirtshaus am Kettensteg* ein. Höflich hielt er einem weiteren Gast die Tür auf, der in Richtung Tresen schlenderte.

Strunzinger war bereits beim dritten Bier angelangt.

»Tut mir leid«, meinte Baier, »aber irgendwie bin ich nicht in die Gänge gekommen.« Fröstelnd rieb er die Hände zusammen. »Ganz schön kalt heute. Jede Wette, dass es bald Schnee gibt.«

Eine attraktive Rothaarige trat zu ihnen an den Tisch. »Was darf ich Ihnen bringen?«

»Ein Rotbier, bitte«, sagte Baier. »Und die Speisekarte.«

Kurz nach neun Uhr gingen sie in bester Stimmung über den Steg auf die andere Seite der Pegnitz.

»Der Kettensteg ist die älteste freischwebende Hängebrücke Deutschlands«, dozierte Strunzinger.

»Nach Abbruch des Trocken- und Trudenstegs aus dem 15. und 16. Jahrhundert wurde er 1824 vom Mechaniker und späteren Professor Johann Georg Kuppler erbaut.«

Baier nickte. »Früher war er nur an sechs Pylonen und massiven Widerlagern an beiden Uferseiten aufgehängt, aber seit 1930 dienen seitliche Eisenträger und Holzträger als Stützen.«

Auf Höhe der kleinen Insel inmitten der Pegnitz hielt Strunzinger überrascht inne. »Sehen Sie mal: Ich glaube, da unten liegt jemand.«

»Bestimmt ein Penner«, antwortete Baier und beugte sich über das Brückengeländer. »Stockbesoffen, nehme ich an.«

»Wir müssen uns um ihn kümmern«, entschied sein Kollege. »Bei der Kälte erfriert der doch. Rufen Sie den Notdienst.«

»Oh Gott, das ist doch der Jo Brünnle«, sagte Strunzinger, als der Lichtstrahl seiner Taschenlampe das Gesicht des Toten erhellte. »Sieht so aus, als sei er erdrosselt worden.«

Baier fuhr zu ihm herum. »Sie kennen den Mann?«

»Er ist Trainer beim Fitness. Da, wo meine Frau immer hingeht.« Mit dem Arm zeigte er in Richtung Maxplatz. »Brünnle war verheiratet. Ich werde seiner Witwe die Todesnachricht überbringen und den Rest der Spurensicherung überlassen. Morgen früh nehmen wir die Ermittlungen auf.«

Yvonne Brünnle konnte sich kaum beruhigen, nachdem Strunzinger ihr die schreckliche Neuigkeit mitgeteilt hatte.

»Ausgerechnet an unserem Hochzeitstag«, jammerte sie, nachdem sie einigermaßen die Fassung wiedererlangt hatte. »Ich hatte so ein schönes Essen gekocht: Blaue Zipfel, und anschließend selbst gemachtes Lebkucheneis aus Elisen-Lebkuchen. Das aß er so gern.« Unglücklich schniefte sie in ihr Taschentuch.

»Sie haben also mit dem Essen auf Ihren Mann gewartet?«

»Natürlich«, erklärte sie mit vorwurfsvoller Miene. »Wie gesagt, wir hatten Hochzeitstag. Josef mag nicht besonders treu gewesen sein, aber unseren Hochzeitstag hat er geehrt.« Sie schniefte. »Der zehnte.«

»Wann hatten Sie ihn denn erwartet?«

»Um sieben«, antwortete sie, »aber er rief mich an, um zu sagen, dass es wohl später würde.«

»Dann haben Sie nichts mehr von ihm gehört?«

»Doch. Zehn Minuten vor acht rief er wieder an, dass er gleich zu Hause sei. Er sagte: ›Nur noch über den Steg ...‹« Wieder brach sie in Tränen aus. »Oh Gott, wenn er geahnt hätte, dass dort sein Mörder auf ihn wartet.«

Strunzinger reichte Yvonne Brünnle ein Taschentuch.

»Gleich nach dem Anruf ging ich zum Fenster, um nach ihm Ausschau zu halten«, schniefte sie. »Von hier aus kann ich den Aufgang zum Kettensteg genau beobachten – aber Josef kam nicht. Überhaupt war dort niemand zu sehen, geschlagene zwanzig Minuten lang nicht.« Unglücklich rieb sie sich die Augen. »So lange habe ich geguckt, bevor ich es schließlich aufgegeben habe.«

»Sie sagten, Ihr Mann sei nicht treu gewesen«, fühlte der Kommissar vorsichtig nach. »Hatte er eine Geliebte?«

209

Yvonne verzog den Mund. »Eine? Ich konnte seine Liebschaften kaum zählen. Aber so ein fescher Trainer ist eben attraktiv.« Sie zündete sich eine Zigarette an. »Ich wusste bereits vor unserer Hochzeit, dass Josef nicht nein sagen konnte – und habe es in Kauf genommen, weil ich vernarrt in ihn war. Manchmal waren seine Liebschaften ganz schön anstrengend.«

»Inwiefern?«

Sie zuckte die Achseln. »Eine Geliebte hat ihn monatelang verfolgt und übelst bedroht. ›Stalking‹ nennt man das, glaube ich. Zum Schluss wurde per Gericht ein Kontaktverbot verfügt.«

Interessiert zückte Strunzinger seinen Notizblock. »Wie heißt sie?«

»Ihr Name ist Mona Gruber.«

Als Strunzinger die Treppen hinunterging, öffnete sich die Wohnungstür des Hausmeisters.

»Ist da was passiert bei den Brünnles?«, fragte der Mann neugierig.

»Warum wollen Sie das wissen?«

»Wenn so spät am Abend die Polizei da ist ... «

»Herr Brünnle wurde tot aufgefunden«, sagte Strunzinger knapp. »Morgen früh können Sie die Details in der Zeitung lesen.«

»Ich hatte mich schon gewundert, dass er nicht nach Hause kommt – wo die doch heute Hochzeitstag haben.«

Erstaunt sah Strunzinger ihn an. »Wissen Sie immer so genau Bescheid, wann die Hausbewohner kommen und gehen?«

Der Mann nickte. »Ich hab' Ohren wie ein Luchs und schau dann immer gleich durch den Spion.«

»Ist Frau Brünnle heute Abend aus dem Haus gegangen?«

»Nein«, sagte der Hausmeister. »Die war die ganze
Zeit daheim.«

Mit dunklen Ringen unter den Augen tauchte
Strunzinger am kommenden Morgen im Büro der
Mordkommission auf.

»Ihre Nacht war wohl doch kürzer als gedacht«,
bemerkte Baier, der bereits in die Akten vertieft war.
»Die Untersuchung hat ergeben, dass Brünnle mit
seinem eigenen Wollschal erdrosselt wurde und zwar
kurz vor acht gestern Abend.«

»Um zehn vor acht hat Brünnle noch mit seiner
Frau telefoniert. Wenige Minuten später muss er seinen Mörder getroffen haben.«

»Sagte Frau Brünnle sonst noch etwas Interessantes?«, erkundigte sich Baier.

Strunzinger nickte. »Brünnle hatte viele Geliebte und eine von ihnen hat ihn gestalkt, eine Mona
Gruber.«

Baier zog die Augenbrauen zusammen. »Seine
Frau wusste von den Liebschaften?«

»Sie nahm sie in Kauf«, antwortete Strunzinger. »An-
scheinend war sie lieber mit ihrem untreuen Ehemann
zusammen als ganz auf ihn verzichten zu müssen.«

»Auch eine Lebenseinstellung«, murmelte Baier
und stand auf. »Dann finden wir am besten mal heraus, wo wir diese Mona Gruber auftreiben können.«

Die beiden Kommissare blickten vom Kettensteg
auf die kleine Insel hinab.

»Meinen Sie, der Mörder könnte sich auf der Insel versteckt und von dort aus ans Ufer gekommen

sein?«, fragte Baier. Strunzinger schüttelte den Kopf. »Die Spurensuche war gründlich. Der Tote wurde vom Steg geworfen. Sonst war niemand auf der Insel.« Mit gestrafften Schultern steuerte er das *Wirtshaus am Kettensteg* an. »Ich bin gespannt, was wir Neues erfahren.«

»Möchten Sie etwas trinken?«, fragte die attraktive Rothaarige, die wie gestern Abend bediente.

Strunzinger und Baier zückten ihre Dienstmarken. »Wir suchen eine Mona Gruber. Sind Sie das?«

Sie nickte. »Wieso? Hat das was mit dem Toten zu tun, der gestern draußen gefunden wurde?«

Strunzinger nickte. »Der Mann hieß Josef Brünnle. Sie kennen ihn.«

Mona Gruber sank blass auf einen Stuhl nieder. »Jo ist tot?«

»Sie haben ihn gestalkt, wurde uns mitgeteilt«, sagte Baier. »Ihn verfolgt und bedroht. Stimmt das?«

Sie biss sich auf die Lippen. »Es gibt sogar eine gerichtliche Anordnung, dass ich ihn nicht mehr kontaktieren darf, dabei hat er sich wie ein Dreckskerl verhalten.« Tränen liefen ihre Wangen hinab. »Er hat mir die große Liebe vorgespielt. Sein Leben wollte er mit mir verbringen. Aber als ich dann meinen Mann für ihn verließ, zeigte er sein wahres Ich.«

»Brünnle ließ Sie sitzen?«, fragte Strunzinger.

»Er sei glücklich verheiratet, ich sei nur ein nettes Abenteuer gewesen.« Resolut wischte sie die Tränen aus ihrem Gesicht. »Der Schuft hätte mir das sagen sollen, bevor ich meinen Mann verließ.«

Kein Wunder, dass sie eine Stinkwut auf Brünnle gehabt hatte. Strunzinger tat die Frau leid, aber so ging es manchmal im Leben.

»Wann wurde er denn umgebracht?«, fragte sie.

»Gestern Abend kurz vor acht.«

»Ich war hier. Den ganzen Abend lang.«

Strunzinger nickte. »Ich weiß. Sie haben uns ja bedient.«

»Jetzt gehen wir ins Fitnesscenter.« Strunzinger steuerte auf den Maxplatz zu. »Mal sehen, ob uns die Leute dort interessante Infos liefern können.«

Manfred Haberer, der Inhaber des Studios, kam Strunzinger irgendwie bekannt vor. Er runzelte die Stirn. Wo zum Henker hatte er den Mann schon mal gesehen?

»Mit Brünnle haben wir unseren besten Mitarbeiter verloren«, jammerte Haberer. »Wenn ich nicht schnell Ersatz finde, läuft mir die halbe Kundschaft weg.«

»Wieso?«

Erstaunt sah Haberer die Kommissare an. »Haben Sie nicht gemerkt, wie gut der Mann aussah? Wir sind hier alle fit, aber gegen seinen Waschbrettbauch kam keiner an.«

»Er war also einer zum Vorzeigen«, schloss Strunzinger.

»Charme hatte er auch, kiloweise. Die Damen waren vernarrt in ihn.« Mit ausladender Handbewegung deutete Haberer auf ein Heer sportlich gekleideter Frauen, die gerade unter der Anleitung eines muskulösen Herkules Dehnübungen machten. »Fast alle Mitglieder im Center sind weiblich, und der Josef hat sie angezogen wie die Motten das Licht.«

»Wann haben Sie Herrn Brünnle gestern zuletzt gesehen?«

»Wir sind abends gemeinsam zum Kettensteg gegangen«, sagte Haberer. »Ich wollte ins Wirtshaus und Josef ist weitergelaufen. Er wohnte ja direkt auf der anderen Seite des Stegs.«

Daher kommt er mir so bekannt vor, dachte Strunzinger. Er war gestern Abend auch im *Kettensteg*.

»Sie verabschiedeten sich also von ihm und gingen ins Wirtshaus?«

Haberer schüttelte den Kopf. »Ich habe draußen noch eine geraucht und eine Weile mit meiner Freundin telefoniert. Drinnen im Gasthaus ist es mir zu laut.«

»Wie lange hat das gedauert?«, fragte Baier.

»Bis um acht«, antwortete Haberer. »Erinnern Sie sich nicht mehr? Wir sind gleichzeitig ins Wirtshaus gegangen. Sie haben mir noch die Tür aufgehalten.«

»Jetzt sind wir so klug wie zuvor.« Baier schlug genervt die Akte zu. »Niemand kann es gewesen sein.«

»Stimmt«, sagte Strunzinger. »Die Ehefrau war daheim, Mona Gruber hat bedient und der Besitzer des Fitnessclubs hat zur Tatzeit mit seiner Freundin telefoniert – das habe ich überprüft.« Nachdenklich goss er sich einen Kaffee ein. »Alle haben ein perfektes Alibi und das kann eigentlich nur eins bedeuten.«

»Was?«

»Dass Ihre Aussage, Baier, nicht stimmt.« Scharf sah Strunzinger seinen Kollegen an. »Warum haben Sie mich angelogen?«

Baier wurde blass. »Ich ... es war alles genau so, wie ich es angegeben habe: Ich bin über den Kettensteg gegangen und dann direkt ins Wirtshaus.« Er wischte sich den Schweiß von der Stirn. »Herr Haberer ist sogar noch gemeinsam mit mir reingekommen.«

»Sie waren um Punkt acht dort«, sagte Strunzinger, »und es dauert höchstens drei Minuten, um den Steg zu überqueren, stimmt's?«

Baier nickte.

»Wie kommt es dann, dass Frau Brünnle Sie nicht gesehen hat, als Sie auf den Steg gingen? Sie hat zu der Zeit aus dem Fenster geschaut und hätte Sie sehen müssen.«

Baier brach zusammen. »Meine Frau hatte ein Verhältnis mit dem Kerl und wollte mich verlassen, da drehte ich durch. Ich habe auf dem Steg auf ihn gewartet und dann ...«

Strunzinger schüttelte bedauernd den Kopf.

»Ich glaube, auf die Handschellen können wir wohl verzichten, Herr Kollege. Kommen Sie bitte mit.«

Die Liebe zum Ballett
Claudia Schmid

Bald war sein letzter Auftritt. Er würde danach nie wieder auf der Bühne des Staatstheaters Nürnberg stehen. Nie wieder in Nürnberg tanzen.

Renate seufzte.

Seit zwei Jahren war Manuel Minderas der Star am Balletthimmel des Staatstheaters. Renate schlug mit der flachen Hand auf die Tageszeitung. Missmutig nahm sie dabei die Pigmentflecken auf ihrem Handrücken wahr. Ein halbseitiger Bericht im Feuilleton der Nürnberger Zeitung verhagelte ihr die Laune gründlich. Der Choreograph des Balletts wechselte zur nächsten Spielzeit an das Nationaltheater Mannheim und einige Tänzer und Tänzerinnen folgten ihm. Das gesamte Ensemble löste sich auf. Auch Renate fühlte sich wie in Auflösung begriffen. Das Gefühl ging vom Kopf aus und sie hatte den Eindruck, sie würde sich von dorther aufdröseln gleich einem gestrickten Pullover, an dessen Endfaden jemand zog.

Seit vielen Jahren saß sie in jeder Aufführung des Balletts in Reihe vier, Mitte, auf Platz Nummer 20. Von dort aus hatte sie den besten Blick, den man überhaupt nur haben konnte. Seit Manuel in Nürnberg tanzte, war er ihr ganz persönlicher Liebling.

Wenn er mit seinem drahtigen Körper über die Bühne fegte, vergaß sie einfach alles.

Wenn er ganz vorne am Bühnenrand tanzte, konnte sie seine schräg geschnittenen dunklen Augen und seine leicht aufgeworfenen Lippen sogar ohne Opernglas erkennen.

Renate lebte nur für diese Abende, an denen sie Manuel auftreten sehen konnte. Ihr war, als tanze er nur für sie. Sein Gesicht zeigte nie eine Regung, aber seine Augen glänzten, trotz der Anstrengung. Manuel bewegte sich federleicht und anmutig über die Bühne. Selbst die Hebefiguren mit seinen Partnerinnen wirkten bei ihm völlig mühelos und unbeschreiblich elegant. In Renates Vorstellung duftete Manuel leicht nach Moschus.

Sie schob den Stuhl zurück und stand auf, brühte sich einen Kaffee. Das machte sie immer, wenn sie nicht wusste, was sie tun sollte. Es war eine Art Übersprunghandlung. Renate hantierte geistesabwesend mit dem Kaffeeautomaten. Doch plötzlich hellte sich ihr Gesicht auf. Manuel würde ja noch zwei Mal in Nürnberg auftreten. Zwei Aufführungen standen noch aus. Vielleicht wechselte er mit den anderen Ensemblemitgliedern nach Mannheim? Sie konnte sich von ihrem Arbeitgeber auch in diese Stadt versetzen lassen. Die große Drogeriekette, bei der sie seit über zwanzig Jahren an der Kasse saß, unterhielt auch in Mannheim Filialen. Der Tag erschien ihr auf einmal nicht mehr ganz so grau. Den Zeitungsartikel schnitt sie aus und heftete ihn in dem Ordner ab, in dem sie alles über Manuel sammelte: die Programme der Bühnenabende, ihre Eintrittskarten und die Zeitungsberichte über seine Auftritte. Sicher, er war kein Nurejew, aber das war ihr auch recht so. Nurejew hatte sich eher weniger für Frauen interessiert, sagte man. Manuel hingegen liebte Frauen, das spürte sie.

Am Montag ging sie wieder wie jeden Werktag zu ihrer Arbeit in die Nürnberger Altstadt, schritt durch das Ludwigstor und vor bis zur Karolinenstraße, wo sie in der Nähe der Lorenzkirche tätig war.

»Und noch einen schönen Tag«, diese Floskel fügte Renate mit dem immer gleichen Lächeln ihrem Abschiedsgruß an die Kunden hinzu.

Eine etwas übergewichtige Dame in einem Designerkleid wühlte besonders lange in ihrer Tasche und suchte die Kreditkarte.

»Wo ist sie denn bloß? Ich dachte, ich hätte sie in dem letzten Laden eben noch gehabt! Ich war heute schon in so vielen Geschäften! Hoffentlich habe ich sie nirgendwo liegen lassen.«

Die Frau atmete schwer, leichte Schweißperlen tropften von ihrer Stirn. Endlich fand sie wonach sie suchte, nachdem sie das Unterste nach oben gekehrt hatte. Sie bezahlte, nahm ihr Tütchen entgegen und ging. Da sah Renate ein Taschentuch vor ihrer Kasse liegen. Das war offenbar aus der Handtasche der beleibten Kundin gefallen. Natürlich konnte Renate das nicht liegen lassen. Gut, dass im Moment nicht soviel los war. Sie holte rasch aus dem Lager eine Kehrgarnitur. Als sie das zusammengeknüllte und offensichtlich benutzte große Tuch mit dem Besen auf die Schaufel geben wollte, entdeckte sie noch etwas darunter. Eine kleine Schachtel Digitalis, die erst jetzt zu sehen war.

Im Lager steckte Renate das Medikament aus einem Impuls heraus in ihre Handtasche. Sie wusste nicht so recht, warum sie so handelte, aber sie dachte nicht weiter darüber nach. Bestimmt konnte sich die Kundin unmöglich daran erinnern, wo sie ihr Medikament verloren hatte.

Am Samstag kaufte Renate wie immer auf dem Hauptmarkt Obst und Gemüse.

»Sind die Erdbeeren aus Deutschland?«, wollte sie wissen.

»Ja, das sind deutsche Erdbeeren«, erklärte die Standfrau geduldig. Um ihren Leib trug sie eine geblümte Schürze, schien nur wenig älter als Renate. Groß und mächtig stand die Frau da. Feine Runzeln verteilten sich auf ihrem Gesicht, die Frau strahlte Gelassenheit und Lebensfreude aus. Sie lachte gurrend. »Gell, da weiß man gar nicht, welche man nehmen soll?«

Renate griff nach einem Schälchen. Sie ging zum nächsten Stand, an dem es Bio-Produkte gab und kaufte mit Mandeln gefüllte Oliven. Aus dem Ausschnitt der jungen Verkäuferin lugte der BH-Träger heraus. Auch wenn das modern sein mochte, Renate konnte sich an den Anblick von vorblitzender Unterwäsche nicht gewöhnen, fand es einfach nur schlampig. Sie ließ sich eine zweite Plastiktüte geben, da sie es nicht leiden konnte, wenn das Öl durchsickerte und ihre Stofftasche durchtränkte.

Da sah sie ihn am nächsten Stand, direkt beim Gemüse. Manuel Minderas kaufte einen Beutel Kartoffeln. Renate stockte der Atem. Zu dumm, dass sie nichts mehr benötigte. Sollte sie trotzdem einfach hingehen und so tun, als ob sie sich ebenfalls dafür interessiere? Während sie noch überlegte, lief Manuel bereits weiter. Kurz entschlossen verfolgte sie ihn in einigem Abstand. Er verließ den Hauptmarkt in Richtung Pegnitz. Renate spürte ein Kribbeln im Bauch. Wohin würde er so alleine gehen? War er Single? Aber wieso kaufte er dann so viele Kartoffeln. Nur für sich allein? Renates Neugier war geweckt.

Manuel querte den Hauptmarkt in Richtung Tuchgasse, dann eilte er weiter zum Trödelmarkt. Dort
verschwand er in einem der hübschen kleinen Läden.
Renate wurde ungeduldig. Sie wagte es nicht, ihre
Nase an das Schaufenster der kleinen Galerie zu pres-
sen. Womöglich war sie ihm schon mal aufgefallen,
da sie im Theater doch immer so nah vorne saß und
nur ihn anschaute? Was würde er davon halten, wenn
sie ihm nun hinterher spionierte? Es wäre bestimmt
besser, wenn sie er sie nicht bemerkte.

Sie hielt sich in der Nähe auf und nach einer halben Stunde kam er endlich wieder. Er lief über den
Henkersteg. Obwohl Renate seit ihrer Geburt in
Nürnberg wohnte, war ihr dieser unheimlich. Nicht
etwa deshalb, weil dieser zum Henkerhaus führte, sondern weil man beim Darübergehen zwischen
den Holzbrettern das dunkel glitzernde Wasser der
Pegnitz sehen konnte.

Und genau das bereitete ihr Unbehagen. Sie fürchtete immer, das Holz könne doch irgendwann einmal
nachgeben und sie fiele in den Fluss.

Den Blick fest auf Manuel gerichtet, versuchte sie,
ihre Angst zu ignorieren. Unmittelbar neben dem
Henkerhaus befand sich der Weinstadel. Ein schöner
imposanter Fachwerkbau, dessen unterstes Geschoss
aus Sandsteinquadern besteht. Im fünfzehnten Jahrhundert diente das Haus als Siechenhaus, in welchem
in der Karwoche sogar Leprakranke untergebracht
waren. Ab dem späten sechzehnten Jahrhundert wurde der Bau als Weinlager genutzt, das hatte Renate
mal in grauer Vorzeit in der Schule gelernt. Danach
diente der große Bau als Arbeits- und Spinnhaus und
noch später wurde er als Unterkunft für arme Fami-

lien genutzt. Seit über einem halben Jahrhundert war er nun schon ein Studentenwohnheim.

Ob Manuel darin jemanden besuchte? Aber nein, er zog einen Schlüssel aus der Tasche und öffnete die Haustür.

Renate konnte ihr Glück kaum fassen. Nun wusste sie durch einen Zufall, wo Manuel wohnte. Sie schaute auf die Klingel und stellte zufrieden fest, dass nur sein Name da stand. Er wohnte also alleine.

Bei der nächsten Aufführung saß sie wie immer auf ihrem Platz, Reihe vier, Mitte, Nummer zwanzig. Sie hatte sich ein neues Kleid mit einem aufwändigen Muster gekauft. Die Anschaffung hatte fast einen ganzen Monatslohn verschlungen, aber sie wollte richtig gut aussehen für Manuel, der nur noch eine Vorstellung hier tanzen würde.

Wohin wechselte er wohl in der nächsten Spielzeit?

Am nächsten Samstag bestätigte es sich im Feuilleton der Lokalzeitung, dass die meisten Balletttänzer doch dem Choreographen an das Nationaltheater Mannheim folgen würden. Einer nur nahm ein Engagement in Toronto an. Und dieser eine war ausgerechnet Manuel Minderas.

Wie betäubt saß Renate am Küchentisch vor der aufgeschlagenen Zeitung. Ihr wurde schlecht und sie rannte ins Bad. Hier blieb sie auf dem Fußboden sitzen, keines klaren Gedankens mächtig. Nachmittags fasste sie einen Plan. Sie wollte auf gar keinen Fall, dass Manuel wegging.

Sie wollte ihn hierbehalten. Möglichst für sich ganz alleine, sodass sie ihn mit niemandem mehr teilen musste. Nie wieder. Er sollte zukünftig nur ihr gehören.

Die gefundene Schachtel Digitalis kam ihr in den Sinn. Sie kaufte in einem Supermarkt eine Packung Pralinen, eine ganz kleine mit nur zwei Stück darin, auf der »Danke schön« stand. In ihrem Apothekenschränkchen lag eine alte Einwegspritze. Renate löste die Tabletten auf und injizierte die Flüssigkeit in beide Pralinen. Sie trug dabei dünne Gummihandschuhe. Anschließend klebte sie einen Zettel auf die Packung, auf dem stand: *Für Manuel Minderas zum Abschied.*

Vor der allerletzten Veranstaltung wartete sie auf den Moment, in dem viele Besucher noch schnell ins Theater hasteten. In dem Gewühl drückte sie der Türsteherin eilig das kleine Päckchen in die Hand, mit der Bitte, es weiterzureichen. Bevor die Frau ihren Blick hob, war Renate bereits weitergegangen und im Gedränge verschwunden.

Renate hatte für heute keine Abo-Karte eingelöst, sondern bar an der Kasse bezahlt. Sie saß auf einem anderen Platz als sonst, so schwer es ihr auch fiel, trug ihr Haar schlicht und hatte ein einfaches Kleid gewählt. Eine Vorsichtsmaßnahme, die sich als völlig überflüssig erwies, denn keiner erinnerte sich später an die unauffällige Frau Anfang fünfzig. Ein erotisches Neutrum, das von niemandem wahrgenommen wurde. Viele Frauen machen mit Anfang vierzig diese Erfahrung, dass sich plötzlich niemand mehr nach ihnen umsieht. Bei Renate war es jedoch schon immer so gewesen.

Manuel tanzte, nein, er schwebte bei dieser letzten Vorstellung beinahe wie ein junger Gott über die Bühne. Es fehlte nicht viel und Renate wäre in Tränen ausgebrochen.

Die nächsten Tage meldete sie sich krank und stürzte jeden Morgen an den Briefkasten, um die Zeitung zu holen. Am Donnerstag las sie endlich die Nachricht, auf die sie wartete. Manuel Minderas war am Dienstagabend tot in seiner Wohnung aufgefunden worden. Von seiner Ehefrau, die bereits seit einem Jahr ein Engagement in Toronto hatte und zu der er jetzt reisen wollte. Wieso tauchte da jetzt plötzlich aus dem Nichts einfach eine Ehefrau auf? Die kam einfach so nach Nürnberg, um ihn abzuholen und fand den Toten. Nun würde sie nach der Obduktion mit dem Leichnam ihres Mannes in ihre spanische Heimat reisen und ihn dort im Familiengrab beisetzen lassen. Die Frau war außer sich vor Trauer und gab der Polizei gegenüber an, ihr Mann habe keine Feinde gehabt. Ganz im Gegenteil, er sei sehr beliebt gewesen, auch im Kollegenkreis. Die Polizei tappte völlig im Dunkeln bezüglich des Tatmotivs und des Täters.

Renate weinte laut. Wie selbstverständlich war sie davon ausgegangen, Manuel Minderas, der hier in Nürnberg alleine lebte, würde auf dem Johannisfriedhof beigesetzt werden und sie könne regelmäßig sein Grab besuchen. Da sie annahm, dass es niemand anderen gab, der dafür in Frage käme, hatte sie sich vorgestellt, mit Hingabe seine Grabpflege zu ihrem Lebensinhalt zu machen.

So hätte sie ihn ganz für sich alleine gehabt.

Für immer.

Und ewig.

Ein außergewöhnliches Rendezvous
Simone Jöst

Das Kuvert aus Pergament, mit einem roten Wachs-
siegel auf der Rückseite, lehnte an meiner Kaffeetasse
auf dem Frühstückstisch. Ich öffnete es und las die
wenigen Zeilen, die Carola mit ihrer zierlichen Hand-
schrift und in brauner Tinte geschrieben hatte. Es war
eine Einladung zu einem außergewöhnlichen Rendezvous, einem Candle-Light-Dinner nach Einbruch
der Dunkelheit irgendwo in der Stadt. Den genauen
Treffpunkt würde sie mir später verraten. *Abendgar-
derobe erbeten* hatte sie dick unterstrichen. Ich wusste
nicht, ob ich mich freuen sollte, nicht nach all dem,
was geschehen war.

Früher überraschten wir uns oft mit ausgefalle-
nen Verabredungen. Es war jedes Mal eine Herausforderung gewesen, den anderen zu verblüffen. Ich
erinnere mich an ein Unterwasser-Schachspiel mit
Taucherausrüstung auf den Malediven oder ein
Frühstück auf einem Gletscher auf den Berggipfeln
in den Alpen. Der Sonnenaufgang war atemberaubend gewesen, obwohl ich damals schon den ersten
Gedanken an Mord hegte und mir ausmalte, dass
ich Carola in die Tiefe stoßen könnte. Unsere Leidenschaft, längst erloschen, machte nagender Ei-
fersucht und Missgunst Platz. Wir steckten unsere
ganze Energie und Fantasie in Gedanken, wie wir
uns mit größtmöglicher Wirkung gegenseitig verlet-
zen konnten. Unsere Ehe war gescheitert und dennoch hielten wir aneinander fest, eine Hassliebe, aus

der wir uns nicht lösen konnten oder vielleicht auch nicht lösen wollten.

Ihre Einladung verwirrte mich. Ein Rendezvous, so wie früher, hatte ich nicht erwartet. Carola war in den letzten Tagen sehr zuvorkommend gewesen und schenkte mir immer wieder ein Lächeln, statt mich wie gewöhnlich zu schikanieren oder zu beschimpfen. Heute war unser dreißigster Hochzeitstag. Vielleicht wollte sie sich mit mir aussöhnen und würde mir verzeihen, dass ich wie in den letzten zehn Jahren keine Blumen für sie gekauft und mit keinem Wort unseren Jahrestag erwähnt hatte.

Hätte Carola mir den Brief persönlich in die Hand gedrückt, hätte ich in ihre Augen schauen und ihre Absicht hinterfragen können, aber sie war bereits aus dem Haus und ich grübelte den ganzen Morgen, was sie plante, bis ich eine Entscheidung traf. Ich wollte meiner Frau nicht unvorbereitet gegenübertreten.

Am späten Nachmittag schickte sie mir eine SMS und vereinbarte die Uhrzeit für unsere Verabredung. Sie bat mich, pünktlich zu erscheinen. Ich hatte immer noch keine Ahnung, wo ich sie in der Stadt treffen sollte. Nürnberg ist groß. Ich holte meinen Smoking aus dem Schrank und fuhr mit der Fusselrolle über den dunklen Stoff. Es war eine Ewigkeit her, dass ich ihn das letzte Mal trug und ich staunte, dass er mir noch passte. Ich kämmte mein Haar, zog einen Scheitel, polierte meine Lackschuhe und steckte mir eine rote Rose in das Knopfloch. In meine Jackentasche schob ich ein kleines Schächtelchen. Carola sollte auch eine Überraschung bekommen. Ich lächelte meinem Spiegelbild entgegen und wartete auf die letzte

Nachricht, die ich kurz nach Einbruch der Dunkelheit erhielt. Unser Treffpunkt – der Henkersteg. Ich machte mich mit pochendem Herzen auf den Weg.

Meine Schuhe klapperten über das Kopfsteinpflaster des Unschlittplatzes. Als ich am Leihhaus ankam, blieb ich stehen. Am Ende der Straße, dort wo eine kleine Treppe hinauf zum Henkersteg führt, brannten Teelichter. Die Kerzen waren wie eine Lichterkette in einer Reihe aufgestellt, dirigierten mich die wenigen Stufen nach oben und über die Holzdielen bis in die Mitte. Ein Paravent auf beiden Seiten des Stegs schützte vor neugierigen Blicken. Am Kopf der Brücke stand ein Butler, eingerahmt von zwei Fackeln links und rechts neben ihm. Der Mann trug eine schwarz-weiß gestreifte Weste unter seinem Frack und weiße Handschuhe. Steif wie ein Pinguin erklärte er einigen Passanten, dass der Henkersteg heute Nacht gesperrt sei und sie über die Max- oder Karlsbrücke gehen mussten, um ans andere Pegnitzufer zu gelangen. Langsam fand ich Gefallen an Carolas Einladung. Als der Butler mich erblickte, wich er zur Seite, neigte seinen Kopf und machte eine einladende Handbewegung. Ich folgte den flackernden Teelichtern. Meine Schritte hämmerten im Rhythmus meines Herzschlags auf dem Holzboden.

In der Mitte des Stegs stand ein runder, für zwei Personen gedeckter Tisch. Eine weiße Decke fiel in Falten bis zum Boden. Am Geländer waren an den Seiten vier weitere Fackeln angebracht. Ihr Feuer reflektierte in den Champagnergläsern und den silbernen Abdeckhauben über den Tellern. Carola hatte sich wieder einmal selbst übertroffen. Sie war eine Meisterin der perfekten Inszenierung. Als ich meinen Blick von der festlich gedeckten Tafel löste, tauchte Carola an der anderen Seite vor dem Henkerhäuschen auf. Dort stand ein weiterer Butler. Neben ihm steckten zwei Fackeln in Sandeimern. Meine Frau schritt würdevoll an ihm vorbei und kam auf mich zu. Ihr Anblick war atemberaubend und ließ mich all unsere Streitereien vergessen. Sie trug ein rotes Satinkleid, das sie beim Gehen ein wenig anhob, damit sie nicht auf den Saum trat und eine schwarze Stola. Um ihren Hals wand sich eine silberne Kette, die die Form einer Schlange hatte und deren Kopf in Carolas Dekolleté zu kriechen schien. Ihr blondes Haar, zu einer Hochfrisur aufgesteckt, aus der einzelne Strähnen kunstvoll ihr Gesicht umspielten, sah fantastisch aus. Es war beinahe wie früher, aber eben nur beinahe.

»Schön, dass du gekommen bist«, gurrte sie.

Ich geleitete sie zum Tisch und zog ihren Stuhl nach hinten, damit sie sich setzen konnte. Trotz unserer Auseinandersetzungen hatte ich nicht vergessen, was sich als Gentleman gehörte.

Ich nahm ihr gegenüber Platz.

»Danke für deine Einladung, doch wie komme ich zu dieser Ehre?«

»Es ist unser Hochzeitstag, hast du das schon vergessen?«

»Natürlich nicht, aber wir haben ihn seit Jahren nicht mehr gefeiert. Warum sollten wir das heute tun?«

»Es ist der dreißigste.«

»Hör auf, wir wissen beide, dass uns das schon lange vollkommen egal ist. Was steckt wirklich hinter dieser Romantiknummer?«

Carola antwortete mit einem Lächeln, das ich nicht deuten konnte. Es versprühte weder Herzlichkeit noch Liebe.

»Früher wärst du von diesem Ambiente begeistert gewesen.«

Das stimmte. Mit einer anderen Frau hätte mich dieses Rendezvous auch heute noch umgehauen. Alles war bis ins letzte Detail geplant. Sogar das Quaken der Frösche am Ufer unter der Brücke und das gelegentliche Plätschern der Pegnitz, wenn ein Fisch an die Wasseroberfläche kam, war die Vollendung eines Orchesterspiels, das mich umhüllte und mich in meinem Entschluss kurz wanken ließ.

»Du sagst es, meine Liebe – früher!«

Carola griff nach dem Champagner im Kühler. Ich nahm ihr die Flasche aus der Hand und schenkte uns ein. Der Schaumwein perlte in den Gläsern.

»Also, was ist los? Was hast du vor?« Ich blieb skeptisch.

Sie zwinkerte mir zu.

»Was ich vorhabe?« Statt zu antworten, blickte sie mir in die Augen. »Möchtest du nicht zuerst mit mir anstoßen?«

»Carola, lass die Spielchen. Was soll das alles?«

Sie führte ihr Glas an die Lippen und lächelte. Ich tat es ihr unwillkürlich gleich.

»Ich werde dich heute Abend töten«, sagte sie, als ob das das Selbstverständlichste der Welt sei und trank.

Der erste Schluck Champagner war bereits in meinem Mund und ich prustete ihn in einem feinen Sprühnebel aus. Meine eigene Frau wollte mich ermorden!

»Du willst was?«, schrie ich dem Ambiente ganz unangebracht und sprang in die Höhe. Der Tisch wackelte.

Carola beherrschte die Kunst, verführerisch mit den Augen zu zwinkern, wie keine andere Frau. Sie genoss meinen Schrecken, der mir zugegebenermaßen in die Glieder gefahren war. Ich hatte alles Mögliche von diesem Abend erwartet, aber nicht so etwas. Ich stellte das Glas vor mir auf dem Tisch ab und setzte mich wieder. Carola beobachtete mich und schien sich ihrer Sache äußerst sicher zu sein.

»Jetzt verstehe ich«, sagte ich und lehnte mich mit verschränkten Armen zurück. »Dem Todgeweihten seine Lieblingsspeise vor der Hinrichtung. Du servierst mir meine Henkersmahlzeit auf dem Henkersteg? Wirklich sehr originell, das muss ich dir lassen.«

»Auf dich!« Sie prostete mir zu. »Oder hast du Angst, dass ich den Champagner vergiftet haben könnte?«

Der Gedanke war mir tatsächlich in den Sinn gekommen. Gift, eine beliebte Mordmethode bei Frauen, aber für Carola wäre das zu einfach gewesen. Sie hatte Stil und Fantasie und außerdem trank sie selbst davon. Ich schenkte mir erneut ein.

»Auf ein langes Leben«, sagte ich und grinste.

»Ich wusste, du spielst mit.« Carola freute sich.

Der Abend hatte eine unerwartete Wendung genommen und war auf seine Weise noch reizvoller geworden. Ich beschloss, mit offenen Karten zu spielen.

»Du kennst mich, ich liebe Überraschungen, auch wenn deine nicht dem entspricht, was ich mir vorgestellt habe.«

»Komm schon, du hast nicht im Ernst an die große Versöhnung geglaubt.«

Das hatte ich wirklich nicht. Naja, vielleicht ganz kurz.

»Ich habe auch eine Neuigkeit für dich.«

Die Fackeln loderten und gelegentlich schoss ein Funke knisternd in den schwarzen Nachthimmel.

»Aha, und welche?« Sie schaute mir neugierig in die Augen.

»Ich bin genau wie du zu dem Schluss gekommen, dass einer von uns beiden zu viel ist. Wir sollten unsere Ehe hier und heute beenden.«

»Was soll das heißen?«

Ich stützte mich mit beiden Ellenbogen neben meinem Teller ab und legte das Kinn auf meine gefalteten Hände.

»Auch ich habe vor, dich umzubringen, mein Schatz.« Diesen Blick, mit dem ich sie nun anstarrte, sie auf ihrem Stuhl festnagelte, hatte ich zu Hause lange vor dem Spiegel geübt. Theatralisch, stechend und unerbittlich.

Carola schwieg einen Moment und dann brach sie in Gelächter aus. Der Butler am Ende der Brücke schaute sich zu uns um, dann sah er auf seine Uhr und wandte den Blick wieder dem Henkershäuschen zu.

»Der Abend verspricht interessanter zu werden, als gedacht.« Sie wurde wieder ernst und stützte sich ebenfalls auf ihren Ellenbogen ab und schaute mich durchdringend an. »Und wie wirst du es anstellen?«

»Warte es ab.«

Carola überlegte einen Moment, dann erhob sie erneut ihr Glas und sagte: »Möge der Schnellere gewinnen.«

Es war prickelnd. Meine Nackenhaare stellten sich auf und jede Faser meines Körpers stand unter Strom. Nur ein Fehler und Carola würde mich ohne mit der Wimper zu zucken unter die Erde befördern. Mitleid kannte sie nicht. Wenn sie eine Vision hatte, dann setzte sie alles daran, diese durchzusetzen und wenn ich diesen Steg lebend verlassen wollte, musste ich vorsichtig sein.

Ich tippte mit dem Zeigefinger auf die silberne Metallhaube, unter der mein Teller verborgen war.

»Hast du selbst gekocht? Dann wird dein Mordanschlag unter Garantie funktionieren.« Meine Frau war eine lausige Köchin.

»Charmant, wie eh und je«, stichelte sie, stellte ihr Glas ab und hob die Abdeckung in die Höhe. Sofort drang der Duft von Braten in meine Nase. Ich liebe Braten, den Carola kein einziges Mal in unseren dreißig Ehejahren ohne großes Anbrennen oder Versalzen serviert hatte.

Ich deckte meinen Teller ebenfalls auf und schnupperte. Mir lief das Wasser im Mund zusammen.

»Partyservice«, schmunzelte sie.

»Hast du dort den Grund für unsere kleine Feier angegeben, damit die nötigen Zutaten untergemischt wurden?«

»Ach, Liebling, das wäre einfallslos. Du solltest mich besser kennen.«

Ich kannte sie besser und blieb wachsam. Unbemerkt fuhr ich mit der Hand in meine Smokingtasche und öffnete das kleine Schächtelchen, das ich mitgebracht hatte.

»Guten Appetit, mein Liebster. Genieße deine letzte Mahlzeit.«

»Meine? Du meinst viel mehr deine!« Das Spiel gefiel mir. Es war Nervenkitzel und Hochspannung pur. Die Luft knisterte. Es gab nur noch Carola und mich auf diesem Steg, die Geräusche aus der Nürnberger Innenstadt verhallten in der Dunkelheit. Ich nahm meine Gabel und wollte sie in den weinroten Rotkrautberg schieben, doch dann hielt ich inne.

»Nüsse?«

»Was denkst du von mir? Ich stünde sofort als Tatverdächtige Nummer eins auf der Liste der Personen, die von deiner Nussallergie wissen.«

»Stimmt«, gab ich zu und tauschte trotzdem unsere Teller aus.

Wir schoben gleichzeitig den ersten Bissen in den Mund und ich beobachtete Carolas Hände. Sie bemerkte das und fragte: »Glaubst du, ich halte unter dem Tisch eine Waffe auf dich gerichtet?«

»Möglich.« Ich hatte keine Ahnung, was sie vorhatte.

»Und du? Welche Mordmethode hast du dir für mich ausgedacht?« Sie lächelte und sah umwerfend verführerisch dabei aus.

»Lass dich überraschen und verrate mir lieber, wie du es anstellen willst, dass morgen nicht jeder in Nürnberg davon spricht, dass wir heute Abend im Fackelschein auf dem Henkersteg diniert haben. Auffälliger geht es wirklich nicht.«

Egal, wie sie mich ermorden würde. Sie hatte im Anschluss eine Leiche zu entsorgen und wahrscheinlich würden sich jede Menge Touristen oder Nachtspaziergänger an diese wunderschöne Frau und ihre zwei Butler erinnern.

Carola lachte.

»Keine Sorge, das ist Teil meines Planes. Je mehr Zeugen, desto glaubwürdiger werde ich die trauernde Witwe mimen, die nach jahrelangen Streitereien endlich eine Versöhnung anstrebte, die alles versuchte, die Selbstmordgedanken ihres Mannes zu zerstreuen.«

Sie sprach mit gespielter Bestürzung, wie sie es wahrscheinlich tagelang schon für eine Zeugenaussage einstudiert hatte.

»Selbstmord? Vergiss es, da spiele ich nicht mit.« Das war absurd. Wie sollte sie mich dazu bringen, dies zu tun?

»Ich dachte mir, dass du in diesem Punkt nicht kooperieren würdest.« Sie strich eine Haarsträhne aus ihrer Stirn. »Deswegen habe ich zwei Fachleute für diese Arbeit engagiert, die werden sich um alles kümmern.«

Carola deutete auf die beiden Butler, die noch immer an den Enden des Henkerstegs auf ihren Posten standen und Wache schoben. Erst jetzt fiel mir auf, dass sie auffallend kräftige Oberarme und breite Schultern hatten, eine eher ungewöhnliche Statur für Dienstpersonal. Die Männer konnten mir zum Verhängnis werden. Wenn ich meine Frau zuerst tötete, wovon ich ausging, da ich nun wusste, dass sie die Hilfe der beiden Auftragsganoven benötigte, musste ich mir überlegen, wie ich fliehen sollte, ohne dass sie mir in die Quere kamen. Ich konnte Carolas Leben blitzschnell auslöschen, leise und unauffällig. Das Blasröhrchen mit dem Gift des Pfeilgiftfrosches hielt ich bereits griffbereit in meiner linken Hand, aber die beiden Butler James und Justus, oder wie sie heißen mochten, würden mich nicht ohne Weiteres gehen lassen. Carola hatte ihnen sicherlich Geld für ihre Dienste versprochen – und wenn ich ihnen das Doppelte bot?

»Warum lächelst du?«, fragte sie.

»Weißt du was, ich sollte meine Henkersmahlzeit genießen, solange sie noch warm ist. Iss mit mir und lass uns einen schönen Abend haben, genau wie früher. Alles andere kann warten bis zum Dessert.«

Sie war einverstanden. Wir dinierten und scherzten miteinander. Das Adrenalin putschte uns auf, wir tranken Champagner und duellierten uns mit Wortspielchen vom Feinsten. Zwischendurch hätte ich beinahe den Grund unserer Verabredung vergessen. Nur dieser Butler, der mir gegenüber am Brückenkopf Wache schob, störte die Idylle. Warum schaute er ständig auf seine Uhr? Ich drehte mich nach seinem Komplizen um. Dieser stand breitbeinig auf seinem Posten am anderen Ende. Ich hatte das Gefühl, dass er alles andere als entspannt war.

»Wie viel wirst du ihnen zahlen, wenn ich tot bin?«, fragte ich.

»Ich habe unseren Bausparvertrag aufgelöst.«

»So viel?« Ich war schockiert.

»Siehst du den Koffer?« Carola deutete einen Meter hinter sich. »Das Geld bekommen sie, wenn sie den Auftrag erledigt haben.«

»Und der sieht im Speziellen wie aus?«

»Tod durch Erhängen.« Sie deutete nach oben in das Gebälk der Brückenüberdachung, wo ich eine geknotete Schlaufe entdeckte, wie sie einst der Nürnberger Henker Franz Schmidt seiner Kundschaft um den Hals gelegt haben mochte. »Sie werden dich aufknüpfen und alle weiteren Spuren beseitigen.«

Ich fragte nicht weiter, sondern stieß mit dem letzten Schluck Champagner auf uns an. Carola sah einfach umwerfend im Kerzenschein aus. Ihre Augen funkelten.

Wir saßen eine ganze Weile beisammen, aßen unser Mahl und keiner von uns wollte den Anfang vom Ende wagen. Plötzlich drehte sich der Butler hinter Carola um und kam auf uns zugestürmt. Sein Gesicht war wutverzerrt, seine Hand fuhr in sein Jackett.

»Mann! Wird das mit euch zwei Turteltäubchen heute noch was? Ich habe nicht ewig Zeit und muss noch zu einem anderen Termin.«

Er zog eine Waffe mit Schalldämpfer hervor und richtete sie zuerst auf Carola, drückte ab und dann schoss er auf mich. Fassungslos starrte ich ihn an, wunderte mich, wie leise die Schüsse waren, wie beißend der Schmerz in meiner Brust. Der zweite Butler kam hinzu.

»Wenn du nicht eingegriffen hättest, hätte ich es getan. Das blöde Dienstbotenkostüm ist schon eine Zumutung, aber dieses Gesülze der beiden hat mir den letzten Nerv geraubt und wollte kein Ende finden. Komm, lass uns verschwinden, es wird Zeit.«

Sie schnappten den Geldkoffer und flohen über den Holzsteg in die Nacht.

Ich konnte mich nicht bewegen, spürte, wie der letzte Rest Leben aus meinem Körper wich und blickte in Carolas Gesicht. Ihre Augen waren geschlossen, das Blut rann über ihr rotes Kleid und sie sah selbst tot noch wunderschön aus. Sie hatte nicht zu viel in ihrer Einladung versprochen, es war in der Tat ein außergewöhnliches Rendezvous gewesen.

Der Zeitungsausträger
Ursula Schmid-Spreer

Langsam lichtete sich der Nebel über der Pegnitz. Die Fleischbrücke wirkte gespenstisch. Keiner war auf der Gasse, die Bewohner schliefen vielleicht noch. Von der nahe gelegenen Lorenzkirche hörte man sechs Schläge. Der Tag konnte beginnen.

Seit zwanzig Jahren ging Schorsch Bartelmess vom Bahnhof, an der Lorenzkirche vorbei, zum Hauptmarkt. Nach der Museumsbrücke bog er links ab Richtung Fleischbrücke. Hier blieb er stehen, sah sich um. Er erinnerte sich an seine Volksschulzeit, als der Lehrer erklärte, dass das Ochsenportal das Eingangstor zum Fleischhaus war. 1945 war es zerstört und später als städtisches Ämtergebäude auf den Grundmauern wieder aufgebaut worden. Jetzt hatte eine bekannte Kaffeekette dort Einzug gehalten. Er steckte eine Zeitung in deren Briefkasten, ging langsam die Treppen hinunter, erhaschte einen Blick auf die Überschrift: »Geheimnisvoller Dieb treibt in Nürnbergs Altstadt sein Unwesen«, stand da in großen Lettern.

Der Verfasser schilderte dramatisch verschiedene Einbrüche. Allerdings fand man nirgends Spuren, die auf den Dieb hinwiesen. Wie war er nur in die Häuser gelangt? Er bediente sich großzügig an aufgehängter Wäsche, labte sich an Essbarem und vor Kurzem hätte er sogar bei *Frau U.* ein glitzerndes Armband mitgehen lassen, das nachlässig auf dem Tisch lag.

»Wenn der erwischt wird, wer weiß, vielleicht killt er dann jemanden in seiner Panik«, sinnierte Schorsch.

»Die Welt hat sich verändert. Früher wäre ich nie auf die Idee gekommen, ein Pfefferspray in der Tasche zu haben.«

Er langte in seine Hosentasche, um sich zu vergewissern, dass sich die Spraydose noch an ihrem Platz befand.

»Nanu, wer bist du denn?«

Schon seit einiger Zeit bemerkte Schorsch, dass ihm ein kleiner Hund folgte.

Als er sich bückte, um ihn zu streicheln, wich dieser zurück.

»Du siehst ja lustig aus. Ein weißes Auge und eine weiße Schwanzspitze.«

Bald hatte Schorsch es geschafft. Sein Wägelchen mit den Zeitungen wurde zusehends leerer. Ein warmes Zimmer und eine heiße Tasse Tee warteten auf ihn. Er wollte nicht klagen, aber manchmal haderte er schon ein bisschen mit seinem Schicksal. Er blickte auf ein arbeitsreiches Leben in einer Fleischfabrik zurück. Ein Knochenjob, denn das Ausbeinen hatte viel Kraft gekostet. Jetzt musste er sich durch Zeitungsaustragen noch etwas dazu verdienen. Obwohl er so bescheiden lebte. Er seufzte tief. »Nutzt ja nichts.« Er straffte die Schultern. »Bald habe ich es geschafft. Immer, wenn ich auf der Fleischbrücke stehe, kommen mir diese dummen Gedanken. Zehn Jahre mache ich das schon«, murmelte er. »Ob die Leser wissen, was sie an mir haben?«

Die Anwohner konnten sich darauf verlassen, dass sie zum Frühstück ihre Zeitung pünktlich erhielten.

»Morgen, Herr Bartelmess. Nach Ihnen kann man wirklich die Uhr stellen.«

Frau Ullmann von der Winklerstraße reichte ihm eine Tüte.

»Ich habe Marmorkuchen gebacken, den mögen Sie doch so gerne. Bitte schön!«

Schorsch freute sich. So würde er nachher zu seinem Tee noch etwas Süßes essen.

»Ich möchte wirklich wissen, wer so dreist ist und diese Einbruchdiebstähle bei uns hier begeht. Wirklich unverschämt. Das ist bestimmt ein Feti, äh, Feti, wie heißt das gleich noch einmal?«

Frau Ullmann zog ihren Morgenrock enger zusammen und rieb sich mit dem nackten Zeh über die Wade.

»Sie meinen wohl einen Fetischisten?«, fragte Schorsch zurück.

»Stimmt! Es werden überwiegend Kleidungsstücke und Unterwäsche geklaut. Man traut sich ja schon gar nicht mehr etwas in den Hof zu hängen. Auch bei mir hat er sich schon bedient«, entrüstete sich die Dame. »Und auch noch das Armband meiner Mutter!«

Ob der wohl mit der Größe 50 und Feinrippunterhosen seine Freude hat?, dachte Schorsch. Frau Ullmann war nicht gerade zart gebaut.

Laut sagte er: »Die Polizei wird den Dieb schon noch finden.«

Zu Hause angekommen, brühte er sich erst einmal eine große Kanne Tee auf. Dann steckte er seine Füße in heißes Wasser, in das er ein Tütchen Fußbalsam schüttete. Das tat gut. Die nette Apothekerin hatte ihm einige Probepäckchen geschenkt.

Er trank in kleinen Schlucken und in kleinen Bröckelchen steckte er sich den Kuchen in den Mund.

»Warum klaut der Dieb ausgerechnet in diesem Viertel? Fleischbrücke, Winklerstraße und um die Ecke gegenüber vom ehemaligen Augustinerhof, ein

Diebstahl in der Tuchgasse. Dort wohnen doch keine reichen Leute. Komisch. Ich werde wohl noch mehr die Augen und die Ohren aufmachen.«

Am nächsten Morgen las Schorsch eine große Überschrift: *Klamottendieb erneut zugeschlagen!* Diesmal hatte er sich an Handtüchern bedient.

Heute ging Schorsch das Zeitungaustragen zügig von der Hand. Als er sich umdrehte, sah er den kleinen Hund wieder, der ihm in einiger Entfernung nachlief.

»Hast du kein Zuhause? Hunger?«

Schorsch packte ein Brot aus, von dem er ein Stückchen abbrach.

»Ah, du bist ja eine *Sie*!«

Die Hündin schnappte sich den Bissen und verschwand eilig durch das Tor der Fleischbrücke, die Treppen hinab. Als Schorsch sie mit den Augen verfolgte, bemerkte er, dass sie in Richtung Liebesinsel davonlief.

Da ihm das Austragen so leicht von der Hand ging, war er heute bereits früher fertig.

»Stellen Sie sich vor, Herr Bartelmess, mein Armband ist wieder da!« Frau Ullmann, in ihren Morgenmantel gekleidet, diesmal sogar mit Haarnetz, rief freudig. »Ich hatte es verlegt.«

»Na, dann ist ja gut, einen schönen Tag noch«.

Schorsch war neugierig. Wem der Hund wohl gehörte? Zwischen den Fleischbänken steuerte Schorsch ebenfalls auf den Schleifersteg, Richtung Liebesinsel zu.

Träge floss die Pegnitz vorbei. Türenknallen, Lichter gingen an, langsam erwachte Nürnberg. Schorsch hörte ein Fiepen, blieb stehen, lauschte. Etwas funkelte. Als er langsam näher ging, sah er die Hündin mit dem weißen Auge und zwei Junge, die auf einem Kleiderhaufen lagen. Täuschte sich Schorsch oder sah ihn die Hündin durchdringend an?

»Du bist der Dieb? Klaust Wäsche, damit deine Jungen nicht frieren? Ich verrate dich nicht! Ich glaube, jetzt werden die Diebstähle ein Ende haben.«

Schorsch lächelte, als er nach Hause ging. Morgen würde er etwas mehr Proviant einstecken.

Die Autoren

Lilo Beil

(*1947), wuchs in einem pfälzischen Pfarrhaus auf. Nach dem Studium der Anglistik und Romanistik in Heidelberg unterrichtete sie 36 Jahre lang an einem Gymnasium. Die Mutter von drei erwachsenen Töchtern lebt mit ihrem Mann und ihrem Hund nahe Weinheim.

Veröffentlichungen: Gedichte, sechs Kriminalromane, vier Erzählbände, Beteiligung an zahlreichen Anthologien, Mitglied im Syndikat.

Alex Conrad

(*1965) lebt seit 2000 auf Mallorca. Inspiriert durch viele Bücher, besonders Krimis, Thriller und Science Fiction, begann sie zu schreiben. Im Sommer 2010 trat sie als Gründungsmitglied dem Autorenkreis Son Baulo bei. Nach Teilnahme an verschiedenen Kurzgeschichtenwettbewerben, einem Seminar über das Verlagswesen, Schreibseminaren und angeregt durch das Leben auf Mallorca entstanden die „Mallorca Schattengeschichten" als Gemeinschaftsprojekt mit Elke Becker. Im nächsten Magira Jahrbuch erscheint ein Beitrag zu einer Fantasytrilogie,

Bettina von Cossel

lebt seit 20 Jahren mit Mann, vier Kindern und Hund in England. Seit sie eine Leiche unter ihrem Hotelzimmerfenster fand – und Jahre später ein blutverkrustetes Messer in der Holzwolle ihres Biedermeierstuhls – lässt sie der Krimi nicht mehr los. Veröffentlichungen:

„Die hässliche Ente", „Mörderische Schnitzeljagd" (Le-rato Verlag 2007/2008)

„Tod in den Dünen", „Todesspiel auf Juist" (Wellhöfer Verlag 2009/2011)

Sie ist Mitglied bei den Mörderischen Schwestern sowie im Syndikat.

Anne Grießer

ist aufgewachsen im Odenwald, studierte Ethnologie, Volkskunde und Germanistik (u. a. in Nürnberg). Als Autorin (Kurzgeschichte, Roman, Hörspiel, Theater), Herausgeberin und Krimi-Entertainerin schwingt sie in Freiburg die Feder und so manches blutige Theaterrequisit.

Zuletzt gab sie für den Wellhöfer-Verlag das Buch „Burgunder-Leichen" heraus, sowie für den ViaTerra-Verlag eine Anthologie mit Badewannengeschichten.

Sie ist Mitglied bei den Mörderischen Schwestern und im Syndikat.

Anne Hassel

lebt in Miltenberg und ist Mitglied bei den Mörderischen Schwestern und im Syndikat: Bisherige Veröffentlichungen: zwei Kriminalromane, zwei Märchenbücher, zwei Kinderbilderbücher, viele Beiträge in Anthologien sowie Kindergeschichten in Tageszeitungen und Kinderzeitschriften, Kindertheaterstücke, Mitherausgeberin von fünf Krimianthologien.

Simone Jöst

ist Krimiautorin und lebt im Odenwald. Das Handwerk des Schreibens, bis hin zum Buchsatz ist ihre Leidenschaft. Sie absolvierte ein Belletristikstudium und publizierte zahlreiche Kurzgeschichten in Anthologien. Sie sammelte Erfahrungen im Verlagswesen, veranstaltet Lesungen, ist Herausgeberin diverser Krimibände und Mitglied bei den Mörderischen Schwestern.

Michael Kress

(*1964) Stuttgart, ab 1994 in Nürnberg, wo längst sein Lebensmittelpunkt liegt. Ihn bewegen viele Fragen, auf die er in Geschichten eine Antwort sucht. Erste Veröffentlichung in der Weihnachtsanthologie im Wellhöfer Verlag.

Kerstin Lange

(*1966), lebt mit ihrer Familie am Niederrhein. 2009 kehrte sie ihrem Büroalltag den Rücken und begann zu schreiben. Ihre meist kriminellen Geschichten sind in vielen Anthologien veröffentlicht worden. Ihr erster Krimi „Schattenspiel in Moll" erschien 2011. 2012 folgte »Aufgetischt und Abserviert«. Sie ist Mitglied der Krimivereinigungen »Mörderische Schwestern« und »Syndikat«.

Ina May

(*1972) im Allgäu, verbrachte einen Teil ihrer Jugend in San Antonio/Texas. Nach ihrer Rückkehr in die bayerische Heimat absolvierte sie ein Sprachenstudium und arbeitete lange Jahre als Fremdsprachen-Handelskorrespondentin und Übersetzerin für amerikanische Konzerne.

Heute ist sie freischaffende Autorin und lebt mit ihrer Familie am Chiemsee. Sie schreibt Kriminalromane, historische Krimis, zweisprachige Jugendbücher, Kurzgeschichten, Gedichte, Artikel für Journale ... oder sie erfindet Spielkonzepte.

Petra Nacke

ist geboren und aufgewachsen in Lübeck, lebt heute als freie Autorin, Sängerin und Sprecherin in Nürnberg. Studium der Literatur- und Theaterwissenschaften, Ausbildung in Schauspiel, Gesang und Tanz. Seit 1998 Mitarbeiterin des Bayerischen Rundfunks. Bei ars vivendi erschienen die Kriminalromane »Rache, Engel!« und »Blaulicht«, die sie gemeinsam mit Elmar Tannert verfasste (Mai 2012 »Der Mittagsmörder«). Daneben Kurzgeschichten und Erzählungen in zahlreichen Anthologien. Radiopreis der Landeszentrale für neue Medien im Bereich Kultur, Kulturförderpreis der Stadt Nürnberg zusammen mit dem Ensemble Feinton.

Sabine Meyer

(*1957), wuchs in der Rattenfängerstadt Hameln auf. Nach Abschluss der Schule studierte sie in Göttingen Geographie und Publizistik und später in Berlin Tourismus. 2004 kehrte sie ins Weserbergland zurück und arbeitet seitdem für eine Reederei. Sie schreibt Kurzkrimis und Fantasygeschichen für Anthologien und sucht für ihre Kriminalromane noch einen Verlag.

Sabina Naber

(*1965), studierte Theaterwissenschaften und anderes in Wien. Sie arbeitete als Schauspielerin und Regisseurin und war auch als Journalistin und Drehbuchautorin tätig. Ihr erster Kriminalroman mit der Wiener Kommissarin Maria Kouba erschien 2002, im März 2011 der sechste Band »Die Spielmacher« (Serie bei Rotbuch/Berlin). Sie schreibt Kurzgeschichten und ist Herausgeberin von Anthologien. Für ihre Story »Peter in St. Paul« wurde Sabina Naber 2007 mit dem Friedrich Glauser-Preis ausgezeichnet; Mitbegründerin und Leiterin der österreichischen Plattform www.krimiautoren.at 2005 bis 2008; von 2010 bis 2013 eine von drei Sprechern des Syndikats.

Kai Riedemann

(*1957) in Elmshorn. Studium der Germanistik und Allgemeinen Sprachwissenschaft in Hamburg. Nach einer Dissertation über die Comicstrip-Serie »Peanuts« tätig als Redakteur einer TV-Programmzeitschrift. Themenschwerpunkte: Wissenschaft und Natur. Mittlerweile mehr als 100 Veröffentlichungen aus den Bereichen SciFi, Krimi, Kinderliteratur, Kabarett und Theater. Lebt seit mehr als 20 Jahren in Hamburg.

Leonhard F. Seidl

(*1976) saß in der JVA Ebrach um für die Arbeit „Beschriebene Blätter – Kreatives Schreiben mit straffälligen Jugendlichen" zu recherchieren, die 2007 ausgezeichnet wurde. Wenn er nicht auf der Flucht ist, lebt er in Nürnberg, unterrichtet Kreatives Schreiben, arbeitet als Sozialpädagoge und Autor. Er ist Mitglied im Verband deutscher Schriftsteller (VS). Seine (Regional-)Kurzkrimis erscheinen deutschlandweit, seine Texte wurden mehrfach prämiert. 2011 debütierte er mit seinem Roman Mutterkorn

Inge Steinmüller

Geboren in Fürth, Studium in Erlangen, Duisburg und Hamburg, lebt nach langen Jahren in Hamburg wieder in Franken. Sie schreibt für Zeitschriften und Wirtschaftsunternehmen, macht systemische Aufstellungen und coacht als Symbolon-Therapeutin.

Ursula Schmid-Spreer

Lehrerin im Gesundheitsbereich, zahlreiche Veröffentlichungen in Literatur- und Fernsehzeitschriften, Herausgeberin von fünf Krimi-Anthologien (Wellhöfer Verlag, Mannheim), ein Kriminalroman (Aavaa-Verlag, Berlin), Mitarbeiterin in »The Tempest«, Mitglied bei den Mörderischen Schwestern und im Syndikat.

Schmid Claudia

lebte dreißig Jahre in Bayern und nun seit zwanzig Jahren gemeinsam mit ihrer Familie in Mannheim. Die Germanistin schreibt Kriminelles, Historisches und Reiseberichte. Neben zahlreichen Kurzkrimis hat sie einen historischen Roman über den Kurpfälzer Reformator Paul Fagius und einen Kulturreiseführer zum Passauer Land im Gmeiner-Verlag veröffentlicht. Sie erhielt u.a. den Kurzgeschichtenpreis des Autorenkreises Historischer Roman

Quo Vadis 2011. Sie ist Mitglied im Syndikat und bei den Mörderischen Schwestern.

Fenna Williams

lebt und arbeitet als freie Autorin in Wiesbaden. Sie studierte Kreatives Schreiben in Seattle und London und schreibt heute Kurzgeschichten und Krimis, sowie fiktionale und dokumentarische Drehbücher. Ihre lebenslange Passion gilt Shakespeare und einem guten Glas Single Malt Whisky. Sie ist Mitglied bei den Mörderischen Schwestern.

Jennifer Wind

(*1973) verheiratet, zwei Töchter; wohnt südlich von Wien. Die ehemalige Flugbegleiterin schreibt für Jugendliche und Erwachsene Romane, Kurzgeschichten, Drehbücher und Theatertexte; veröffentlicht Kurzgeschichten, Rezensionen und Gedichte in Zeitschriften, Zeitungen und Anthologien, ist Chefredakteurin der Website der Mörderischen Schwestern und war 2007/2008 im Mentoringprogramm. Mitglied bei A.I.E.P., österreichische Krimiautorinnen, IG Autor/innen;

1. Platz beim „Zeilen.lauf" Literaturwettbewerb 2011, im Rahmen des art.experience Kulturfestivals; nominiert für den Wiener Kriminachwuchspreis 2010

Nürnberg-Krimis

Nürnberger Morde

Anne Hassel, Ursula Schmid-Spreer (Hrsg.)

208 Seiten, Euro 11,90

Wo ist die Leiche vom Henkersteg? War es wirklich ein Unfall, der die Sängerin beim Bardentreffen das Leben kostete? Und wurde das weit verzweigte Felsenlabyrinth unter Nürnbergs Innenstadt zum Schauplatz grauenhafter Machenschaften? Antworten auf diese Fragen finden sich in 25 ungewöhnlichen, heiteren und nachdenklichen Geschichten.

Lassen Sie sich gefangen nehmen von den Erzählungen, die Ihnen Nürnberg von einer Seite zeigen, die Sie so noch nicht gesehen haben.

Und passen Sie gut auf sich auf, denn Mord ist eine ernste Sache. Eine todernste!

www.wellhoefer-verlag.de

Nürnberg-Krimis

Der Henker vonNürnberg

Anne Hassel, Ursula Schmid-Spreer (Hrsg.)

224 Seiten, Euro 11,90

„Der Henker von Nürnberg" ist eine von 26 Kurzgeschichten, die Sie ins mittelalterliche Nürnberg entführen, in die Zeit, als das Lochgefängnis noch Schauplatz grausamer Begebenheiten war, der Henker sein gefürchtetes Beil schwang und ein Professor den Nürnberger Trichter erfand.
Albrecht Dürer, Veit Stoß und Kaspar Hauser prägten ihre Zeit. Spannend, humorvoll und tiefgründig erhält der Leser einen Einblick in die vergangenen Epochen der heutigen Frankenmetropole. Begeben Sie sich auf eine packende Zeitreise.

www.wellhoefer-verlag.de

Nürnberg-Krimis

Die Frequenz der Angst

von Sascha André Michael

400 Seiten, Euro 12,80

Auf der Suche nach dem unheimlichsten Klang der Welt stößt der vereinsamte Nürnberger Komponist Sandy Martens unvermittelt auf mysteriöse Radiosender, die offenbar von geheimnisvollen Funkstationen bedient werden. Ohne es zu ahnen, verstrickt er sich mit dieser Entdeckung in eine alptraumhafte Verschwörung, in der Wahn und Wirklichkeit nicht mehr zu unterscheiden sind. Gejagt und überwacht von erbarmungslosen Geheimdiensten bleibt ihm und seinem besten Freund nur ein Pakt mit dem Teufel, um zu überleben.

Mitten in der beschaulichen fränkischen Metropole entwickelt sich ein packender Thriller, bei dem nichts ist wie es scheint und hinter jeder Antwort eine neue Frage lauert.

www.wellhoefer-verlag.de

Regional-Krimis

Im Schatten der Wahrheit
von Ralf Kurz – 320 Seiten, Euro 11,90

Der kauzige Freiburger Kommissar Bussard steht einmal mehr vor einem komplexen Fall. Ein Finanzberater wurde erschossen aufgefunden. Die Liste der Verdächtigen ist ebenso lang wie die Liste der Verfehlungen des Mordopfers.

Der Mangel an Motiven ist diesmal wenigstens nicht das Problem für den Ermittler.

Der Bussard nimmt Witterung auf.

Die tote Spur
von Anne Grießer – 320 Seiten, Euro 11,90

Bei den Freiburger Privatdetektivinnen Myriam Schultz und Katrin Hellriegel hängt der Haussegen schief. In der Kasse herrscht Ebbe, die Auftragslage ist miserabel, die Zukunft ungewiss. Da kommt die aufgetakelte Dame, die ihren edlen Greyhound vermisst meldet, gerade recht. Besonders als sie ihr dickes Scheckbuch zückt.

Doch schon bald stellt sich heraus, dass nicht nur der Windhund spurlos verschwunden ist, sondern auch ein junges Mädchen, das keiner zu kennen scheint.

Die jungen Frauen lassen nicht locker und kommen dem fanatischen Mörder so nahe, dass sie selbst in Lebensgefahr geraten.

www.wellhoefer-verlag.de

Regional-Krimis

Eiswut
von Walter Landin – 320 Seiten, Euro 11,90

Kommissar Lauer ermittelt.
Januar 2009.
In Mannheim werden zwei Leichen aufgefunden. Gibt es einen Zusammenhang?
Werden weitere Morde folgen? Ein undurchsichtigerFall sorgt für Hochspannung bis zur letzten Seite.

„Zauberer des Wortes, Walter Landin, der mehrfach ausgezeichnete Mannheimer Krimiautor." (Mannheimer Morgen)

Der Heidelberger Spekulanten-Mord
von Huber Bär – 220 Seiten, Euro 11,90

Das Heidelberger Schloss privatisieren, im Glanz neu auferstehen lassen und sich damit in das Buch der Geschichte einschreiben: Richard Küfer, der alternde Milliardär, hat eine Vision. Wer in Heidelberg dachte, das seien einmal mehr eitle Spinnereien eines abgehalfterten Finanzjongleurs, lag offensichtlich falsch. Es geht um Geld und Macht, gegenseitige Abhängigkeiten und fragwürdige Machenschaften, die nur schwer zu durchschauen sind. Klar ist: Einige spekulieren mit einem enormen Risiko. Und klar ist auch: Als ein Mord ins Spiel kommt, war zumindest für einen der Einsatz zu hoch.

www.wellhoefer-verlag.de

Regional-Krimis

Tod in den Dünen
von Bettina von Cossel – 200 Seiten, Euro 9,80

Ganz Juist steckt im Cluedo-Fieber. Beim bevorstehenden Festival dreht sich alles um das bekannte Mörder-Ratespiel. Könnte es deshalb sein, dass Buddel Hansen sich den Toten nur eingebildet hat, den er nachts in einem Hotel gesehen haben will? Krimiautor Leo Marquart lässt die Sache keine Ruhe. Ist es wirklich Zufall, dass die Hotelgäste eine merkwürdige Ähnlichkeit zu den sechs Verdächtigen aus dem Cluedo-Spiel haben? Und wo ist der verschwundene Tote? Plötzlich liegt eine Leiche in der Küche.

Distelsterben
von Cosima Bellersen Quirini – 250 Seiten, Euro 9,80

Endlich auf der Insel!
Die junge Kommissarin Nanni Peters ist überglücklich. In wenigen Tagen will sie auf Langeoog mit ihrem Verlobten Hendrik vor den Traualtar treten! Doch kaum angekommen, findet Nannis Hündin bei der gemeinsamen Joggingrunde im Wäldchen eine Tote – und schon ist es vorbei mit den romantischen Hochzeitsvorbereitungen.

Mit Originalrezepten aus den Langeooger Küchen der Strandhalle und des Seekrugs.

www.wellhoefer-verlag.de

Regional-Krimis

Burgunder-Leichen
Anne Grießer (Hrsg.) – 256 Seiten, Euro 12,80

Badischer Wein wird von der Sonne verwöhnt. Das ist bekannt, heißt aber nicht, dass er jedem gut bekommt. Ob mörderische Hanglagen, perfides Gift, übereifrige Kritiker oder Leichen im Keller: Begeben Sie sich mit 22 bekannten Autorinnen und Autoren auf eine ganz spezielle Weinreise durch Baden. Ein Lesegenuss, kraftvoll, fruchtig, herb – und rabenschwarz im Abgang!

Riesling-Leichen
Sibylle Zimmermann (Hrsg.) – 270 Seiten, Euro 12,80

Begeben Sie sich mit bekannten Autorinnen und Autoren auf eine Weinreise der anderen Art und lernen Sie nicht nur den Riesling von einer ganz neuen Seite kennen. Erleben Sie, wie gefährlich es sein kann, wenn ein blutiges Rebmesser einen alten Familienzwist entscheidet, ein Blind Date im Weinkeller stattfindet, eine Weinprobe einen haarsträubenden Verlauf nimmt, die Oma im Maischebottich landet oder ein Entspannungsseminar im Weingut aus dem Ruder läuft.
Ein Lesegenuss: fruchtig, finessenreich, filigran – und rabenschwarz im Abgang!

www.wellhoefer-verlag.de

Das Nürnberger Weihnachtsbuch

Anne Hassel, Ursula Schmid-Spreer (Hrsg.)

224 Seiten, Euro 12,80

Sind Engel auf der Erde wirklich unerwünscht? Und wie ist das mit dem Weihnachtsmann und seinen Doppelgängern? Warum bricht ein alter Mann in eine Villa ein und weshalb möchte ein anderer Weihnachten unbedingt in den Knast?

17 Autorinnen und Autoren haben die unvergleichliche Nürnberger Weihnachtsstimmung in heiteren, nachdenklichen, skurrilen und fantastischen Geschichten eingefangen. Natürlich dürfen dabei der berühmte Christkindlesmarkt mit seinen Buden, die Kinder-Weihnacht, der Glühwein und die Bratwurst nicht fehlen.

Das Nürnberger Weihnachtsbuch – der ideale Begleiter für eine stimmungs- und fantasievolle Advents- und Weihnachtszeit.

www.wellhoefer-verlag.de